夜晚灼烫

凝定的时间肖像

黑陶 著

极度文丛·黑陶作品系列

GUANGXI NORMAL UNIVERSITY PRESS
广西师范大学出版社
·桂林·

夜晚灼烫：凝定的时间肖像
YEWAN ZHUOTANG：NINGDING DE SHIJIAN XIAOXIANG

图书在版编目（CIP）数据

夜晚灼烫：凝定的时间肖像 / 黑陶著. --桂林：广西师范大学出版社，2021.7
（极度文丛. 黑陶作品系列）
ISBN 978-7-5598-3780-6

Ⅰ. ①夜… Ⅱ. ①黑… Ⅲ. ①散文集－中国－当代 Ⅳ. ①I267

中国版本图书馆 CIP 数据核字（2021）第 074559 号

广西师范大学出版社出版发行
（广西桂林市五里店路 9 号　邮政编码：541004
网址：http://www.bbtpress.com）
出版人：黄轩庄
全国新华书店经销
湛江南华印务有限公司印刷
（广东省湛江市霞山区绿塘路 61 号　邮政编码：524002）
开本：880 mm × 1 230 mm　1/32
印张：12.5　　字数：201 千
2021 年 7 月第 1 版　　2021 年 7 月第 1 次印刷
印数：0 001~6 000 册　　定价：58.00 元

代序　写作的尺度

我目前的不分行文字的写作，实际是一种寻找，我想通过个人的这种写作，最终寻找到属于我的散文，一种自由、尊严、饱满的真正散文。在汉语散文切近的所谓传统中，有相当一部分我认为是赝品，写作者和写作对象之间建立的，不是活生生、烙有自己生命印痕的个人关系，而是呆板、没有血液交流的公共关系。在那样的“散文”中，写作者的声音，只是某些流行、传统、公共话语的传声筒；写作者的脸，是虚假、苍白的一张纸脸（尽管，也许饰有一本正经道貌岸然的闪耀油彩）。我必须警惕。

涉及具体的个人散文（启用这个概念）写作，我较多关注与追求的，是以下四个“度”。1. 精度。笔应该具有这样的功力：将你要写的对象（物质的或精神的）精确、细致地描摹出来，甚至比“照相写实主义”还要逼真。可以调动多种感官进行叙写，眼是图景，鼻是气息，舌是味道，耳是声音，手是触觉，脑是幻象。2. 速度。东方文化缺乏的似乎正是速度，她所内含的，是一种“水滴石穿”的境界。但我的文字需要速度，很多时候，我热爱“银瓶乍破水浆迸，铁骑突出刀枪鸣”式的语言运动。3. 密度。“疏可跑马，密不透风”当然是一个原则。我的“疏”，是文章之外的广阔天地；“密”，则是自己的文章。有限的文字空间内，我想包容尽可能多的……“资讯”（借用这个时髦名词）。4. 信度。“精确不等于真实”，好像是马蒂斯的话。我深为同意。一味拘泥于现实，有时反而得不到你所想要的真实，本质的真实。“美的不一定像，像的不一定美”“似与不似之间”“论画以形似，见与儿童邻”，说的都是这个意思。为了“真实”与“美”，我宁可不“精确”，不“像”。关于“信度”，20世纪诸多西方画家早已给我上课。蒙克、达利、毕加索、夏加尔、康定斯基等等，他们的画都不“像”（相反对现实的“像”肆意进行挑战、嘲弄、反叛、破坏），但他们都“信”：通过不“像”的画作，普遍揭示了20世纪工业社会中人类某种真实的内心状态，即躁动、混乱、不均衡。所以，为了真正的“信度”，在我的散文中，有些地方会不那么“像”。我喜欢用文字创造主观画面，喜欢用我的想象力，去接受来临的一个又一个的挑战和考验。一个人，能够最大限度地解放他的想象力，是一件非常幸福的事。（想象力在写作中如此重要，叶芝早期创造的爱尔兰，甚至只是“顺从于他的想象力……”）

2000 年 8 月

目录

A 辑

B辑

C 辑

A

辑

绿袖子

……乡村渐渐上升的温度，在午后销蚀着残冬冰凌。从江滨漫拂过来的风，翻越遥远处那低矮连绵的淡青山丘，一路掠过开始拼命绿起来的广阔麦田，到达步行者裸露的脖颈和额头（温和的凉意爽心悦脑），又毫不停留地向空旷的远方继续跑去。板结的土块挣裂无形捆绑，脚尖稍微一碰，便纷泻般酥松开来——黝黑的、酥松的土块，我能听见它们大口大口呼吸的声音。从天地间突然流动起来的气息里，苏醒的泥土，索取着新鲜和湿润。

河水依然有些矜持，像遇到陌生人的村中女孩子，害羞地静寂着。但是仔细观察，还是能够发现变化：原先光滑的河面，现在皱起了粼粼花纹，美丽、精致、丰富——在一阵又一阵拂来的风中，像梦中曾经做到过的、她所向往的裙子的花边。弯曲河流环绕住一个很大的土墩，无人涉足的墩上，覆满了去岁牵扯不清的杂木乱藤，奋力掷一土块上去，便会惊起枯叶般纷飞的大小鸟雀。隐藏了飞翔和声音的神秘河墩。

墩与河的西面，是我们刚才经过的村庄。一只红冠锦羽的骄傲公鸡，在午后空虚村庄的高处（砖堆上），威风凛凛地巡视，火焰的肉冠一抖一抖，样子真是“潇洒”极了。粗糙的有着腐败菜叶的水泥井台上，那位妇女正蹲着在洗红漆“拗手”（一种有把手的木盆）内的孩子衣衫。门前檐下，坐在靠背竹椅上晒太阳的瘦老头已经渐入睡乡，他的桃木拐杖，静静倚在身旁的方凳上。一只肥蜂，金黄调皮，在拐杖和老头的周围盘旋着嗡嗡鸣叫。

……乡村真静啊。润润的油菜已经挺出了薹——或茁壮，或依然柔弱的茎，顶上，是密麻麻的花蕾。她们含苞——紧紧地抱住身子，使劲不让自己处女胴体的光芒泄露出一丝一毫；而地上的风和地下春天的油，同样在一天天使劲地怂恿她们、催促她们：开吧，开吧！终于，像挠痒痒似的，实在忍不住的她们在一夜全部绽放了自己。璀璨的轰响的世界（而油菜花汹涌的黄昏，在南方天空下的故乡村庄，又显得是多么空虚啊）。但是，土地喷吐辉煌金属的季节毕竟要晚些时候到来，现在还只是清冷的午后的早春。远处田野上，几株矮柏围住的，是河边的坟，是曾经的——在细细春雨中被打湿额头的人的最后归宿。安宁的归宿，与土地融为一体的归宿（死亡是如此自然，就像白昼的屋顶缓缓浸入又一个来临的黑夜）。我们还走过一棵高直的樟树，低垂的天空下，干爽的树叶子在风中不停喧响。它并不如刚才我们远望它时所想象的那样忍受孤独——健康、平朴，在2月的江南原野上，它正尽情享受着生命的自由和生长。

1. 李中林。2. 火车驶向大海。丰满的海体被坚锐的铁器撞割开来，白色的肌肤分开、翻卷，甚至来不及渗出暗蓝色的血。——在对书籍的阅读过程中，脑中总会显现类似斑斓的幻象。

一个名字和一段幻象，神异书籍是两者的联系之桥。书籍，闪耀深邃、庄重和在野之光的汉字。民间藏书者、乡镇中学历史教师李中林（已经年逼花甲）踱过祝塘镇中心的崭新水泥平桥，走在用青砖铺成人字形的短巷内，与刚从农贸市场出来的那个侏儒镇人大声笑打招呼。去学校，教书，返家——这是李中林日常的“官方”生活，此外，他的生命中几乎全部充满了书：已经购买的、尚待购买的、正在阅读的、尚待阅读的、正在写作的和已在构思的书。

古镇祝塘地处江南腹心，与徐霞客的祖居地不远。时代热气腾腾的巨手也在拨动着这块小世界，各处的旧房陆续被推倒老墙，掀去椽瓦；代之而起的是簇新的小镇商厦和各式铺子，外界嘈杂的最新流行歌曲通过劣质喇叭，同样响彻街巷狭窄的上空。江南乡镇的今天。

祝塘镇北街9号，建于20世纪80年代的沿街两层楼房，是李中林的家。时代的热量不可避免地漫进这个家中（源自生存的需求？）。两层楼房的底层，是李中林妻子的牙医诊所，来自四乡八邻患有牙疾的男女，总在这里，仰头对着明亮的光，尽量张开鲜红的、有着各种气味的口腔，由他妻子判断并且进行相应的操作。血肉模糊的衰老牙根（“光拔出的牙齿就有一面口袋了”），叮当作响形制怪异的不锈钢器械，因为隐痛而略歪的嘴角和微动的耳朵。——而他的妻子一眼看去就是一位善良女人。底层还有一个很大的厨房，每天中午由他女儿主勺，操持一顿可以称是“庞大”的饭食，进餐者除了李氏家族大小成员以外，还有他儿子摩托车修理铺的若干伙计。然而，在家中的另外一些地方，我还是强烈地嗅到了另外的气息。在临街房屋的里侧，仍有半爿未拆的旧宅（古镇保留在当代的碎片或遗痕）。李中林介绍，这是他家的老屋，最早曾被太平天国的战火焚毁过。开裂干燥的墙内木柱深埋记忆，半爿漏进光亮的瓦屋顶下，现在是这个家族废弃物品的堆放地：铁锈农具、一只黑胶套鞋、歪扭木桌、塑料桶、长竹篙以及各式各样的蒙满灰尘的脏污杂物。我注意到靠墙角放着的一只石井栏——井口一圈石头上，三两条深深的、被绳子磨出的印痕令我心惊（哦，一个家族的历史和秘密，原来顽强地隐匿于此，月夜或清晨，春夏或秋冬，这个家族中无数次拉绳提水的手，全被灵性的石头默默地刻写了下来）。

后来，踏着简易陡窄的水泥板楼梯，李中林带我们进入了他的天地。真正的李中林的天地。汉字的汪洋。古老浓郁的汉字芳香，充溢了二楼两间不规则的大小房间。粗糙的水泥地面，有些驳蚀和蛛网的石灰墙。请牙医妻子熟识的木匠打的一排又一排没有油漆的书架（李中林嫌书架打得不好："不结实，不牢，但又不好说。"对生活无比宽容的他对此却总是耿耿于怀），占领了东面大房间 90% 的空间（站立的书架放得很密，两架之间人很难蹲下翻看底层的书籍），西面小房间的书架则环壁而立。所有的架子上，堆满、挤满、插满了他的财宝。我看见了老子、孔子、庄子、司马迁、曹雪芹、陈寿；《新华文摘》《世界文学》；卡夫卡、纳博科夫、克洛代尔、契诃夫、鲁迅；《二十五史》和《中国历代笔记小说大全》。步行去镇东北角新建的中学，教学生中国和世界历史，穿半个镇子返家，经过托住人家嘴巴探究着的忙碌妻子——日常生活——踏上简易陡窄的水泥板楼梯，李中林便到达真正可以个人呼吸的自由沉浸之地。汉字，汪洋般活泼或深沉的汉字血液，经由目光和大脑，汩汩流入他的体内——这种不同于医学意义的输血，使得隐身于繁杂小镇芸芸众生中的李中林具有了某种超拔的气韵。南方民间生活中隐秘的精神梦游者。汉字的血液在李中林的体内翻卷、融合、新生，并喧腾地、跃跃欲试地需要倾诉。但是，至少小镇缺乏倾听的耳朵。因此，月夜和休息日的李中林是孤独的，小镇上的李中林是孤独的——好在还有笔，便也就有了“躲进小楼成一统”的倾诉通道。诗歌、小说、散文，他野心勃勃地想要写尽祝塘小镇的“百年风云”。那些遥远的外部世界的回应——刊登在各种报刊上印有“李中林”名字的诗与文，在我看来，就成了他如醉酒般梦游的历历证据。我见过他的“写作地”：东面房间的东南墙角，一张堆放杂乱书报的简易小桌。桌上有一盏“台灯”——裸露的白炽灯泡昂首向天，上面，沾满了日积月累的灰尘。李中林说，地方虽小，但在这里写灵感很好。其实西面小房间南窗下有一张面积大得多的老旧书桌，而李中林只是更多地利用它进行阅读。西房给我留下深刻印象的，除了一排排的中国古籍之外，就是挂在墙上的那副边角已经残损的郑板桥印刷对联：“删繁就简三秋树，领异标新二月花”——他在“文革”中所买，起先一直卷着，后来就把它挂了出来，“经常看看”。“删繁就简、领异标新”，坐在小镇李中林这间房内的长条凳上，喝着红茶，想着兴化前辈的这八个字，我一下子觉得触摸到了写作的某种本质，在技法和方向上的本质（耳中又响起苏东坡、博尔赫斯的类似声音）。午饭就在楼上的书房（真正的书房）里吃的。不擅喝酒的李中林一个劲地要我们多喝。他女儿烧鱼的手艺好极了，尤其是掺了静静书香的鱼香。菜、汤的热气在充满书籍的（水泥地面、石灰墙壁）房内袅袅——这是民间书痴李中林的世俗生活。

渎。又要写到渎边公路。成百上千条蚕丝般明亮的“渎”（词典解释为“沟渠；水道”），由西面和西南的荆溪和苕溪（分别发源于江苏的宜溧山区和浙江的天目山区）分汊而成，横穿长江之南无数村庄、乡镇在月光下木门的阴影，分开旺盛的麦子和稻子，越过空寂的渎边公路，从地上或空中，奔溅射入这个流域的源地：太湖（多么像一个正在孕育着胎儿的子宫）。蚕丝般明亮的水，和斜射的金色的太阳光线，在吴越天地间编织成一页圣美的网，金银相间，熠熠耀闪。

想象与现实的距离究竟有多远？细雨的20世纪的最后一个初春，在晃荡前行在渎边公路上的“中巴”车内，我努力敞开车窗和肌肤，去感受那些从高处“奔溅射入”太湖的水意和水光——但……现实的“渎”……累累段落受蚀并且发黑……正在失却“蚕丝般的明亮”。腐烂菜皮、飞扬脏损的塑料袋和积满污泥的半沉水泥船壅塞了大地的血脉。受伤的地……和水。细雨初春，土地仍在冒油，渎上的柳枝仍在爆芽（新柳如烟。细雨蒙蒙中的淡烟。烟，初春中国乡村的一个多么准确而又生动的汉字）。那个微小的男孩，在雨绿的田垄上滑倒又爬起，向他的村庄蹒跚走去——我的内心盛满了感动，我又看见了自己，那个遥远的、童年的乡村男孩。

黑。黑烟地的小镇。南街。蜀山背后姐姐家的晚餐。茶壶生计。——最后就要展开的一段文字的关键词？丁蜀镇，江浙交界处一座充满烟火的陶器乡镇。林立的公私烟囱或高或矮地在 2 月的细雨中喷吐煤烟。类似年轻凡·高所经历的漆黑泥泞的比利时矿区。母亲抱怨：就是晴天也不敢晒衣服和被头，要看好风向。落雨的早春，道旁标语、湿漉漉的地面连同石灰粉刷的屋墙上斑斑驳驳，全是深浅不一的煤黑色。家里院角的几盆月季，羸弱的叶子也是一派雨污。细雨的天空同时飘下絮般的轻盈黑末——这就是旋转轰鸣的工业时代制造的“另类”（借用一下）美丽？外甥刘思俊过 10 岁生日，父母和我们撑了伞去蜀山背后的他家吃晚饭。我们走浓暮雨意中的南街。衰老的石板木头窄街在雨光中慢慢沉入夜色。正在翻修驳岸，挖开的泥土在临河木楼人家的门前肮脏地裸露着。蠡河的水很浅，但仍有很长的笨重船队在河道内驶往夜的远方。歪斜的木窗，拼起来后缝隙很大的门板，泼水的声音，漏出的亮光……从新建的水泥大桥底下翻上蜀山背后的公路（北坡长满松竹的蜀山湿黑一片，有一块山脚已被粗暴挖开，显出活着山体的黄白内脏），横穿公路，走下去，刘思俊欢叫着朝我们跑来。……热气腾腾的明亮屋内，客人差不多已经到齐，姐和姐夫正在忙里忙外地招呼客人。春节刚过不久，门上的对联还很鲜艳："东南西北遇贵人，春夏秋冬行好运。"红纸衬字的背景图案是龙、凤、金童、玉女、金钱、元宝、喜鹊、仙鹤、鲤鱼、蟠桃。酒瓶开启，易拉罐环拉掉，各色各样的液体在玻璃杯中冲溅激荡。靠墙坐着、不断接受众人好话的抽烟年轻人是这一带的茶壶小老板——从各家各户收购茶壶（丁蜀镇及其周围，几乎家家户户都是生产茶壶和花盆的个体作坊，姐夫所做的茶壶就是全仗他收购），再由他自己批量卖给他熟悉的广东老板、香港老板或台湾老板。生意、茶壶、时事、人物、村中传奇、走南闯北的新异见闻，酒意渲染烘托的话题驳杂而又绚丽。稚气、故作深沉、一言不发的刘思俊穿梭老练地给每个人的杯中加酒；厨房酸辣咸甜的火爆混合气味漫至每一桌的低低上空……屋外的夜空，雨不知何时已经停止，几颗银质的碎星在湿黑的蜀山顶上静静闪烁——哦，一个多么难得的、空气清新的雨后江南春夜。

1999 年 4 月

南街与时间

飞离

一个站得笔直的老者，在木头街屋里独自唱戏。蠡河是黑的，蜀山是黑的，河与山之间长长窄窄的南街是黑的。只有一格一格的窗子，透出昏暗红灯——其实，一格一格的窗子，有的也是黑的。晚餐之前，在昏暗、充满潮湿竹丛和鱼鳞气息的世界里漫行，像穿行于一个梦境。有灯人家，透过污渍的窗子，可以看见屋内零乱长台上的铜烛台，可以看见中堂上手持荷花、肥硕袒乳的吉祥人物，可以看见紧靠长台的木桌——有着久远年代斑驳红漆的八仙木桌（上面摆着尚未收拾的零乱碗筷）。在一格窗子里，是这样的一幅情形：一个没穿罩衣的老者，挺直腰杆站在空荡的屋子当中，正跟着桌上的一架旧收音机，在唱着我不知道名字的古老京戏。高昂，低回；聚精，会神。老者对这个段落如此熟悉，他的唱腔、戏文与情感处理，跟收音机里播放的几乎不爽毫厘。远处黑暗中响起零落的爆竹声，此刻是新岁的夜晚，老者孤独一人——他是没有子女，还是子女都已远在他方？不知。但是，唱京戏的现在一刻，老者的幸福与沉醉是任何外人都可以相信的。孤独老者在投入的歌唱中飞离了俗世生活。生活，哪怕最艰辛、最清贫的生活都充满秘密的幸福，这就是我们活着的动力？这就是无形之神对整个人类的仁慈？时间在黑暗的蠡河、蜀山和窄街中慢慢流逝。一个老人在昏红的灯泡下笔直歌唱。

新岁之晚

爆竹声冷。新衣袖口外的双手也很冷。广大清寒的空气使裸露的手冷。拥挤的异乡木船，以凝固姿态，寂寞地泊在蠡河岸边的浓重暮色里，像一堆被孩子冷落的旧年积木。蠡河，范蠡与西施的传说之河。每一只船，高高翘起的船首两侧，都贴有诸如“顺风顺水”之类行船吉语的红纸对联。凝固的船，它们的家在河流远方。无风季节的河水闪着冷的绿光，像暮色时间，此刻也已不再流动。因此，它们现在是无家的孩子。新岁又一个沉夜已经来临。人在桥上，河水在底下。静静地听，桥上的人能听到河水携带木船缓缓进入眠梦的细微声音。

抄录

南街是被时间浇铸的一块琥珀。没有人知道它的确切历史。由于陆路交通的日渐发达，往昔靠着蠡河而兴盛的南街已经衰败。年轻人讨厌这里的窄、暗、湿，只要有可能，便会搬离，去住结实明亮的水泥公寓。在此坚守不移的，更多的只是他们的祖辈。南街，南街，秋暮里一段正在被人遗忘的朽坏陈迹。而过去的南街又是如何呢？在此录一段颇知乡里掌故的谈中歧先生的笔记，大概可窥近代南街的一种面貌：

> 旧时的蜀山南街，一度成为宜兴东南八乡最繁华的地方。在这仅一华里的街道两旁，店铺商家林立。据笔者记忆，有茶馆三家，餐馆三家，豆腐店两家，烟店一家，书店一家，生面店两家，百货店两家，中药店一家，私人诊所一家，还有一个京剧票友社。其中最多的要算陶器店，有二三十家。因那时交通不发达，以水路运输为主，为此，它给蜀山南街带来了经济繁荣。抗战期间，统治宜兴地区的伪和平军团长史耀民的团部就设在蜀山南街的潘家。由于史部设在蜀山南街，这条古街一度成为丁蜀地区政治、经

济、文化的中心。

残陶或陶山

成万上亿的酱釉碎陶片，堆积在街后蜀山的南坡。这是往昔龙窑废弃后的遗迹。火渍。泥土的追忆。时间。死去陶工的劳动与手印。釉滴。随处可见眼泪一样粗圆的釉滴。南坡的蜀山成了陶山。炎夏阳光照耀它们，脆滑、锋利的陶片便反射酱色的灼光，光线尖、静、亮，随着眼睛的移动，这些神秘、厉害的光又变得迷离。无数的陶片杂乱垒叠，漫长岁月历程中，哪一块稍微动了一下，至少，局部的山体便滑动起来，迅捷，如金属的瀑，山下窄街的每一所幽暗木楼里，都会充满清脆似泻的闪亮声响。这是本地居民听惯了的古老音乐。不是丝竹，不是编钟，更像是现代电子合成乐。更多时候，陶山是金酱的凝固火焰。它寂静着。黑夜交替白昼，一星嫩嫩的草叶从金酱的碎杂陶片中怯怯地探出头来。接着是一枝青草。两枝青草。一丛灌木。最后是成片的槐、竹、松、泡桐林从这坚脆釉亮的陶山上生长起来。凝固的金酱火焰之上有了清凉的如云绿色伞盖。夏天的知了伏在绿枝上唱歌。深秋的蟋蟀，孤单地逡巡于已经变凉的陶片边缘，它宿命的家在何方？一个萧瑟冬天，踩着哗啦的古陶片，我曾捡回一个残破的陶罐，将它放在我现在异乡的书桌上。这是往昔的灼火。这是浸骨的清凉。这是可以触摸、嗅得到气息的火中故乡。

弄

数百米长曲曲窄窄的南街，被蜀山和蠡河紧紧夹住。现在我要叙写的是南街的细弄。长长的南街如果缺乏了这些充满情节感的幽深细弄，就像一列完全封闭的停滞火车，没有空气，缺少光明，不光单调，而且令人窒息。细弄之于南街，犹如细须之于树根。弄是火车的窗户——不，是火车的门，是可以走出火车的细细的门。间隔出现的弄，给街输送了清凉氧气，弄使街内的行人在幽暗时空中不断获得惊喜、感到生动。靠山一边的狭弄，目光投进去，经常就会遭遇一挂从山下泻下的翠绿藤蔓，像青帘一样，遮住了弄的那头。这是蜀山散发的清气，通过弄这种古典隧道，使你嗅得。在诗中，我记录过与这些青帘般藤蔓有关的某些场景：

> 门或者牙齿排列。4 月雨水浸透过这些发黑的木器。
> 后窗开启，往年阴湿的绿影，像新鲜彻凉泉水，从下
> 　午的山上寂静涌进。
> 阁楼的木器沉默。

阁楼的木器在绿影和蠡河的波光中，慢慢黯淡着它们的肤色。

临河的弄，总有粼粼的水影闪进南街。拎着竹米箩走过去的人，会到达南街乃至中国南方水乡随处可见的那种光滑石埠头。荡漾的蠡河水是青绿色的。大米浸入河水，晕开的灰白迷雾中，灵活的串条鱼便会拨雾出现。嗅、啄，快速甩尾转向，当人用米箩去惊动它们时，又倏地一下，全不见了。高大的、桐油漆过的船身，从眼前缓缓移过，这些是稳重的长者。而莽撞的机帆船突突突冒着黑烟从河上驶过时，你得赶紧退上一级石埠，不然，涌上的波浪会咬湿你的鞋裤。还有光和影。由弄、街、月亮、水波、绿藤、日色等等合成的光和影，在南街，有着无穷的、深渊般的变幻。正是这种变幻，时间历经了诞生与死亡的磨砺，成为世上最最锋利而细亮的东西。弄。靠山或临河，长短不一错落出现的这些细致砖弄，丰富了南街的内容和表情。因为这些弄，古老南街在漫长的岁月中拥有了呼吸与生命。

死亡

我目睹过蠡河上的两起死亡事件。青绿的河水温柔又充满杀人陷阱，从这一意义上讲，河水与每个人身边的时间有着惊人的相似。第一起是船上的一位少女，大概不足10岁。被粗拙又锋利的几只熟铁“滚钩”从河底扎上时，单薄的、穿着碎花衬衫的幼嫩身子在滴滴答答地往下滴水。那样子，像极了一只可怜的淹死的猫。亲人在哭喊。少女的小脸铁青。我忘不了那种特异的、死亡少女的神情。记忆中遭遇的第二起死亡事件，发生在童年盛夏的寂静午后。死者是邻居，一位健康的肤色白皙的工厂青工。那天山里的“寄阿哥”带了新收的木梨来家。饭后，姐、“寄阿哥”和我便到南街走玩。天热得厉害，满世界都是白花花明晃晃的太阳，像无数会割人的刺眼碎玻璃。走了一圈，三人便躲进蜀山大桥的桥洞里乘风凉。蜀山大桥横跨蠡河，桥洞内晒不到太阳，时常又有带着水气的阴凉细风穿洞而过，人很舒服。桥侧是一个埠头，在我们乘凉时，邻居青工和一个我们也认识的男青年，结伴而至，他们拎着竹篮来汏衣裳。汏完衣裳，脱了背心，他们开始下河游泳。邻居青工先游至对岸，又游了回来。在游回来的过程中，他还笑着朝我们三人轻松地挥了挥手。接着，他又开始朝对岸游去。到达河心时，他的头慢慢地沉了下去。半分钟。一分钟。一分半钟……我们着急地叫了起来，那个男青年也着急地叫了起来。一艘水泥机帆船开过，我们大喊着：“救命！救命！”船上的人不信，说他不是沉下去的，是在“钻没深”（潜水）。船开远了，人，还是没有出现！邻居青工的最后出现，是在那天晚上。在那个遍地稻香、窑火弥漫的悲惨晚上，他被捞起。耳孔中都有着血印——目睹的人这样说。

工厂：泥与焰

火焰烧灼着我的童年梦境。火焰熊熊，陶窑内熊熊的炽烈火焰，成为我诞生、生长的荡漾背景。一间披屋——低矮的家，在陶器工厂区域之内的东北隅。屋后即为工厂敞开的破旧北门，门外是南街的“余脉”，越过天紫石条铺就的丑陋街道，地势向上，便到了“二十间头”——山坡之上的陶器制作场地，场地和一排工房的背后，就是蜀山。炼泥、做坯、施釉、烘晒、烧制、成品——泥土和火焰这两种元素，可以概括这座陶器工厂带有原始意味的整个生产流程。童年大部分时间，就游荡在这泥与火的工厂内部。厂区的室内高敞、结构复杂又阴暗异常，只有窑炉中的煤火日夜不熄，闪闪如红龙。入夜，我们捉迷藏。滚烫明亮的火光前，黑暗废弃的货场角落里，布满我们奔跑或屏气的激烈心跳。有时踢到一只陶罐，便会稀里哗啦倒下一片。黑暗的空间内，陶罐倾倒摔破的声音响亮清脆又令人恐惧——这是我们经常制造的罪孽。捉迷藏之前，我们会把从家里偷出的红皮山芋藏在刚刚出窑的窑车上——堆满坛坛罐罐的窑车，从烈焰沸腾的狭长世界里出来，仍然带着微漾的透明细火。玩得累时，山芋也熟了。嘴吹着，双手轮流换接着，撕开皮后的金黄之肉，多香、多烫、多甜！我们还会利用窑火制作玩具。先用陶泥做成左轮或五四式手枪，上釉晒干后，偷偷地将其藏入将要进窑的装满干坯的窑车。计算好出窑时间，到时，再将它们偷偷地取出来。这样，一把或数把有着金黄釉水的陶质手枪便做好了。偶尔也做些小狗、小猫什么的，但男孩子做得最多的，当然是枪，各色各样几乎可以称作精美的手枪。每逢严冬，工厂更是我们清贫人家孩子的天堂。衣单，棉鞋旧而不暖。放学后我们就去烘房。烘房是烘干泥坯的地方，因为湿坯是不能进窑烧制的。烘房地下中空，空洞的地下充满烧煤的热量。人走进去，脚底马上就热了，暖了。我们在里面做作业、单腿"斗鸡"、赢香烟纸。烘房与室外温差非常大，雪天，暮色里回家吃晚饭，走出烘房门时，就会发现檐下的"凌毒"（冰凌）已像电影里日本鬼子的"三八盖子"那样长了——这是因为烘房顶热，积雪因之融化，而雪水流至檐沿时，又遇冷再冻所致。

饰物

巨大的竹匾，质感细腻、精致，几乎占据堂屋坑洼的整幅白石灰墙壁。白昼与黑夜——岁月中的绝大部分——它静挂于壁，成为我们一家生活的沉默旁观者。进出。劳作归来洗脸。

发愁。围着粗糙的木头桌子吃饭。巨大的竹匾就这样静静挂于家的白壁。竹匾精细，一枝枝编织起来的竹丝，因为时间而闪射细亮悠远的暗光。有时候，它会从墙上下来，被摆放至室外。那种时候，它宽广结实的怀里，就盛满了雪样的但板结了的米粉，或者是颗颗蒙着尘埃、微带潮气的钻石大米。它们一起暴露在门前湛蓝的天空下，迫切地、大口大口地呼吸着世界发烫和明亮的阳光。

秋天是向日葵的季节。被锋快镰刀割下的向日葵头颅，新鲜、旺盛、桀骜不驯。一大堆，就被乱七八糟地挤放在我家向阳的屋角。籽实圆盘周边的鲜黄之花，像依然活着的火焰，在叫喊着死亡之痛。我们将剥出其中的瓜子，晒干，收藏，等待在农历新岁前夕的夜晚，一一炒熟，成为春节待客的地产香食。

在那些岁月，我还热爱稻草。那些柔软、金黄，抱起来簌簌有声的稻草是家中的常见之物。收获之后，它们就安居于屋后简易的阁楼。大雪压满房顶的寒冬，父母就在我们薄薄的被絮之下，厚厚地垫上一层，于是，我们的梦境中，重新有了田野的温暖和植物的香味。稻草还是我们缺之不可的四季燃料。铁锅很大，冒着热气，灶膛前母亲的面庞，总是被稻草的火光映红映热。我最熟悉灶膛内部的图景，稻草纤细透明的身子在曼妙的焰流里柔柔扭曲、萎败。这是杰作。这是世上最美的、没有重复的抽象艺术。母亲不断地往灶内添加草束，正像我所喜爱的一位东北诗人韩兴贵所写的那样，这些来自田野大地的生命，最终，又由善良的妇女，将它们送返了天堂。

二十间头

数不清的、像云一样密集的鲜红蜻蜓，在一只又一只装满金黄釉水的大缸上空飞舞。只穿了条短裤的黝黑孩子，手执竹枝，奔跑着朝蜻蜓的红云击打。被击折翅膀或击断身子的蜻蜓轻盈坠地。断翅。赤豆似的小圆头颅。半截尾巴。地上、大缸的釉水面上，积满了狼藉的蜻蜓尸体。活着的蜻蜓红云仍在飞旋。捡一片薄翅，举对西天，那个只穿短裤的赤膊孩子，看见了斑斓的如血夕阳。二十间制作陶器的工房。一排装满釉水的大缸。后面黑黢黢的蜀山南坡上，满是死者阴森森的坟碑。在旋转的粗糙制坯机器旁干活的工人早已回到南街的家。黝黑的孩子进入阴森森的二十间房。通敞、高大，二十间房飘拂黄昏潮湿山土的腥凉气息。风吹落叶，扑打窗棂。无形的身影在二十间头室内外的空旷中漫流。大喊大叫的童音恐惧、鲜红。鲜红的蜻蜓碎尸在梦中袭来。探入釉水的脸，在另一个年代抬起来，是一张冰凉的、你所陌生的金色面具。

往昔民谣

之一

说蜀山，唱蜀山，
制壶匠人出蜀山，
喝汤吃粥黄泥饭，
西北风吹进破衣衫。

说蜀山，唱蜀山，
匠人做得像泥菩萨。
窑货高过黄龙山，
油盐柴米全靠它。

说蜀山，唱蜀山，
紫砂茶壶名气大，
造出名壶有人捧，
泥匠家里不见一把茶壶筛。

之二

泥料拍拍，
只够嘴里嗒嗒。
泥坯做得光亮，
人和叫花一样。

之三

上龙窑，上龙窑，
不是腿断就伤腰，
抬不起头，直不起腰，
碰碰窑砖就起泡。

窑内火焰山，
窑外雪花飘。
一年到头上龙窑，
人像猢狲难到梢。

东坡书院

两只打架的青石牛光滑、阴凉。一只除头角之外，身躯全部没在小山的土中；一只则蛮壮勇猛地裸露于空气与目光之中。两牛之首紧紧顶在一起，难解难分。老师和大人们都这样对我们说，两只牛因为不听话，打架，所以被“阵头公公”（雷电）劈死，变成了青石头。这是传说，也可称为是古老的教育。我们热爱青石牛。下课或放学之后，总要去爬。从高高又肥壮的牛屁股处费力爬上牛背，然后顺着牛脖子滑下去，直到地面。我们的童年滑梯。盛夏时候，一匝绿荫之下的石牛特别光滑、阴凉。我们喜欢赤着身子伏于其上，这样，可以吸到里面的凉气。从牛脖子上滑下，再绕回去爬牛屁股时，就会看到一侧牛肚上刻着的四个字：“饮水思源”（现在知道，那是隶书）。

桂香已经闻不到了，但乡贤写就的校歌里仍在传唱：丹桂的香气在琅琅书声里飘满每一间青砖的教室。书院第二进西面的地下室令人恐惧，都说里面有狐狸精。周围居民讲得活灵活现，那只狐狸精，黄昏出现时总像一道白影，会变许多种人形，专吃小孩。地下室是学校印试卷的所在，那里似乎永远塞满了黑夜。傍晚工人下班后，地下室入口处由一扇木格子破门关闭，那把黄锈斑驳的小铁锁，看起来特别孤单。地下室是最勇敢孩子的禁地，一放学，室外的天井就呈现荒凉，只有两棵尖塔形的柏树，在一两颗星的青天底下寂寞沉思。

读小学四年级时，教室转到书院最后第四进（地势最高的一进）的房子。这是两层的木头楼。一楼是教室，二楼是教工家舍。教室窗外，就是蜀山东南麓满是竹丛的弯弯山道。上课时，突然就会有一队嘈杂的声音走过。女人的哭泣。金黄的喇叭。白色或黑色的布。老师停下来。所有的眼光挤向窗外。结束了，再重新开始上课。一个人就这样死了。一个在老家种了一辈子田，或做了一辈子陶的人，就这样死了。很普通。我的“寄爷爷”也由一队这样的哭声送至山上。我没敢去。啃着冷油条躲在自家屋内，听哭声经过门前，蜿蜒着，逝于上山的道路。后来到山上玩，我看见过那个坟。翻出的黄土覆盖在馒头似的坟上。黄土，那么新鲜。

东坡书院。我就读时已改叫红阳小学，后来直至现在又称东坡小学。东坡，当然与宋朝那位美食主义兼享乐主义者苏轼有关。必要的补叙如下。想在南街郊野“买田”种橘乃至“终老阳羡”（阳羡是宜兴古称）的四川人苏东坡，在他一生坎坷而其本人却不以为意的仕宦生涯中，他钟爱宜兴。更确切地说，是钟爱由蜀山、蠡河组成的这一块江南之地。蜀山其实原名独山，只是苏东坡来此后，登上独山，环顾四周，起了思乡之情，顺口吟道：“此山似蜀。”爱戴知识分子的乡人后来为了纪念苏氏，便改独山为蜀山。苏东坡不光喜欢吃红烧肉，在宜兴喝茶也特别讲究，有所谓“三绝”之说。其一茶具，须用他亲自参与制作的大肚紫砂提梁壶；其二茶水，须用南街西向数十里山间的玉女潭泉；其三茶叶，则要唐朝进贡皇帝的阳羡贡茶。“松风竹炉，提壶相呼。”此种流风余韵，至今不绝于阳羡的空气之中。现在的故乡人，除嗜食浓油赤酱的东坡肉外，几乎户户人家都有一把光滑细腻、把手高高的东坡提梁壶。东坡书院，就是当年苏先生在种植、吃肉、喝茶、作文之余，为故乡子弟讲学的遗址，地处南街东侧、蜀山东南麓。明清之际，在讲学遗址处建立书院，以“东坡”命名。书院目前仍具原来规模，共有四进，每进七间。

邻居

邻居在此专指西隔壁那位深居简出的丁姓老者。因为“弹脚”（宜兴方言，指蟋蟀）和月饼的缘故，至今仍时时想起他。那时我还很小，记忆中老者夏天总穿布鞋、黑裤、白棉布衬衫。由于不苟言笑，小孩子偶尔碰到他，都是毕恭毕敬。对老者的敬畏，除了他严肃，还因为他神秘。南街一带的老人小孩都知道，老者是养“弹脚”高手，是“弹脚精”。一次早上乘他不在家时，我曾随他那个调皮孙子进入过他的神秘世界。在张着白帐子的老者卧室里，墙脚洁净的方砖地上摆满大大小小的蟋蟀盆——但大多是空的，老者的“弹脚”基本放养在他屋后的院子里。院子很大，野草丛生，光或毛的嫩青叶尖缀满亮闪闪的露水（这是真正的百草园，而在绍兴看到的那个，已经变得恶俗不堪）。院内虫声唧唧，此起彼伏。我终于看到了夏夜在门外乘凉时总会听到的鸣声之源。那次，我没能看到“玫瑰斑”。“玫瑰斑”是老者的镇宅之宝，据传，这只“弹脚”翅上有斑，状如玫瑰，故名；该虫色若蜜蜡，钳似乌钢，金光耀目，神俊异常，每次搏斗，沉着稳健，必后发制敌而无虫能挡。老者爱虫成癖，所有的孩子都知道他的“悬赏”：有被他看上的好“弹脚”，甚至会用一块令人馋涎欲滴的月饼与你交换。于是，每年中秋前后，废龙窑的碎陶片场，山脚下的山芋藤地，到处是我们翻“弹脚”的痴迷身影。相互先斗，胜了，再小心翼翼又胆胆怯怯地捧去给老者过目。老者眼光很严，很少有他中意的。现在回想起来，我只有一次幸运地享食过他的月饼，“是只‘虎头’”，老者收下了。给我的月饼是苏式的，表皮盖有红红的印章。月饼一层层的皮很酥、很甜（舌头的此刻记忆），但里馅是百果还是火腿，就记不住了。

供销社

河埠石阶被晒得发烫的午后，供销社总显得寂寞而冷清。

社在北街，隔一条沉绿蠡河，与蜿蜒的南街相望。供销社临河有三间大门面，相互贯通，阴暗，凉湿。清贫年代的炎夏午后，穿碎花衣衫、袖子卷得高高的中年女店员百无聊赖地趴在木头柜台上午睡。她总是被我们叽叽喳喳的到来吵醒。我们来卖铁。北街的供销社，其实是烟酒副食品店、布店、新华书店、文具店、农用杂货店和废品收购站的综合体。我们从工厂金工车间的垃圾堆里捡拾废铁，然后到这里换钱——这是童年最早也是最经常的经济行为。铁记得是4分钱1斤，若捡到5斤铁的话，就可获得2角钱的收入，这在当时可不算是小钱——一碗肉馄饨或一场电影都只需1角；一支赤豆棒冰或一杯酸梅汤的价格是5分。所以，工厂周围的一伙孩子对金工车间的出垃圾时间均有着高度直觉，每逢那个敞着蓝工装露出白胸脯的青工倾倒筐中混杂尘土碎铁的垃圾时，我们便群扑上去，争抢自己的份额。激烈处，就是平时形影不离的“小哥们”，也常会拔拳相见（经济对人性的戕害一例）。但抢完又好了，一起高高兴兴不顾烈日地同往北街的供销社卖铁。在杂放着麻绳、化肥、塑料桶和镰刀锄头的那间门面，将篮中的铁倒在黄锈的磅秤上，女店员称好，再让你把铁装进篮子拎到后面简易的仓库里倒下，那里，堆满了小山一样的“废铜烂铁”。

我对于钱的用法比较受大人称赞：不大去满足口腹的馋虫，而是买“小书”（小人书或曰连环画）。卖铁拿到了钱，攥着，马上转到摆满“小书”的玻璃柜台前，贴着玻璃蹲着身子一本本地细瞧。然后就买。买得最贵的一本现在还记得，是“电影小书”《甜蜜的事业》，内页黑白，封面是彩色的，男女主人公头靠头趴在草地上甜蜜说话。这本“小书”由于是“电影”的，价钱超过了2角，我是痛下决心后才将它买下的——在当时，一般的小人书只需6分7分。那时我拥有近一小木箱的“小书”，除少数是大人帮买的，其余基本就源于我捡的废铁。冷清又“富足”的供销社时时诱惑着我们，捡不到废铁的日子，就另想办法。在供销社，我们还卖过空酒瓶、牙膏壳、鸡毛、“鸡旺皮”和旧铜钱（野蜂窝和蝉衣则卖给中药房）。旧铜钱大多来自蠡河河滩。枯水时，在河滩上，往往会捡到水蚀的硬币、前朝的铜钱、生绿锈的铜烟嘴，运气好的话，甚至还会捡到银圆。有一次做梦，发现蠡河河滩的薄泥下，层层叠叠满是银圆铜钱，捡都捡不完，拿到供销社，把喜欢卷袖子的中年女店员都吓坏了，换回了大把大把1元面值的钞票——我承认，这是迄今为止，我唯一做过的发财美梦。很美。

茶馆

南街，黎明沸腾的一间临河屋子。白发。褐红苍老的如壑皱纹。浑浊的眼。蒸腾并弥漫的茶气。红茶茶气。蠕动喉结。

门外炸油条的烫油锅。浑浊的泥土的人生。托起茶壶的嶙峋手指。吴方言。窗前纷杂的帆影和桨声。烫。黎明。“时间泡着他们，这些作为茶叶末子的微小身躯。”

桥（之一）

横跨蠡河的高高石桥，应该是南街这部乐曲的高潮。单孔，古老而坚固，由糯米、石灰和无数块齐整的麻石条砌成（传统的民间砌筑之法）。它是现世生活中带有神性的虹，是南街商业、文化、民俗的突出舞台，情节复杂、音响繁众、人物纷纭，它是辐射之核。黎明，宽阔的桥背上画面驳杂。水鲜翠嫩的菜担，活蹦乱跳的鱼摊，碎骨飞溅的肉墩，拥挤又谐和地安处一地。拎篮人的还价声，甩尾鲢鱼从手中滑出后的击水声，闪亮快刀敏捷利落的鲜红剁肉声，如开似沸。比黎明更早时，四乡八邻的人们就撞落田野的露水一路赶来石桥。排木门扇后面睡眠的南街人，就会被一阵又一阵青竹扁担的“吱扭”声唤醒。等水淋淋满带鱼腥气的红圆太阳自蜀山和蠡河的东面升起，石桥上最后的鼎沸连同河畔茶馆愈加蒸腾的白雾，南街岁月中的又一个白昼，便准时到来。秋、冬、春的南街夜晚落寞，一轮皎月，一座高高的冷清石桥，银丝微漾的河面——这是一幅常见的江南水印木刻。唯有夏季的石桥之夜，才堪与黎明呼应。晚饭过后的男女老少，拎了竹椅板凳倾南街狭小闷暗的阁楼而出，会于宽阔桥背。蒲扇、说笑、咳嗽、拍蚊声、劣质烟的细雾，嘈嘈切切。那边，三二槌鼓，几根弦索，便是“小月昏”艺人在唱卖梨膏糖。桥背之上的夜空，星星像密集的汗珠一样难以数清。只有偶尔从水上过来的凉风，才收人汗身。乘凉到兴头上，有乡下的夜瓜船泊靠石桥，人们便纷纷解囊买瓜。红瓤黑籽，汁溢蜜流，那一夜的梦境，全染了碧绿西瓜的清甜。

桥（之二）

烟酒副食店在南街一侧，正对石桥。我还记得这店上面的木头阁楼内，住的是我初中的几何老师，姓潘，中等身材，光亮光亮的头，整天笑眯眯的。夏天走在高高的石桥背上，能够看到他穿着白汗衫摇着芭蕉扇在木头楼板上走动的景象。楼下店堂内很挤，靠门摆满了有麻绳印纹的酒瓮和酱油瓮，鼓起的瓮肚贴着红纸，吉利又诱人。量器或舀器均为竹制，一截竹筒，带有长直的竹柄。你把空瓶带来，他将白铁皮做的漏斗插入瓶口，然后用竹具为你打酒或酱油。揭开用软布包着的瓮盖，舀起、倾倒，缕缕的酱油鲜亮，黄酒则金黄、清冽，店堂便飘满酒、酱的浓香。陈旧却干净的柜台上不是空着，而是置满了方方的玻璃容器。里面，有花纸头的糖果，有“8字形”的“牛鼻头”，有崩脆雪甜的“油绳绞”，有咧开了嘴的“开口笑”。柜台内的搁板和柜台后的原木货架上，另摆着纸烟、光荣牌肥皂、瓶装白酒、蒙尘的成捆红纸炮仗、雪片糕以及铅笔盒方格簿等文具用品。

中药店与烟酒副食店隔户而邻，门楣一块匾上，是有些剥落的四个隶体大字：太白遗风。木质柜台仍是高高，累月经年的取药人与卖药人的手臂，将柜面的木纹磨得凹陷，光滑又细腻。高柜台后面是整堵墙壁的小格子暗褐抽屉，这是药的居所。当归、赤芍、青蒿、沉香、半夏、夜交藤，这些名称富有意味的繁多药物连同幽凉店堂、药纸戥子以及那位清瘦、高个、手扶老花眼镜的店员一起，构成了中药店久远的特别氛围。对于中药店，我个人记忆最为强烈的是它的气息。由暗褐抽屉内无数味干燥中药散逸汇聚而成的气息，绕梁三匝，弥漫空中，这是中国天地间的精气与真气，它使人周天通畅、血气充沛。稍有气感的人，置身洁净此间，即会得到深厚的滋养和共鸣。中药店的气息，我始终主观地认定它就是典型的中国气息，抒情无形，却直抵本质。

蠡河石桥的另一端，我们称作西街和北街。西街口，还有一座小桥，叫“油车桥”。油车桥下是一条细如筷子的支河，与蠡河成为直角。一间用石块砌成的房子居于小桥之侧。这间石头房子由一堵半人高的、白石灰粉刷的矮墙平均分隔成两个空间，一边是三张凳、三面镜子的剃头店，一边是一对夫妻的裁缝店。在那儿，我剃过头，也由大人陪着做过新年衣裳。剃刀雪亮映人，刮刀的那片白帆布挂在镜下，却总是脏污污的。抖一块蓝布围住脖子和身子，镜子中只有一个长满乱发、略带羞怯的少年脑袋。黑发次第落于蓝布，继而静坠砖地。这是少年不断生长又不断被剪削的岁月。这是成长。雪亮剃刀细细掠过稚嫩的脸庞、后颈和喉间，凉丝丝的，像夏天的冰。“乌头宰相变成仔白面书生了。好了。”剃头的胖师傅笑嘻嘻的，解开了围我的蓝布。走下笨重却可以转动、后倒的座椅，头感觉特别的轻，似乎会离开身子而飞起来。

混堂。混堂和剃头裁缝店隔油车桥下的支河相望。有关混堂的记忆总与冬天的夜晚连在一起。小时候最讨厌的两件事是剃头和洗澡。剃头间隔还要稍长些，洗澡却时时“骚扰”。黄昏，瘦小父亲从陶瓷工厂收工回家时天已黑了。他干驳运，就是将烧制好的缸、罐、盆、瓮等等挑上或滚上木头驳船，沿蠡河将船摇到镇上的陶瓷公司批发站（“陶批站”），再从船上将这些窑货驳下。这是人所共知的重体力活。回家的父亲放下干活家什，总拉我一起去洗澡。走有零落灯火漏出的昏黄南街，过高高石桥，到油车桥旁的混堂。为了我高兴，路上父亲总要给我犒赏，或是一块杏仁酥，或是一包炒米糖。嚼着香甜好吃的“小食”，看父亲掀开混堂湿湿的棉布厚门帘。腾腾热雾一下子湿了我脸上细细的汗毛。白色热雾腾腾，像传说中的神话境地。那个油光秃顶的混堂老头，用他的苏北家乡话和父亲打着招呼，一边将滚烫的毛巾长距离准确地扔给某一浴客，一边走过来，嘻嘻笑着，在我脱裤子时，摸上一把我的“小麻雀”。父子俩浴罢出来，几颗冬天的银星，已在蠡河上的夜空中一闪一闪。回来路过南街联合诊所旁的一个小烟酒店时，父亲总要买上一瓶二两五的廉价粮食白酒。家人围坐，晚餐的白炽灯下，啜饮白酒的父亲，是幸福的父亲。

梦

古老、黑暗、潮湿，永无尽头的狭长街巷之内，一匹鬣毛飞扬的红烫骏马，在我幼小的身躯之侧，闪驰而过。像焰，像烈风中被一瞬吹低的赤丽时间。一匹红烫的高大骏马，闪驰于南方故乡午夜的黑暗水巷。这是童年梦境。这是主观故乡。这是南街，在我一生的记忆中永远留刻的印痕，灼烈又清凉，含满青草、火焰和亲人的深刻气息。

1998 年

塘溪，塘溪

那悬挂的乡村，是否，正在离开大地？

——摘自旧作

天色在瞬间又暗下一层。烟灰的雨云越聚越低。饱含雨意的云，自地平线处重重擦着 5 月广阔的麦田，无声逼近。喷溅着汁液和旺盛难抑的发情气味，青黄滚涌的麦子，又一次，就要淹没低地的村庄。旋转近乎狂暴的大风，瞬间生成（带来更深的黑暗），但转眼又止。公鸡惊慌地在屋前场上乱飞乱叫，翅上失落的一二羽毛，飞越猪舍和猪舍旁一大丛野艳的蔷薇，缓慢地，最后掉在村边的浮萍水塘。浓绿发黑的大树被风搓弄，奔跑的那个精神失常的乡间女性散开的风中长发。积聚、潮涨的黑。暴雨之前的乡暮浓郁窒息。是从田野或县城匆忙返家的人，脸上首先感到了一滴。那么重，那么凉，绽开在脸颊，雨的碎屑滑进嘴里，腥的，又有些微的甜。通往村中的坑洼白泥机耕路上，稀疏、零落的雨的铜钱，溅起闷的尘土。——紧张憋气的乡村世界开始稍稍喘息。炉火仍然熊熊，这是海洋般麦田中央的通红铁匠店。流泻的金属烫液，在低狭的屋内啸叫。红烫柔软的铁被放上了深黑笨重的砧台。胡子拉碴的老汉和他的小徒弟挥动锤子。四溅的火星，像收获时村庄内部无数飞射的如雨麦粒，又像夏夜屋顶上激烈的群星。刚刚淬过火的镰刀、菜刀和锄头（新鲜的器具），杂乱地堆放在屋角的泥地。火焰与麦田的上空，柳枝状的闪电先于轰鸣的雷声而至。……终于，百亿条闪亮活泼的银鱼从天上被倾倒下来。于是，满布村庄、植物、夜色和湖水的乡村大地，像古老的容器，顷刻间，盛满了辽阔并且是如此热烈的自然音响。

东南阳光下自行车的钢圈炫亮。穿白衬衫的乡村青年，骑车去浙江德清买油漆。从亲戚家借来的崭新28寸“长征”载重车在河边田埂上骑起来特别轻灵。车把上晃荡的布袋里，是母亲起早烙的鸡蛋麦面油饼。青年是黎明从苏南湖边的家（陷在翠绿的田野深处）中出发的。苇叶尖上的露珠晶莹闪耀。黎明的湖上云霞满天。鲜艳云霞，流溢斑斓如梦的色彩。这是多么美好的7月晴天。穿白衬衫的乡村青年。第一次的独自出远门者。

有力的身躯，胆怯又新奇的目光。他骑上了宁杭公路。大雷湾上首次休息。山壁覆绿，蝉声阵阵。秀野的太湖就在脚底眼前。眺望。想想身后的家。湖面上劲拂过来的风，止住了青年黑红额头和胸前爆出的颗颗汗珠。冲下山湾，经过一块竖立于路旁的石头省界标志，穿白衬衫的乡村青年进入浙江。

热起来的太阳照射头顶。树木斜长的阴影慢慢变短。汗。自行车的钢圈炫亮。一辆又一辆的大小汽车超越青年；一个又一个行走的乡人也被青年超越。湖州城外买一块钱青苹果。借坐在补胎摊肮脏的遮阳布篷下（摊主是令他亲切得激动的宜兴老乡），他啃着，嚼着。苹果青涩的汁液慢慢消除着他的疲乏。面饼也从布袋中拿出。讨了水。如此香甜的午餐。湖州城过了。陌生、寂静的夹绿山路让他有些恐慌（他又想起了出发前父母唠叨的叮嘱）。他用力蹬着车子。屁股发热，有火辣辣的涩痛。继续向南。穿过生长有亿万竿青竹的莫干山投下来的长长山影。浓暮，穿白衬衫（不，应该是灰皱湿衫）的乡村青年抵达了德清。

……在父亲过去的朋友家睡觉。之前当然还有晚餐，特地赶做起来的鸡蛋、米饭和当地新鲜菜蔬的晚餐。第二天买好油漆，德清的便宜、质佳的油漆（他是乡村农闲时的油漆工）。父亲的朋友说，去杭州玩玩吧。重新洗净白衬衫的乡村青年于是在晚上乘船去杭州玩。在异乡河流上的船舱里，又是一个人的他睡着了。船是停着，还是始终在弯弯曲曲的河上行驶，他一无所知。反正，又一个黎明到来时，穿白衬衫的身体出现在西湖边上。人。不同于家乡田野里的驳杂男人和鲜艳女人。荡漾的西湖。媚艳的荷花。游船在岸边和湖心亭间穿梭往来。餐馆里面林立的酒瓶和喧哗的人群。他搭错了城里的公交车。想去灵隐寺，却挤上了到六和塔的车。陌生难懂的杭州方言让他慌乱。……乡村青年游完杭州、买好油漆，并且最后成功地骑返了家乡。一次经历。深刻的他所骄傲的经历。

乡村小店含满的，仍是以前时光的影子。水泥砌的柜台面毛糙不平，浸渗着久远的汗痕以及酱油或豆油的褐黄深渍。汗痕无规则，油渍则尽为重重叠叠无以计数的圆印，那是腻厚油瓶底的印子。有多少只老少的手曾经拎着它们摆上阴影中的水泥柜台？插发黑的铝皮漏斗。舀，并且倾倒。偶尔瓶外的滴落。家里灶台上滋滋发烫的等待铁锅，旧印之上的新渍，递钱换物时的日常交谈，累加的四季时光。柜面，是一张唱片，或一部内容深邃的乡人之书。同样是水泥砌成的靠墙货架上，商品呈现：灰尘的长条肥皂，铅笔和练习簿，破了一角的袋装细盐，卖了两包已拆损纸封的大半条飞马香烟，绿瓶子的雪碧，塑料纸包装的旺旺雪饼和排骨方便面。三两的老农聚集于此（他们和土地以及土地上的植物打了一辈子交道），或拄杖闲坐，或手捧紫砂壶啜饮，谈天气，谈地里今年番茄的长势，谈农药的价格，谈孙子的夜晚哭闹和无理要求（“桑麻”）。其中一位还备有一副白布包着的“不插电”剃头工具，随时可以在柜台外的长凳上给需要的村人以服务。小店还是这一片村庄邮件的集散地。绿制服的乡邮员骑着被他保养得异常干净的自行车，总在上午 10 点到达。取走待寄的（儿女考取了外面的学校），送来寄达的。老人们给满脸客气的乡邮员递烟，听他简单却是极其生动地讲述乡里、县城的最新故事（有色或者无色）。绿制服的清洁骑车者总给乡村带来不同的空气，他是受人欢迎的“新闻人物”。

夏夜多美。飞动的萤火，流泻的星，世界充满了清凉、纯蓝、裂冰似的移动碎光。紧张的农事告一段落，屋前河畔，玩累后在场上乘凉的安静孩子，数着苇叶的嫩黑剪影，又一次可以从摇着蒲扇的大人口中，听到那些传了千古的奇妙“密子”（谜语）。“麻屋子，红帐子，里面睡了个白胖子”（花生）；“肉皱皱，皮皱皱，笆斗对笆斗”（核桃）；“红口袋，绿口袋，有人怕，有人爱”（辣椒）；“尖底瓮，平底盖，一掀开来好小菜”（田螺）；“兄弟七八个，围着柱子坐，大家一分手，衣裳就擦破 ”（大蒜头）；“红绸被，白夹里，八个小娘困一被”（橘子）——近乎极致的汉语诗性与音乐之美。水上凉风一般的民间传说也在星空下轻拂。斩蛟射虎的家乡英雄周处，双手能把水牛拎起来，汰净牛脚上的泥巴；会将一座山用竹藤扎紧，“嗨”的一声扛着就走。为什么力气这么大？原来他小时候吃到过天上龙的“馋唾”（唾液）。还有赤脚黄泥郎的故事引人入胜。太湖岸边各处“黄泥相公庙”里所供的人物，就是这位专在大风大浪中抢救遇险船户的百姓救星。大人总是强调，在太湖中行船遇险时应该呼喊“赤脚黄泥郎快来”，而不应该叫“黄泥相公快来”，因为喊他“相公”，他就要穿衣、戴帽、蹬鞋，把自己装扮成相公，这就会耽搁抢救时间。……星光，传说，苇叶生长和鱼儿跃水的声音，农历六月二十四家家户户用新麦蒸出的馒头香气，弥漫了乡村夜空。

“老师老师您真好，辛勤培育好苗苗，教我画画做游戏，教我唱歌和舞蹈。今天我们毕业了，明天就要上学校。等我戴上红领巾，再来向您问个好……”大树村 1 号。塘溪小学。我感动于一个乡村幼儿老师和十几个孩子在暑夏沉醉般的告别仪式。两排旧平房，一口青石围栏的光滑老井，几棵硕大的泡桐、枫杨和槐树的浓荫，凹凸不平的青石板地，响亮不歇的蝉声——平原深处的夏日乡校。小学生们早就放了暑假，空旷的校园内，只有幼儿班的一间教室盛着声音。矮小的课桌间，十几个就要升入小学的稚野孩子，笔直坐着，小手端正地放在粗糙的木头桌面上；讲台上是一位仍穿着罩衫的清瘦中年女老师。今天是你们最后一次听周老师讲话……放假在家不要光是白相，周老师教的东西要天天“张张它们，望望它们”……跟爸爸妈妈到亲戚家做客要会叫人，要懂礼貌……黄佳稻，以后要爱劳动，在家里先从扫地练起……满文星，上小学后不能再叫爷爷驮你上学了……尹望，你本来是很聪明的，以后上课要多举手，多发言……小朋友最后这学期的表现都很好，周老师很满意，但是“好孩子”的名额只能有5个，没有评到的小朋友不要泄气，上小学后人人都要争取当“三好学生”（絮絮叨叨、舍不得结束的话语轻轻重重回响在空旷的乡村夏午，是如此让我动情）……风琴咿咿呀呀地响起……小朋友们再跟周老师一起唱……“老师老师您真好，辛勤培育好苗苗，教我画画做游戏，教我唱歌和舞蹈……”恋恋不舍的老师……童音反复的透明歌唱……歌声飞出教室，越过井栏和大树浓荫，在寂静村庄和田野的上空，成为一朵那么美、那么纯的微小白云。

空气被烤得稀薄的乡村夏季，布满狗尾巴草毛茸茸的巨大花影。各种调子的阳光在这种清香的虚幻影子间跳跃、逡巡或闪烁。红色的透明蜻蜓，像一片片薄极了的玻璃，停在空中或歇在叶上。一滴很圆很大的露水在早晨跌碎的声音，总是摇晃着初醒的青烟村庄。田地如此湿润。狗尾巴草——莠——买不起花裙子的拖鼻涕丫头们都叫它“胡琴草”。一根在圆锥花序处绾个结，另一根直插进去，这就做成了她们珍贵的虚拟胡琴。轻轻拉动，满世界顿时弥漫植物飞翔和嬉戏的绿色声音。辟开草莱的乡村柏油公路像一首磨损的老歌。在狗尾巴草蒸腾的花影里，它接纳着密如蛛网的乡野小路，并在陌生的远方和更为繁忙的大道相连。世界是多么神秘和广大啊。像愉快的蚂蚁安居觅食于世界偏僻的这一隅，我们无比熟悉的只是云彩之下，穿越狗尾巴草，由县城通向东面太湖的这一段。路是一根黑韧的藤，无数的村庄像歪歪裂裂的瓜果，或远或近或大或小地结在它的身上。“三卡”，太湖流域苏南乡村特殊的交通工具。三个轮子，蓝色的车身，破旧的雨篷，突突突行进中喷吐的黑烟——像极了在田野和狗尾巴草王国内爬行的一只只可爱的硬壳甲虫。脸庞黝黑的驾手（昨天刚刚在自家稻田里施完化肥）和他的三条腿的硬壳甲虫立在县城灰杂的街尾，满怀希望地等待着需要返家的搭客。上城买了镜子和两只红色热水瓶的少女、挽起裤管腿上青筋纵横的老汉、嚼棒冰的花脸孩子、拎着黑包满面红光淌满热汗的乡镇企业供销员、卖完自留地上蔬菜的一群声音脆响的妇女……挤坐在透着风的甲虫肚子里。狭小“三卡”车厢的两侧并不空闲，重重叠叠挂满了搭客们的竹制笋篮和沾泥自行车。毛茸茸狗尾巴草的巨大花影。花影内的如藤乡路。摇摇晃晃爬行并且吐烟的可爱甲虫。村庄上空的阳光和云彩。年复一年，蚂蚁一样的乡亲就是这样进出着太湖边上各自的家。

1999 年 6 月

时间的形式

……那缓慢而甜蜜地销蚀着身体的时间。

——米兰·昆德拉

“矮胖的工厂守门人微笑在火焰的阴影里……他对时间有着超常的嗅觉和敏感。”在《火焰地》中，我曾这样涉及过守门人与时间的某种关系。覆绿蜀山的脚下，有着熊熊焰窑的陶瓷工厂的矮胖守门人——人们叫他矮坤大。脑中有关他的记忆，背景总是炽白近乎透明的故乡夏日。肥肥鼓起并在肉缝间夹着汗珠的圆肚皮（穿宽大的须用带子在腰间系住的蓝布老头短裤，汗黄的短袖衬衫从来敞开在肥肚的两侧），佛一样和蔼的笑（带那么一点点乡村世事过来人式的聪黠）。超长的两轮木头板车，有的卸空，有的装满刚从窑内烧出来的金光闪闪的陶器，从厂门口进进出出。下午，只要平顶简陋的传达室东墙下一出现“阴头”（房子投下的阴影），守门老头就会迫不及待地拄着拐杖，去附近人家葡萄架下的井内提来一桶井水，浇在东墙下粗糙的水泥场上。“滋——滋——滋——滋——”烈日灼烤下焦渴已久的地面拼命汲吮着冰凉井水。这时候，老头便把他的那张老藤椅搬到外面，舒坦地坐在里面，双手扶着圆滑的木拐杖，露出肚皮，和蔼微笑着看每一辆进出工厂的木头板车，和每一个走过的大人小孩打招呼。“矮公公（孩子们这样喊他），现在几点了？”——守门者人生中的一个典型镜头随之出现：假装捋起粗肥手腕上的衣袖（实际是裸露的手腕，并能在手腕的肉上看到脉搏的跳动），端详一下“手表”（子虚乌有的手表），然后认真而又肯定地判断：“4点零9分。”——故意不说整数，以显示其准确和自信的程度。我，或者邻家的某个孩子，听完后会立即拔脚朝家中跑去，看一下放在堂屋长台上的闹钟，再飞快地跑回来：“准佬！矮公公！”他便开心地大笑。他嗜好所有的人对他进行“时间”考验，他终归是骄傲自得的胜利者。他，跳动着的、弥勒佛一般微笑的肉身钟表。

而童年日常生活中父亲的一件事（起床），则准确显示着一天中的一个特定时间。瘦小却筋骨硬朗的父亲，那时是宜兴合新陶瓷厂窑上的驳运工。那是重活，即把烧好的缸瓮壶盆罐等陶器从窑旁货场用木扁担、大竹筐挑上河边的大驳船，摇船往丁蜀镇上的“陶批站”（陶瓷批发站），再从船上把所有的陶器挑上岸。日复一日，几无间隔。大概跟陶器出窑的时间有关吧，干这个工种的工人都得起早。处于工厂边缘的矮小局促的“披屋”内，闹钟铃响，父亲起来，我们三个孩子也总会从甜热的梦中醒来片刻。穿衣，简单漱洗，吃东西（无馅的米粉团子、汤山芋、泡饭或少油的麦面薄饼），竖在门后的木扁担与门框轻微撞击，熄灯，关门。干活去的父亲的脚步声远了，不用看钟，我们都清楚：每天的这个时候，是凌晨三点半。熹微而清贫的黎明，要等我们再一次熟睡之后，才会来临。

和父亲类似，一个返乡者的身影，也准确显示着一个特定时间，不过不是一天，而是一年中的一个特定时间。返乡者的两个儿子冒文明和冒小年，是和我一起在窑场上捉迷藏、在“胡花狼”（苜蓿）地里翻跟斗练鲤鱼打挺的疯野玩伴。他们家在油菜花田边高高暗暗的阁楼上，平时，由返乡者的妻子，那个在紫砂厂做茶壶的女工一人在家照顾并严厉管束着他们（吃过晚饭到阁楼下叫兄弟俩出来玩，总不敢喊名字，而是学着电影里特务的联络暗号——鸽子叫——进行联系）。我对他们很羡慕（两兄弟自己也很骄傲），因为他们的父亲是地质队员，长期漂泊在外（好像是在湖北吧），为公家寻找各种各样的稀有金属矿床。他们老是在盼着自己的父亲能够早点回家，我也在盼——倒不是为了他们父亲所带回来的吃食或好东西中也许会让我沾上一点光，而是因为，这个返乡者的出现，会让我在心中生出一种暗暗的激动和幸福：噢，年又要来了——有鱼肉吃有鞭炮放有压岁钱拿的年，顶多再过一个星期，终于又要等来了。冒家兄弟的父亲——背微驼、说普通话、满身白肉（在工厂雾气腾腾的浴室内我曾见过），这个一年一度的老家返乡者，在我的眼里，成为“年”这个时间的使者和化身。

除了表现为事件形式的时间之外，记忆中的时间之于我，还常常呈现为声音形式。古老的铁质小轮船（漆成绿色），突突地擦着蜀山脚下又长又窄的木头南街，在清波微漾的蠡河上朝北驶去。这是每天从丁山开往无锡的固定班船。轮船很小，吃水却很深。客舱是一个打通的空间，随便放置着几条长长的木凳供人歇坐。上城的乘客三教九流，斑驳纷杂，有投亲访友的，有买结婚嫁妆的，有求医问药的，有讨债的，有到梅园开源寺烧香的，有往崇安寺热闹场所白相的，有赌博赢钱后返家的，嘈杂方言在劣质香烟的烟雾中如煮如沸。竹篮、麻袋、鼓鼓囊囊的布包与扑叫的鸡鸭、沾泥的百合以及新鲜红白的猪后腿交相辉映。碧绿的河水，几乎就齐着舷窗在你脸旁荡漾。小轮船驶近蠡河上的蜀山码头时，便“呜——呜——呜——”地拉响它的汽笛。听到船声和笛声，在河边劳作的人们就会丢下手中的活计，相互说道："时间真快啊，又到十点半了。走，下午再做吧，该回家烧饭吃了。"

换糖佬的镗锣声不同于船声和笛声，那种在家门外响起的缓慢、铜质的声音，提醒的是懒洋洋空荡荡星期天下午2点左右的时光。换糖佬是一个长高、沉默、有着满嘴花白胡子的老者。他孤身住在南街街尾某一间幽暗的木头房子里。我曾到过他家的内部（急着做弹弓便找到他家上门买2分钱3根的水牛筋），白天的屋内也很黑，模糊中的简单灶台和竹制家具散发一股湿和霉的陈年气味。进深很长的屋的后部，一块方形的窗户很亮，从窗中，可以看到一丛自蜀山上悬挂下来的藤蔓，鲜绿刺眼。换糖佬平时把摊子摆在东坡小学门口。黄旧的木挑子内，有切成小块、沾着白粉的面糖，有金黄透明的圆形棒棒糖，有用两根小竹棒可以将软糖绕来绕去的绕绕糖；除糖之外，还有水牛筋、炮子、铅笔刀和花花绿绿中空细瘦的彩色塑料牛筋（上课或在教室午睡时，可以将其一头放入课桌内的水瓶中，一头含入嘴里偷着吸水）。星期天学校没人了，换糖佬就挑着他的家什，不紧不慢地敲着那面铜镗锣，按着某条习惯了的路线走街穿村兜售他的生意。镗锣声在我家门前响起时，一般都在午后2点左右，正是午觉应该醒来的辰光。听到由远而近熟悉的声响，有时我便会马上钻到烧饭的锅台旁，从某个布满灰尘和蛛丝的灶上壁洞中，费力找出一只空瘪牙膏壳或一只干黄的鸡肫皮，跑到老头那儿去换回几根水牛筋或一小块面糖。然后，再算计着花 1 个小时做完家庭作业，这样，在父母干活回来之前（约下午 5 点），还可以出去玩上一圈。

换糖佬的镗锣声在我听来表示的是星期天下午的时间，那时候，在清晨催促、提醒我抓紧吃早饭上学的，是家里挂在墙上的那只农村有线小广播发出的声音（又一例生动的声音形式的钟表）。那时清早的广播里有一个“每周一歌”节目，这个不知是 5 分钟还是 10 分钟的“每周一歌”唱完后，是 6 点 30 分。唱歌时，应该也是我每天吃早饭的时候，不然，上学就要匆忙了。依然清楚地记得在冬天的寒冷清晨，一边吃着热腾腾的白粥加咸菜，一边听于淑珍唱《月光下的凤尾竹》的情景。“每周一歌”的旋律，变成了我可以欣赏和聆听的时间。

“从他（她）的脸上，我已经看到了他（她）老年的样子。”走在路上，碰到某些偶然相遇擦肩而过的陌生人，她经常对我这样说着。她实际是在想象中看见了时间，看见了无限时间直线中具体的一段时间。而我，则在个人生活中心情复杂地目睹过这种时间（具有一段长度的）的留痕——实际上，我们每一个人都在亲历，同时于浑然不觉的时候，也在被他人目睹着时间在自己身上的刻痕（所谓“你在桥上看风景，看风景人在楼上看你”）。L 是老家理发店的……女性。那时候，刚来跟她父亲学理发时，是夏天，穿着有蓝色花朵的连衣裙，在理发店内的两面镜子里，像极了一枝亭亭、圆润、散发着细细光辉的微笑青葱……理发店的生意因此好了许多。时间像河水一样无声流淌。在外地偶尔匆匆回到老家看望父母，一般也不会去理发。几年过去。一次回乡，在黄昏马路两侧临时的杂乱菜市上，我碰见了她。牵着蹒跚的孩子，失去光泽的头发马虎地束着，身上的白理发工作服沾满碎发和日常积下的污痕，脸上，也显出了原来似乎没有的几粒雀斑（请原谅我的观察）。她仍然微笑，但……已没有了“亭亭”“圆润”和“细细光辉”。她给蹒跚的女儿买馒头吃。我们打招呼……她们在身后菜市的人群中走远……那一刻，我是如此强烈地感受到了时间，我看见了属于时间的某种邪恶。是的，在某一点上貌似温柔的时间，实际却深深潜存着——一种狰狞。证明很容易，只要随意截取一段时间的距离，看这段距离在具体的人或物身上留下的印痕，你就会震惊地发现：时间，原来是如此残酷。“近乡情更怯，不敢问来人”——我终于明白，我的前辈所害怕的，正是残酷，源于时间的这种残酷。

作为“物质存在的一种客观形式”，时间确实不是一个抽象概念，它具有无数的“变脸”和外衣。前述种种，只是时间就我而言的形式（我个人感受到而他人不一定能感受到的，表示时间的事件、声音或其他），私人形式。时间的公众征候（形式）更是比比皆是，它们共同构成了我们生活和死亡的环境：鸡鸣——黎明；草木萌发——春季；闪电——夏季；落叶——秋季；飘雪——冬季；井水的温度——温热即冬天，冰澈即夏天；圆月——月中；弦月——月初或月末；繁星——夜晚；河流的枯水期——秋冬；河流的丰水期——春夏；太阳近乎直射——正午……时间斑斓的流逝与变化，使地球上每个人的生命都具备了星夜般的神秘和魅力（农业时代的神秘和魅力，当然有的人或许一生也不会去释放这种东西）。而当今世界，内心饥饿且混杂疯狂的汹涌人类的伟大努力，似乎就是模糊并去肢解证明我们活着的时间。空调混淆了冷暖，磅礴的航空器取消了时间，封闭得越来越严实的居室隔绝了风霜雪雨，还有冬天的西瓜、夏天的萝卜（无季节蔬果），还有铺天盖地的化妆品，数不胜数的“去皱纹”“丰乳”“再次青春”的美容手术（努力抹去某段时间的长度在身上特别是脸部的留痕）……由此，当代一个越来越明显的特征逐渐凸现，这就是：时间的丧失。

1999 年 4 月

大池河

湖上日出

朝东的门关着，硕大木窗浸在朦胧的幽蓝之中。这幽蓝，是刚刚从黑夜的水中洗出来的。床侧的旧闹钟在“嚓嚓嚓”地走着，除此以外，屋的深处仍然充满了宁静和暗黑的气息。我已醒来。唯一让视线落脚的玻璃之上，幽蓝又增加了明度。“嚓嚓嚓”，闹钟声里，屋内的暗黑被坚定扩散的蓝一点点挤走。我可以看见高阔衣柜硬直的轮廓线；砖地上站立的木桌，也在渐渐地淡出；木桌之上，甚至可以看见热水瓶的瓶口，在微微闪射光亮。渐渐地，围浸木窗的幽蓝已由一抹沉郁的胭脂替代。朦胧中一切都可看清了。透过玻璃，疏苇和远树的上空，是广大而清冽的初春晨曦。我在床上坐着穿衣，木头窗棂上，胭脂的沉郁悄悄引退。随之而来的，是灿灿的蓝和四射的金，而全部，又共同以灼白的亮色作底。站到地上系好鞋带，抬头，猛然间人被震惊：硕大的木窗已被灿烂烧熔。我打开关着的房门，顿时，烁金的光线、清冽的晨气以及撞了满怀的雀叫鸥鸣，就挡也挡不住地涌了进来。

腐败的耥子

老家南面墙根的乱砖青草丛中，有一把废弃的耥子。长长的竹柄肯定是被谁砍去当柴烧了，现在剩下的，只是耥子的头部。短短的铁钉被雨水和野地阳光锈蚀，像村头老者那口稀稀拉拉的牙齿。铁钉底部的船形木座已呈褐黄，疏松的木质纹路清晰。两只鲜红硕大的蚂蚁，正从草和碎砖的迷宫爬上这艘巨舰，沿着木纹，在威风凛凛地逡巡视察。

风从河湾上吹过。田野里的稻子又一次熟了。安详的耥子，在乱砖和青草丛中，一点点静听自身腐朽的声音。

灶屋

破陋的阁棚之上，堆满陈年或新鲜的麦秆和稻草。干燥的淡香，散布在幽暗而狭小的屋内，让人可以嗅到外面田野的气息。黄澄澄的麦粒和金灿灿的稻谷，在初夏和秋天与它们的身子分离，此刻，就细细实实地安睡在硕大陶瓮中，跟秆草的淡香隔壁而居。

严寒冬晨，空气中晃满白霜的影子。灶台边的那口大水缸内，也结了一层薄薄有美丽花纹的冰。透过薄冰，能看见缸底沉淀着的一层灰白明矾。娘起得早，用红塑料勺敲开缸中脆冰，将清澈寒透的水舀进沉默了一夜的铁锅。雪白的米，像淘洗过的珍珠，也被倒进了锅内。铁锅内侧靠烟囱处的井罐，已经同样加满了凉水。她在灶膛前用草秸垫好的石鼓上坐下。火柴擦着了，稻草金黄的身子在渐起的火焰里柔软扭动。旺盛的灶火，熔开黎明屋内冰意的空气，将娘的身影放大以后，晃动在斑驳的砖墙之上。新米的香味从木头锅盖缝间逃逸出来，热气的屋子看起来就有些迷糊。粥好了，脸，已经被火熏烤得发热发红；井罐里的水，同时突突突地直冒水泡了。而此刻，灶屋外头短窄的烟囱，也一定有细缕的炊烟溢出，袅袅依依，散向远方有河流、疏树和田野的冬日晨空。

灶屋更多时候是寂静的。一天三顿之外，除了睡眠，家人在外面的田里或河上劳作。灶屋就成了屋内器物的天地。菜刀雪亮地挂在墙上，它独自在做着锋利的梦；筷筒内筷子却叽叽喳喳，在忆谈昔日竹林里的烟翠流岚；木橱内的一摞瓷碗，碗沿闪闪发出莹光，似一圈银质的美饰；只有祖传的木桌，身上挤满杂乱的瓶子、罐子、小刀和未吃完的半棵白菜，稳重地站在橱侧墙边，在耐心地，等候主人的归来。

大池河

大池河不是一条河，而是老家门前的一个天然池塘。一棵枣树、疏落的几带野苇站在它周围，隔开一片种满黑塌菜和萝卜的冬菜地，就是故乡寥廓的东湖。黄昏或早晨，常有一群灰白水禽，从湖边飞来，在大池河中啄食鱼虾。

严霜晴朗的冬晨，空气清冽。远处湖上的天空，斑斓鲜艳。天寒，哈一口气便成白雾。大池河的圩埂上，像铺了一层极薄的米粉，这就是霜。人或者早起的动物踩上去，便留有清晰的脚印。地里的萝卜，有的半截身子挺出湿土，白胖而结实；被冻伤的萝卜叶，却依然碧绿，叫人怜爱。大池河水面的四周，结了一圈薄薄的冰，偶尔有一两枝枯死的草叶夹在里面，那片薄冰，便有了另外美丽的花纹。

几块光滑的青石条，垒成大池河的河埠。全村人都来这里汰衣、洗菜、淘米。地里拔上来的大蒜，在上城卖之前，为了使成色好一点，也都塞紧在大竹篮里，浸入池中。因为河埠就在门前，所以我家的屋场特别热闹。有时河埠挤，那些挎着竹篮、提着米箩、拎着水桶的晚来者，便聚于场上，在暖融融的冬阳下，讲东道西，嬉笑说噱。河埠上手已洗得通红肿起的人，忍不住寂寞，也常回过头来，加入岸上的声浪。

日影和星芒，浸在大池河里；欢乐和愁思，浸在大池河里。枣树的年轮一年年扩展，像母亲一样沉默地，大池河养育着她的儿子和女儿，永远不知疲倦。

三种月亮

枣树、枫杨树、大池河、灶屋上的青砖烟囱，还有湖边一望无际的秋稻田，都浸在夜晚黑亮的水里。

白炽灯泡的光，温暖，照着我们热腾腾的乡下晚餐。红烧的肉，自种的新鲜蔬菜。桐油漆过的木门内，洋溢团聚的浓浓亲情。

晚餐过了。夜，像一掬黑暗清凉的大池河之水，仔细嗅嗅，有苇、草和微微鱼腥的气息。

娘在厨房内收拾。我们则到门前场上闲站。大池河中不时跃起活物，重重溅水的声音那么响。黑暗里偶尔抬头，我们被惊了一下，我们看见了她——

一轮静静的红月亮，悄悄从湖上显露。两枝细细的苇梢剪影，将这轮圆润新鲜的红月亮，划成了三块。

红月亮！万物渐沉睡眠的黑暗里，独有这轮红月亮升起。

羞涩的、村女般的、犹抱琵琶半遮面的红月亮。

我们甚至退回家中，关灭电灯。从长方形的门框望出去，黑墨晕满的宣纸上，一方圆圆的中国印章，红，那么鲜明。

娘收拾好锅碗。我们洗好了手脚。睡觉之前，再到屋外站站。两竹篙高的月亮，已呈橙黄，蓬勃地，在吐露暖意的清辉。

半夜睡醒，走上屋顶平台。无边倾泻下来的月色，沐浴我身。枣树、枫杨树、大池河、人家屋顶的青砖烟囱，还有湖边一望无际的秋稻田，在如水似波的月色里，清晰似昼。高悬头顶的圆月，灼白逼眼，隐含宇宙的深邃蓝意。

我微微闭眼。自然中一种灿烂而静极的美，只能以沉默待之。

气息

暮春黄昏的空气里，含满熏暖的酒。

旺盛的青麦。紫云英（那么绿厚）。河滩钻出的青草。蒸发的、湿润的、激烈的土膏。爆满新叶的安静柳丝。铁锅里滚开的米粥。浓郁欲溢的无限黄金油菜。炊烟。发酵的肥料。起飞擦落花粉的青翅小鸟。浓暮。亲人唤归时方言的悠长尾音。

…………

对于孤独的怀乡者，暮春黄昏之酒，永远具有醉伤的劲力。

1997年3月

瘦小父亲赤着上身，又抱起青汁浓郁的硕大松枝，将它们塞进流焰的长窑。空旷工场欲睡的时间一下子响亮起来。厮扭的火焰在窑内叫喊。晃动的火影，灼烤着父亲赤裸油亮的上身。胸膛、额头、脸颊、红艳皮肤上尽情缀挂饱满的汗滴。滚闪、透明的汗滴，成为我童年最早见识的珍珠。

通红的缸、瓮推出来了。经过烈火的冶炼，朴素泥土最终变成了陶器。父亲仰头喝下一大口陶罐里汤色艳红的粗红茶，戴上厚布手套，拿好了锃亮的开窑刀。他首先要将窑车上堆成四方小山的缸、瓮卸下来，然后，再把它们滚向远处的堆货场。瘦小父亲滚起了巨沉大缸。带着窑火厉害余威的通红烫缸，在父亲粗茧之手的调理之下，便老老实实又不甘屈服地飞滚起来，在暮色货场里，像一头头飞奔而过的寂静红狮。

依然清晰地记得那些浓重黎明时分家庭内外的声音。尤其是严寒冬日积雪的清晨，那木门拉开的"吱扭"声和雪地上"咯吱咯吱"渐远渐逝的脚步声。这是父亲起早去干活。一年四季，不论刮风落雨下雪，每天清晨三四点钟，总是母亲首先拉亮矮屋内15支光的昏暗电灯，接着是在父亲很重的穿衣声中夹杂着母亲一两句的轻悄话语。再是吃泡饭声。嚼萝卜干声。木头扁担撞击桌角门框声。开门声。尚在温热暖被中幸福蜷曲的我们三个孩子，听着父亲走远的脚步和母亲熄灭电灯重新躺下的声音，心里知道：

新的一天，实际已经开始了。

家在窑厂边缘，三面都是田野。春天到来时，矮狭的房屋就被淹没在浩荡油菜花中间。向南不远的蠡河滩上，青草碧绿。几株灿烂的桃树，像一大片耀眼的火烧云，飞落在清粼粼河水的旁边。

母亲和父亲，总要在很深很浓的暮色，才从地里回来——父亲在窑上干活，有时"歇夜"早，回家后便去田里帮母亲，他也是农活的一把好手。赶鸡进窝。洗脸。询问我们是否做好家庭作业。吃粥。在落花虫吟和有线喇叭里《社员都是向阳花》的曲调中，关门休息。

生活是艰辛的，日子是宁静的，季节的气氛是浓郁而醉人的。

为了能够稍稍多挣几分钱，农活之余，母亲进了一家社办作坊，美其名曰“红阳矿产品加工厂”。劳动异常原始，条件无比恶劣。活儿很简单：先用铁锤把古怪坚硬的大石头砸成小石头，再把小石头碾成粉末。如此而已。特别是后一道工序，绝对摧残人的身心。简陋粗糙的工棚底下，是两只狰狞滚动的巨大石碾。响声如雷，粉尘弥漫。而人，就一天十数小时处在其间干个不停：加料、过筛、装包。每当我去送饭，见里面出来个满头发满眉毛满身子花白的石粉人，我总要怀疑地问自己：她就是我的娘？

一切都已过去或者有的依存。而我，却是确确实实已经脱去了童年和少年的外衣，在远离故乡的异地，迎来了我的青年。

燃烧的河滩桃树，一泻千里的黄金油菜，灼烫窑火晃映着的瘦小父亲，粉尘弥漫的工棚下往两个滚动的巨大石碾间加料的母亲——这些，就是我所永远认识和记忆的南方故乡。

1993 年 5 月

甜蜜屈服

这么多雨水，这么多生活。

——［圣卢西亚］德里克·沃尔科特

按照操作训练要求，骗人之前得列出200至500名所认识的人员名单并按“五同”（同学、同事、同宗、同姓、同乡）选择目标，通常我们将目标对准以下几种人：有野心不满现状想发大财的人及怀才不遇的人；负债但并非无能的人；单位的副职领导；在城市或农村具有影响力的人；官太太和老板太太；等等。选准目标后分批突破，第一批4至6名关系比较好的，第二批2至3名关系一般的，第三批关系普通或间接邀约的。对那些事业上很顺利的人，爱钻牛角尖的人，太穷的人，一般不予考虑。

做传销得花钱买产品，所以什么时候提钱的事也有讲究，一般第一、二个电话不宜提钱，而应在倒数第二个电话提钱。提钱时要讲究方式，对上班族要说成是合同保证金，对生意人要讲做生意需要成本，针对不同的人说不同的内容。

做传销的人要衣着光鲜，要给邀约的人一种成功者的感觉。接待新人时要有四五天的打算与安排，一般前 4 天要与他的思想保持一致，之后才让对方体会到与电话里讲的不一样，语气要诚恳，让他慢慢去接受，要跟他讲清楚这个行业并不因为他不参与而停止发展，让他感到一旦走了就会失去发财的机会。

（《传销人员自述骗人内幕》节选，原载《都市生活》2000 年 3 月 23 日 A2 版）

用中号“嘘嘘乐”（尿不湿），女儿都已经嫌小，时间原来还是快的！出生时的那些日子不会忘记。深夜医院的锅炉房内，纵横粗巨的烫人管道在腾腾热气中隐显。烧炉人倒在肮脏的长沙发上阅读一本已经揉皱的杂志。2 角钱一瓶开水。在繁杂神秘的管道世界里拧开某一个龙头，白色的大团热雾瞬间将我的头颅甚至半段身体淹没。室外寒冷，医院内部四通八达的台阶、甬道、侧弄、有雨棚的走廊和楼梯现在空空荡荡。几粒碎星在树枝和远处高楼亮闪霓虹的上空眨眼。白昼步履蹒跚你来我往的大肚子孕妇们现在虽然不见踪影（正安睡于温暖的被中或呻吟忍耐于冷酷坚硬的手术台上？），但在下意识中仍能感觉到并且不由自主地想避让那些令人担心的臃肿躯体。移开住院部沉重铁质的有轮破门，掀起油腻的印有红“十”字的蓝色棉帘，可以看到那个严厉的看门老妇人已然蜷睡于局促的藤椅之内。幽暗空间，散布混杂的药味、初乳羞涩的清香、隐约却尖锐的血腥味、厕所气息以及新生儿新鲜的体香。踏上已被无数医生、孕（产）妇、家属和其他不知名人的脚磨损的水磨石楼阶，在二楼一间窄小房内，刺眼炽白的日光灯照耀下，躺卧的妻子因为疼痛和长时间的疲惫闭住双眼；一旁的小床里，被包在粉红“蜡烛包”里的女儿，小脸红通通的，安静地，她在初逢的人间酣睡。剖腹产（临时决定，医生说是羊水偏少）。当时我的心情因为对里面所发生的一切无能为力而感到紧张。父母和我坐在手术室外的长椅上。在护士室里消好毒、插好导尿管、换好手术服的妻子（无助、软弱，像一下子被什么东西击垮了似的），早已在推车上经由电梯进入了手术室。从老家宜兴赶来的父母坐着不说话，虽然他们已有了三个孩子和两个外孙，但此时此刻仍然显得那么紧张。内心紧张的我假装轻松地安慰他们：这是“妇幼”，无锡最好的生孩子的专业医院，人家都开后门想剖腹产呢。时间一分一秒地过去。手术室门开了，护士叫了另外一个名字。推车上的手术盘里，是红红的血块。看不见大人和孩子。手术室外和我们一起等待的另一群人站起来，他们的脸色煞白。父母的神情随之变化。我也听见自己胸腔内突然增强的撞击声音。缓慢的时间。一秒。一分。手术室的门终于又开了。“尹淑萍！”父母和我快速迎了上去。身体上端悬挂着输液瓶的淑苍白、虚脱，但已有了胜利和挺住了极度劳累后的自豪与幸福微笑。不锈钢推车的另一头，躺着女儿。在她母亲的两腿之间，看得见红红皱皱的小脸，她现在不哭。……3个月大的女儿曹悦童已经那么喜欢咿咿呀呀地朝人微笑，露出她的嫩红小牙床；她还会头一顶，两脚一蹬，一下子将半个身子窜出睡袋；满月时曾将她剃成个小光头，现在的头顶，又有了黝黑一层；她喜欢热闹、听人讲话、看婴儿车上的太阳和鲸鱼图案；脱了棉袄后双手总是去使劲揉擦小脸；俯卧时，她已经能吃力但是欣喜地抬起圆圆的头来，她已经很想抬起头来看这个世界。

吉普旅行者上安装的麦哲伦750NVA设备同时也是车载多媒体中心，便携计算机安装在货箱处，遥控键盘在副驾驶前面，彩色打印机和传真机安装在后部中间为扶手处，系统还包括装在挡风玻璃处的高分辨率的全色屏幕显示器。为使吉普旅行者的功能对驾驶者和乘客更加实用，还装配了两部麦哲伦GPS手提定位仪以便于徒步行走和划船涉水时使用。装有一部具免提功能的车载电话，全球通卫星电话和留言系统，以及具有收发电子邮件功能的计算机网络系统。(《超级野外工作室——吉普旅行者》节选，原载《旅行家》1999 年 9 月号第 97 页)

S 兄从常熟回来，给我带了一大块沉甸甸的常熟特产：梅李饭粢糕。用传统黄纸包装，一小张印有食品名称（黑字）的方形红纸贴于其上，很有江南风味。拆开，是一片片切好的薄糕，色焦黄，松脆香甜，非常好嚼，可以感觉到其中松子仁、橘皮、桂花的香味。据包装纸上介绍，此糕是梅李镇一茶食店于偶然中制得，至今已有 120 余年的历史。S 兄去年抛弃在盐城已获得的人所羡慕的一切（如当地报纸老总的接班人位置等），只身来到太湖北岸的这座商业城市，在城东塘南路上租下房子，另谋发展。但是，这一年却颇为不顺。令他痛心的个人生活，很不痛快的工作环境。心情郁闷。“如果一直是这种状况，我想离开，到深圳去看看。”他这样表示。

财政部日前发出通知，从 4 月 1 日开始，福利彩票和体育彩票将一律以人民币现金的形式兑付奖金，取消实物兑奖，以保护中奖者的利益。(《下月起彩票一律现金兑奖》节选，原载《江南晚报》2000 年 3 月 18 日 1 版)

在文化宫对面的音像店买到阿尔莫多瓦的《关于我的母亲》。新式的透明盒包装，12 元一盘。这位西班牙导演的片子听说过很多，如《基卡》《高跟鞋》《活色生香》等，但可惜在市面上都很难找到。《关于我的母亲》作为阿氏最新的一部片子，名气很大。据说此部影片在短时期内曾先后获得过众多奖项，如戛纳最佳导演奖、金球奖最佳外语片、圣塞巴斯蒂安电影节大奖、欧洲电影奖以及最近的，奥斯卡最佳外语片。等晚上女儿睡着后，看完了这部约 100 分钟的片子。充斥女性（准女性）的画面，没有什么特别感到共鸣的地方。个人印象深的，一是影片的音乐，一是片中一笔带过的“两性人”问题。“两性人”，高度物质化社会对人的异化和戕害（科学家们已经证实，人们日常使用的大量化合物，是造成男性性功能衰退的直接因素之一。一项调查表明，自从 20 世纪 30 年代氯化物问世以来，男性的平均精子量已大大减少，40 年代，男性平均精子量是每毫升 6000 万个，而现在每毫升只有 2000 万个，减少了 2/3）。

你想流利地讲话吗？用口吃矫正器在家就可治疗结巴！详情来信必复。来信请寄：浙江省天台县医疗仪器厂，邮编：317203，咨询电话：0576-3661388。国医械广审（文）990307。请在医生指导下使用。（《口吃怎么办》，原载《环

球时报》2000年3月24日18版）

中午无事，到书店闲转。在三楼的对外图书交流中心买特价书三本：（法）热·拉波特的《画布上的泪滴》、晋代张华的《博物志》、现代芦焚的《果园城》。回到办公室，众人正在议论本周的体育彩票。有同仁问谁的电话分机是“363”，因为这次的中奖号码中就有此三个数字。我的分机号是“363”，他们于是为我惋惜：你至少失去了中四等奖的机会。

“阿波罗计划”是美国国家航空和航天局在20世纪60—70年代完成的登月计划。该计划于1961年5月宣布，但经过长时间的深入研究后，才选定在月球上着陆并返回的技术。第一次载人“阿波罗”飞行，因发生了悲惨的事故而推迟。由于在一次发射演习时，航天器突然着火，3名宇航员遇难。1969年7月，“阿波罗”11号在月球上着陆，使逐步推进的“阿波罗”登月计划达到高潮，N. 阿姆斯特朗成为人类第一个踏上月球的宇航员。阿姆斯特朗在月球上说：“对我个人来说，这是一小步；而对于人类来说，这是一大步。”1970年4月发射的“阿波罗”13号，虽因氧气瓶爆炸发生事故，但仍然安全地回到了地球。其余的“阿波罗”飞行对月球表面进行了广泛的考察，收集了大量的月球岩石标本，并把许多仪器安装在月球上进行科学研究，如太阳风实验和月震测量等。“阿波罗计划”的最后一次飞行——“阿波罗”17号是在1972年12月进行的。“阿波罗计划”使人类古老的梦想成为现实，美梦成真后，又将人类带入了更为现实的竞争中。(《人类登上月球》，原载《深圳周刊》147–148期第23页)

晚饭过后响起敲门声，开门，出乎意料，是久违的L夫妇。拎着扎着彩带的水果礼篮和满袋的婴儿奶粉，笑容满面地站在门口。虽在同一座城市，不见L夫妇，已有近两年光景（其间与L先生见过匆匆一面）。L先生与我同乡，在此城从事既是副业也是主业的商业雕塑经年。相识后即以兄长待之，他也热情，时常往来。近两年前，为买房的若干缺额筹款，便想到L先生——我的同乡兄长——综合各方因素，我们一致认为他是“合适人选”。和妻恭恭敬敬正正经经又内心惴惴地（此前从未有问人借钱的体验）专程前往L夫妇府上。晚餐之后，憋了大半天，终于在临告辞前提出了这个万分不好意思的借钱请求。……之后，在不多的见面和电话里，L先生一直提出我们所买房子的种种不是：顶层，太高了，又在西面，太阳晒，夏天会热得难受；你们要买那么大的房子干吗！你们又没有实力，尽管小点；你们父母又没有钱；不要着急，我和房产公司熟，帮你留意找一处合适房子。再之后，我又被告知，L 夫妇全家将投资移民前往澳大利亚。……我们搬进了我们的房子。L 夫妇进门，称赞孩子“养得好”，房子“舒服”。后来座谈的主要话题是：1. L 太太前两天到银行取存款利息，几千块钱放在包里，在鞋店试鞋时被人拎走；2. L 先生说现在雕塑活难接，做了也拿不到钱；3. L 太太说 L 先生正在苏州新区做雕塑，“英国人很喜欢他的作品”。我们热情如旧，因为，我们感到了 L 夫妇长久不遇后此次光临所喻示的——“某种姿态”（发达传媒对日常生活用语的影响）。

> 受害人是个中年女司机。在这半个多小时前，她在宜兴汽车站等客时，有一个操当地口音的中年男子租车到芙蓉茶场看望朋友。当车驶至目的地后，对方又推托说“朋友家在对面山坳里”。于是，她沿着曲折山路继续行驶。孰料，车子进山后，那“乘客”突然拔出匕首，抢走她身上的 120 元钱和一根金项链、一对金耳环。接着，歹徒逼着她坐到副驾驶位置上，自己驾车继续朝前行驶。途中，女司机很快在惊吓中冷静下来，并寻找脱身机会。当她看到前方山涧旁停着一辆森林消防车并有 3 个人在场时，趁车速不快当机立断打开车门，纵身跳车，并呼喊：“救命呀，有人劫车啦！”（《“的姐”大白天进山被劫》节选，原载《无锡日报》2000 年 1 月 18 日 5 版）

下班前昕晨打来电话，说姜桦正从南京过来。于是先到金山家小坐，天暮时，再到学前街上的“楼上楼”等待。“楼上楼”（为启功的秀挺墨宝）是一家传统面馆，菜肴吴越风味，我们一致热爱的是它的阳春面，粗瓷碗中的汤面令人忆起童年的美食滋味。近7点，穿风衣、背背包的壮实姜桦风尘仆仆顺沪宁高速公路而至，同来还有一位朋友，介绍后知是江苏《扬子江诗刊》的鲁文咏君。鲁君系初识，姜桦也已有一年不见。喝酒，夹杂许多玩笑的闲聊。（这间木质结构的小面馆，虽然新开不久，但好像已成为我们接待朋友的一处“习惯场所”。喝“古越龙山”、擅写“家织布”和“凤仙花”的唐炳良先生不紧不慢却语气坚定地谈张爱玲和胡兰成；喜欢罗伯特·德尼罗的庞培嗜吃玻璃钵中的蒜泥花生米；看起来瘦弱的陈东东似乎不多说话和喝酒……）吃完出来，众人再到附近汤巷的金山家喝茶。直至深夜才散。

除了巴黎、纽约、伦敦，世界上还有哪个地方是令人瞩目的时尚中心？当然是好莱坞。电影明星们的穿着打扮深深地影响着他们众多的追随者，从而造就了一轮又一轮的时尚浪潮。在世纪之交，好莱坞传出的时尚信息是“前卫、性感、酷”，让我们看看如何装扮才能赶上潮流，成为一个好莱坞明星般的时尚宠儿。

如果你喜欢德鲁·巴里摩尔、考特尼·洛夫和辣妹的形象，那么你的时尚追求便是“前卫”。亚历山大·麦奎因为 Givenchy（纪梵希）品牌设计的礼服是参加晚会的最佳选择。日装中，黑色滑雪茄克的闪光面料富于金属质感，配上 Betsey Johnson 牌的短靴，青春气息扑面而来。另外你还可以选择帆布面胶底的轻便运动鞋和 Giorgio Armani（乔治·阿玛尼）的太阳镜，最后，别忘了画龙点睛的一笔：涂上古铜色、酒红色或绿色的金属光泽的指甲油。

詹妮弗·洛佩兹、乌玛·瑟曼、嘉达·平克特和卡梅伦·迪亚兹是新一代的性感美女，她们选择 Donna Karan（唐娜·卡兰）的“D”牌和 Versace（范思哲）的“Versus”（韦尚时）牌服装，脚踏“Kenneth Cole”牌的细高跟鞋，配上修身的牛仔裤。性感香水的种类繁多，其中 Clinique（倩碧）的“Happy”（快乐）、Revlon（露华浓）的“She”（她）等大受欢迎。唇膏的颜色应当深一些，而发型则应当略显蓬松和凌乱。

酷，大概是当今年轻人最为推崇的时尚。扮酷的要点很多。首先你可选择 Chloe 牌时装，因为它的设计师斯黛拉·麦卡特尼的父亲是“甲壳虫”乐队成员。如果你再大胆地把眼睑染成烟色，那么也许已经超越了格温尼思·帕尔特罗、薇诺拉·赖德和尼科尔·基德曼站到了“酷”浪潮的前列。(《好莱坞的时尚浪潮》，原载《环球银幕画刊》2000年2月号第36–37页)

昌耀走了。“昌耀”，炽白炫眼、极度强烈的神圣艺术火焰（亲制的，并无法遏抑地不断投进自己血、骨头和一天一天生命以为燃料的火焰），最后燃尽了一个诗人的身体。名字的内在指示。在手边的《命运之书——昌耀四十年诗作精品》（青海人民出版社1994年8月第1版，印数：2700）里，我翻出诗人的签名。“昌耀”，透过两个干净、内敛甚至有些拘谨的钢笔汉字，谁都可以看到，长年现实困顿生活对于这个高原独吟者残酷的阴影投布。

王红松还清楚地记得第一次上刑场执行任务时的情景。那次枪决的人犯较多，可射手不够。队长找到在部队射击队里干过的王红松，要她“客串”一次射手。平时连条鱼都不敢杀的王红松决定上！执行命令下了，她扣动扳机的同时人犯也栽倒在地。事后，老法警对她说：“第一枪，打得不错！”就这样，王红松“一不留神”就成了全国司法警察中唯一的女射手。几年来，王红松已多次执行死刑任务。(《行刑女射手》节选，原载《武汉晚报》2000年3月8日

1 版）

钱穆先生在《八十忆双亲》中这样记述他在七房桥的故居："七房骈连，皆沿啸傲泾，东西一线，宅第皆极壮大。一宅称一墙门……泾东千步许有一桥，即名七房桥。桥北一小村，忘其名，乃七房桥公仆所居……泾西约五百步又一桥，名丁家桥。桥北一村，名丁家村，乃七房桥乐户，袭明代旧制……五世同堂之大门，悬有五世同堂一立匾。第二进大厅为鸿议堂，为七房各宅中最大一厅……第三进为素书堂，后四进堂小无名。"七房桥在现江苏省锡山市鸿声镇。2000 年的春天阳光里，紧邻宽阔平坦的锡甘公路（无锡—甘露，穿越著名的苏南乡镇工业腹地），是鸿议堂的废墟。昔日的墙基和门槛上，现在是青翠的细竹丛和高直的在风中瑟瑟抖动的榉树；那株含蕾欲放的茁壮桃树，应该正处于早先鸿议堂粗巨梁椽的阴影之下。东西向的啸傲泾依存，但已不是清波一脉，满眼满河，是锈黄的液体和日渐壅塞的生活（烂菜叶、碎报纸、破瓶子、白塑料袋）垃圾。只有人家檐下三二燕子遗在风中的几滴呢喃，还让人感觉到江南某种悠久未变的韵迹。

白宫前实习生莫妮卡·莱温斯基的生活看似一点都不寂寞，出书、拍减肥广告，新恋情不断，但其身边的友人却指出，这位26岁的妙龄女郎经常“伤心孤独地度过下午”，而且行为愈来愈怪异。尽管在别人面前表现得谈笑自若，熟知莱温斯基的友人指出：“她的生活几乎乏善可陈，起床后穿牛仔裤到最常光顾的咖啡厅用餐，有的时候几天都穿同一套衣服，甚至自言自语，然后下午再到网络餐厅发电子邮件给朋友，盼着朋友的回信。”接近莱温斯基的人士向报纸透露：“她实在不知道没了固定收入的日子怎么过。自曝性丑闻案的著作收入又已花光，还拖欠一大笔律师费。六神无主、彷徨无助是她现在的唯一写照。”（《莱温斯基难觅真爱》，原载《福州晚报》2000年3月4日6版）

黄昏时阿福匆匆来家，他说是从帮忙的公司顺道过来。他帮我装好了我曾在电话中讲过的“金山词霸2000”。“晚饭今天不吃了，回家还有事情。”又匆匆离开。阿福现在狠心在住家附近另租了一个单间，专门用来写小说（自己家太小，早晨起来写时影响家人休息）。虽然小说发了许多，最近《人民文学》还在《特别推荐》栏发了他的一个中篇，但目前的生存状况仍然不如人意。去年，有关部门为了“五个一工程”，替阿福请了一年的“创作假”。在这一年里，拿少得可怜的基本工资的阿福，完成了成吉思汗题材的一部长篇（从武汉测绘学院毕业后，阿福在西北搞野外测量经年，对成吉思汗及其蒙古民族史有深入研究）。他妻子所在单位效益不好，女儿在上学，阿福的经济是拮据的。因此在写长篇的同时，他兼找了一份活，到一家校友开的公司帮忙，为其制作网页，维护电脑，聊以贴补家用。最近单位停发了他的基本工资，说期限已到，再不上班就请“走人”。再到那个地方在阴暗办公室没事耗着已是浪费生命，阿福说想争取“下岗”。“这些都不是重要的，重要的是能写，不断写出东西来。”阿福对自己充满信心。近期他对希区柯克特别感兴趣，说目前正在写的是一个系列，他称之为“普通人生活中的悬念故事”。

花菜：实验表明，花菜中含有大量抗癌酶，其含量远远超过其他含酶食物。草莓：草莓可以改善肤色，减轻腹泻，缓解疾病。与此同时，草莓还可以巩固齿龈，清新口气，润泽喉部。另外，其叶片和根部还可以用来泡茶。大豆：大豆是植物雌激素含量最高的食物之一，这对于女性的健康是极其重要的。酸奶：酸奶不仅有助于消化，还能有效地防止肠道感染，提高人体的免疫功能。香菜：香菜中富含铁、钙、锌、钾、维生素A和维生素C等元素。香菜还可利尿，有利于维持血糖含量并能防癌。红薯：红薯中富含纤维、钾、铁和维生素B6，不仅能防止衰老，预防动脉硬化，还能有效地预防肿瘤。金枪鱼：金枪鱼的脂肪酸能降低血压，预防中风，抑制偏头痛，防止湿疹，缓解皮肤的干燥程度。洋葱和大蒜：洋葱和大蒜能降低胆固醇、高血压，减少心脏病的发病率。实验证明，每天吃半个洋葱的人胃癌发病率比普通人低50%；每周吃蒜的人，结肠癌的发病率也比普通人低50%。麦芽：麦芽优于玉米或燕麦之处在于它能降低结肠和直肠癌的发病率，因为它易被吸收。木瓜：木瓜中的维C远远多于橘子中的维C含量，而且木瓜有助于消化，还能够防止胃溃疡。木瓜尤其有助于消化人体难吸收的肉类。(《科学家推荐的十种好食物》节选，原载《宁波日报》2000年2月16日7版)

在这座城市未被开发的狭窄深巷，在青瓦参差连绵的旧民居的空隙间，散落的那些高大粗壮的泡桐树，又都开花了。满枝满树，丛丛密聚着烂漫异常的紫色铜铃。很重的香气，像浓郁而缓慢的风，透过发黄报纸糊着的格子窗棂，透过纹路开裂的褐旧木门，可以直达人家古老的碗橱和阴暗阁楼上的低矮卧室。浓郁的香气，在4月晨昏弥漫。花朵盛放的泡桐树是最能表达江南城镇情味的一种植物。它令人猛然醒悟般地感受到底层（平民）单调家居生活的某种温情和温暖，像白瓷碗中从巷口烟酒店里零拷来的两角钱黄酒，让你热爱、沉湎，无法释怀……

星期日下午3时，记者步行至长江中路淮上酒家门前时，被一矮一瘦两女人拦住，两女压低声音向记者兜售淫秽光碟。记者未理会，继续前行，两女一左一右尾随跟上。记者先回避，后迟疑，继而顺水推舟：是真的吗?！瘦女人说：真的，真的，我们是从广州进的货，不黄不要钱。说着将记者拉到一旁，神秘地打开随身的挎包，里面闪现几张淫秽的光碟封面。封面哪能说明问题，现在卖真封面假光盘的多的是。记者继续试探。矮女人说：我们每天都在这里卖的，你要发现有假，明天来退。瘦女人显出一脸的不屑：你这位先生也真是的，买个东西扭扭捏捏像个老娘们似的。记者听罢，故作生气，甩手拔腿就走。两女不依不饶地小步追上：先生，你可以试看后再付钱。记者作余怒未消状：在这哪有地方试看。有的，有的。矮女人一迭连声：不过路太远，要走40多分钟。记者说：行，反正我也没什么事。说罢三人结伴同行。(《卖碟女说》节选，原载《合肥晚报》2000年2月28日3版）

单位全体人员大会。整顿纪律。现在报纸竞争这么激烈，但不少人还是懒懒散散，不思进取……上班时间洗澡……看电影……上网聊天……中午喝白酒……上午8点过后不见人影，下午四点半以后就已经空空荡荡……行政科老顾在吗，还是老样子，明天起每天早上在黑板上公布迟到者名字，满三次罚款。

> 从今天起，上海手机用户可以用手机上网浏览新闻、天气预报、股票信息，收发电子邮件了。中国移动通信集团今起在上海、北京、广州等六城市同时开通“全球通”WAP商用试验网。上海移动通信公司同步推出上海的WAP门户站点。上海联通以“联通掌中网”命名的130WAP网也将于3月27日试开通。这样，对于上海的手机用户来说，手机不仅能“听说”，而且能“读写”，手机上网终成现实。这是中国无线通信技术上的一个里程碑。（《手机上网梦成真》节选，原载《新闻晚报》2000年3月25日1版）

“我实际上是很孤独的，只有很少几个朋友。”在南门位于地下室里的文华书店，碰到Z。他要先走，在堆满半人高新书的杂乱门口告别时，他这么说。清瘦、腰背微曲的Z年已五旬，在太湖边一座乡镇的粮库做门卫。我曾到过那个滨湖粮库，也见过Z在空旷粮库内某间楼上的窝——他的临时宿舍。白蚊帐，单人床，旧桌子，除此以外，就是书，古今中外的书。他要写反映自己的长篇小说。他当过兵，退伍后回老家参加工作，因揭露单位领导的问题长期被穿“小鞋”，也由此被亲人和友人误解，认为他“不懂做人”。“我要先读书，做好准备，退休后再全力以赴写长篇小说。”他买了两本孔庆东的书，“他的思想蛮新的。”在小臂上套着黑色人造革包的、一个已显迟缓的，身影。

百事可乐请来了郭富城，这可喜坏了一帮追星少年。周六下午开新闻发布会，郭大红星被宾馆外的数百名FANS（粉丝）吓得直退，大帮保安围着，场面甚为好笑。那数百名歌迷基本都是从香港赶过来的，可见红星的魔力还是要高过足球。开幕式上，郭大红星先骑着摩托车进场，接着露出胸脯连唱带跳，全场无数人跟着他疯狂。平安、全兴两队将士们站在场外等着比赛开始，心里的滋味肯定怪怪的：跟郭富城比，他们又是哪回事呢？（《郭富城坦诚相见》，原载《新民体育报》2000年3月20日2版）

炒青菜、红烧豆腐、骨头冬瓜汤、拌黄瓜、青椒炒腰片、红烧土豆和肉、炒豆芽、番茄蛋汤、花生米、碎肉炖蛋、拌莴苣、红烧肉、百叶丝炒咸菜……这是母亲日常做的菜。母亲烧赤豆粥也别有一法：前一天晚上将赤豆洗净，放入热水瓶，再注进沸水塞好瓶塞；第二天早晨将此水、豆烧粥，无须多长时间，就米软豆酥，香糯可口。

英国首相布莱尔今天结束对圣彼得堡的访问回国，他被俄罗斯代总统普京所吸引。布莱尔在谈到普京时说："他学得很快。"而普京形容布莱尔是"令人愉快、行为得体的合作伙伴"。唐宁街说，布莱尔认为普京"容易相处和交谈，而且十分坦诚"。布莱尔的发言人说："布莱尔首相认为，作为俄罗斯新一代领导人之一的普京开诚布公、高瞻远瞩，并且认为他是一个应当与之发展关系的人。"他又说："这种关系开端良好。普京认为英国在将来能作为沟通俄罗斯与欧洲和美国的一座桥梁。"（《惺惺相惜》，原载《参考消息》2000 年 3 月 14 日 1 版）

1. 两个穿制服的年轻男子，随意跨坐在一辆私人摩托车上跟一对衣衫脏乱的中年夫妇正在争执。现在争执的焦点是一杆三轮小货车的手动摇柄。一个戴墨镜的制服男子要夺走，那个罩衫敞开露出毛衣、头发沾满灰尘的女人死命握住不放，他的矮瘦丈夫则站在一旁不停赔笑。满耳是制服男子的粗暴呵斥。2. "苏 B—A"（私车牌照）。闪烁黑色新贵光芒的"桑塔纳 2000"型轿车驶停在同样颜色的河旁。河的一侧，是无限楼群。车门打开，穿宝蓝衬衫打金属色领带、肚皮溜圆的男人费力"滚"出车子；另一端车门钻出的，是他的女人，富态、骄矜，一手拿着银泽的手机，一手，拎着沉甸甸的“昂立1号”和大袋香蕉。3. 电锯飞扬。喷溅的树屑如瀑如花。健康路拐角处，几棵合抱粗的法桐被斩去鲜嫩的黄白根系后重重放倒。巨大的、触目惊心的死亡场面。但是猝然的死者无声。抽烟的市政伐树工人在放肆的说笑之余，技艺娴熟、心狠手辣。4.“此处施工，给您带来不便，敬请广大市民谅解。”5. 王菲后街男孩动力火车《爱一个人好难》《有时跳舞》舒淇李嘉欣《猎鹿者》《盗火线》《梁山伯与朱丽叶》新世纪好莱坞性感组合划破刺激界限推出最强千禧巨片奥斯卡金奖大导演斯坦利·库布利克《大开眼戒》阿炳（1893—1950）专辑美国乡村民谣《情感》恩雅莫文蔚陈慧琳席琳·狄翁苏菲·玛索约翰·丹佛金曲精选纪念特辑《桃色交易》伍迪·哈里逊《恐怖角》茱莉叶·露易丝《飞离航道》罗伯特·唐尼《绝命追杀令》汤米·李·琼斯之《闪灵杀手》惊醒你每一寸脑部神经引爆第一杀戮现场《大河恋》《角斗俱乐部》《燃情岁月》布拉德·皮特《重庆森林》《东邪西毒》《牯岭街少年杀人事件》杨德昌中国台北《堕落天使》《春光乍泄》王家卫有吗10元一盘那边是处理的10元4张黑泽明的卖完了《野兰花》要吗《沉默的羔羊》《明日帝国》《辛德勒名单》《情书》《云上的日子》阿巴斯·基亚罗斯塔米《穿越橄榄树林》李连杰《致命罗密欧》《圣女贞德》《SHOW GIRL》……盛大的音像店。6. 西园弄的露天猪头肉摊又已经推了出来。剖开的熟猪头，色泽鲜艳、迷人。戴围裙的外地妇女熟练地操刀……切成细片……倒入很大的搪瓷盆内……放进酱油、麻油、香醋、红辣、蒜末……搅拌，用很长的竹筷……装袋，给你。一桩生意宣告完成。

2000 年 3 月—4 月

呼吸在湖水的绿荫之下

宜兴。“荡漾。习惯于生活在平平稳稳华北平原上的人们一旦站到太湖岸边，眼前一片荡漾，心神荡漾。”久居北地的吴冠中先生回到阔别的家乡，立刻被荡漾的太湖感染并包围。和前辈吴先生相比，我应该没有离开过老家，从童年到现在，始终生活在太湖这张巨大绿荷的流域阴影里。但是童年看太湖，好像非常遥远，远到是自己不可能到达的一个地方。那时候爬上陶瓷厂区老屋后面的蜀山（苏东坡在几百年前同样爬过的一座独山），踮起脚朝松树林梢上边的东面眺望，天晴的话，会发现尽头处天和地之间，有一线微微的蓝——大人们说过，那就是太湖。太湖，20 世纪 70 年代一个孩子生活之外偶尔的梦。渐渐大了，会左摆右扭地骑家里那辆父母痛下决心后才买的上海产“凤凰”28 寸载重自行车了，我看见了太湖。太湖原来不在梦里，就在低矮的家屋的东方。第一次蹲在湖边，用手捧一把苇草的湖水浸在依然幼稚的脸上——凉，并激醒着一个梦——我真的已经长大。从此，讲着东南方言的太湖接纳了我，我成了湖的热爱者和秘密知情人。太湖粗犷、浩野，又蕴含有秀润的温柔，像极了一位优秀的南（男）人。我毫无理由、不知疲倦地在四季拜访着老家的太湖。早春，满湖滩的乌泥底下全是疯长的白嫩芦芽，在湖滩稍稍站定，它们便会蹿出来扎你的脚心。暮春的湖堤外，一望无际的浓郁油菜在低天下金黄汹涌，如同有一百个凡·高光着头同时往画布上使劲拧抹颜料。湖水是早已涨起来，像腰身健壮的农妇，鼓满新鲜的奶汁。黎明前的黑暗夏日，我目睹一只古老的艳红铜盘，被清暗的湖水擦洗、举出的壮丽过程（壮丽，但是异常平静）。在夏季的不同时刻和不同湖域，我还充满感激地独自见过湖所呈示于我的不同面貌：或灰白，或银亮，或晕红，或是激动人心的如镜湛蓝。秋天的湖属于芦花，充盈世界的是飞舞的雪，芦雪。村庄、土地和湖水上空芦花的絮雪。在秋天温热的午后野堤上，我有过多少次散漫的眠梦？湖的冬天，空旷、俊瘦，像一个清贫的乡村思想者。安居于庙堂之外，吃朴素的萝卜和白米，他散于空中与水上、日光与月影里的无言倾诉，我知道，我是会一直聆听下去的。从童年时代的一线微蓝，到自然真切的清凉野湖，再成为人生的师长——这就是我所经历的故乡太湖。

苏州。夜的太湖内部，秘密、丰满、璀璨，宫殿般充满神性的诱惑。笨重的铁驳载着几辆汽车和散落的人抵达西山这座湖中孤岛时，夜尚未降临，笼罩小岛的，还是湖上金币似的落日黄昏。黄昏码头空空的，有些异乡的荒凉。住进镇夏旅社，很大的教室一样的青砖房间，可以放十几张单人木床。交了钱后，我和俞便各自暂时拥有了一张。天色尚早，两人出去，穿过曲折的石头街道，去爬那些民房后面的山。到达山顶时，天朦胧地黑了。在顶上四顾乱转，大喊大叫，随地方便——但是没人理你。山坡上矮矮的黑树影在几乎静寂的风中微动。再远处的四周，是看不清的深渊（只有一点两点的渔火像流萤一样缓慢划过）——我们知道，那是湖水。下山吧。七高八低地摸着下。想找一家小店，在灯光下吃热的食物，挤出钱喝一瓶啤酒。但是没有。街道一片漆黑，脚底街石给我的触觉是光滑、溜圆，有夜露的微微湿意。沿街的每一所房子都是关严的门板，像单调的梦。岛上的居民习惯早睡。只能回去。在简陋旅社讨开水，吃完方便面，便草草躺下。湖岛的夜深了。同室后到的几个喧吵不停的河南人也次第响起了带烟味的鼾声。世界静得可怕。静得像一根尖锐发亮的细小银针。黑暗中的湖水漫满了深夜的天空。身下微晃的陆地和躺着的我们，被抛在了世界的遥远之外。时间。时间是从未有过的陌生。黑暗深渊。静寂深渊。睡梦深渊。漫长而又虚幻的湖夜过去，终于解放般迎来光明灿烂的现实白昼。石头岛。我们终于看清了这座在光明灿烂中滚满金黄橘子的石头湖岛。10月，无论是道教圣地林屋洞内，还是绿湖涌动的石公山脚，全是橘子酸甜清凉的光辉和气味。晃动人家屋顶和木窗的橘子之光。枝头间、竹篮里、地摊上，石屋旁，金黄累累的果实之光。橘岛的光。太湖荡漾的波影晃在皱皱的脸上，那是身穿蓝衣、头包布巾的吴地老妇。她瘪嘴微笑着将满捧硕大金黄的橘子递给我。剥开。嵌满丝络、满含汁液的透明橘瓣可以映出湖水的黄太阳。嚼。……酸软的牙齿，是离开湖岛以后几日内刷牙时的牙齿。

湖州。写到这个城名，脑子里就会出现幻象：含香的宣纸洁白细净，或巨大，或极小，无数精致的竹管毛笔在空中运动……墨汁的中国正楷饱满酣畅；桑叶如雨，无比新鲜，落满人家做梦的窗棂和瓦上；青白的丝帛则像云或气一样，经年飘拂于黛青民居的头顶。湖州是东南中国的代表城市。文化型的、散发河湖稻菽气息的农村城市。我热爱它的原因，除了上面令我感到舒服的幻象，还因为它的殷实、富足（“苏湖熟，天下足”，感觉中城市的每一家店铺都塞满了陈年的农产品）；还有一点很个人化，就是在这座城中，还住着一位叫柯平的土著诗人，我很喜欢读他灵动的带着桑味的诗。因为爱湖州，那些年在苏州念书，放暑假时，总是不走稍近的无锡，而绕太湖南端的湖州回家。到湖州对我来说似乎已有模式：时间，总在7月的夏季；行貌——穿着拖鞋，一个人拎或背着放了几件衣服和几本书的简单行囊，从十梓街1号的校园逛出来。上午八九点钟的太阳已经烫人。总在人民桥下的苏州南门汽车站挤上某辆驶往湖州的肮脏大客，经过松陵、平望、南浔这些吴越间名镇，在夏天正午的烈日下，到达湖州。湖州汽车站那时尚是旧站，棒冰叫卖声中和亮晃晃阳光里的车站，灰头土脸又群声闹杂（站内纷繁的站名中我莫名其妙地深刻记住了其中一个：北林场。我不知道它在何方，但我下意识地热爱这个名字，以至于后来用它为题还写了一首我至今珍惜的诗）。站东又湿又黑的小街两侧，凹凹凸凸挤满民居铺子和各类地摊。在旧书摊上，我曾经买过一册小开本的、供20世纪60年代赤脚医生看的《简明中草药手册》。站东小街我一般匆匆走过，我愿意快一点到达的，是衣裳街。衣裳街，从冷落的城沿抵达商业中心的斜斜长长窄街（应该提醒：想象中的衣裳，应是内秀、丝质的中式衫裙，而非此起彼伏霓裳风暴的巴黎时装）。湖州的衣裳街是属于我的。身心放松、东张西看地一路（街）挤逛过去。确实是“挤逛”，衣裳街很窄，林立的店铺又比邻而居，“比邻”得连一滴水珠都很难钻进去。丝绸店。中型百货店。饮食店。个体服装店。南北货店。卖锄头镰刀塑料盆店。音像店。提篮拿包的人群往来进出，异乡的方言嘈嘈切切，新熟食物的香气浮于空中……我在其中“挤逛”。衣裳街结束，便是我口腹来临幸福的时刻。紧靠商业中心的衣裳街口，是一家有百年历史的馄饨店。我总在这里完成我学生时代的午餐。柜台买筹（传统竹筹已被纸票代替），在古色古香的店堂内坐下，放下行囊。热气腾腾的服务员没多久便来到身旁。这是一大碗新鲜的馄饨：皮子白、薄而细腻，凸起的肉馅饱满诱人，丝缕的干丝微沉，青翠的蒜花聚于碗沿——所有的这一切，都等待饥饿的我操起瓷羹，埋下头去。

无锡。西园里420号双层车库是一匹匹钢铁牲畜的双层圈栏。数不清的现在叫自行车的蹇驴和叫摩托车的快马，总在入暮时分归来，被他们的主人用各种各样的锁链锁在各自固定的位置，阴雨或阳光的工作日早晨，再一匹匹准时被牵骑出去。除了奔跑，歇下来的它们，沉默、隐忍，从不抱怨和挣扎。在420号的双层圈栏里，我拥有一匹蹇驴。每天早晨，我用钥匙解除它的铁锁，让它驮着我汇入人车的热流，赶着去城市中心的单位上班。城郊接合部的西园弄之晨是一个煮沸的小社会。油锅里的油条在滋滋欢唱；好像昨晚刚刚收摊的小贩又在忙着展示他如小山般的袜子、羊毛衫和劣质布鞋；店堂歪斜的供销社开门很早，门口满是灰尘的两只破音箱内又在震天放着永远的流行歌；穿黄军装胖老头的自行车后座上，又驮来两扇刚宰的冒着热气的猪肉，我经过时，他正用油腻的黑手掏屁股兜上的钥匙开他的肉铺店门；还有三轮车上滚动的水果堆；揿着喇叭被堵难开的夏利出租车；污水外流人声满溢的狭窄农贸市场。西园弄过去了。不到建筑路的那顶石桥我就左拐，有一棵茂密香樟树的左拐小路比较安静。路过郊区法院、检察院、公安局这政法一条道后，再蹬上青祁桥。冲下去。右转进梁青路。无锡汽车西站门口总聚满揽客的杂乱中巴和夜里没有睡好的异乡人脸。梁溪大桥到了，这又是一条烟雾、头颅和车轮的澎湃河流。运河在下面，锡惠公园高处的龙光塔在迷蒙的那方。然后是健康路。体育场。在一个巨大建筑工地的后面，到达单位。十几平方米的简易房间，挤着木柜、五张办公桌、茶柜、成堆的印刷垃圾、电话机、脏污的“中联”饮水器、藤质旧躺椅、塑料废纸篓、废弃的热水瓶和畚箕拖把。喝水。读刚到的散油墨味的新鲜文字快餐。上电脑室机械地输入汉字。炮制属于自己工作分内的纸上“快餐”或“垃圾”。偶尔开会。下班。下班，就是依旧一遍的建筑工地、体育场、健康路、梁溪大桥、汽车西站、梁青路、青祁桥、郊区政法一条道、西园弄。……日复一日。下面的时刻虽然珍贵，但已只是旋转庸常生活之外的极少点缀：黄昏骑车穿过葡萄园夹拥的冷清经二路，到长桥看鼋头渚那边的湖中落日；盛夏正午有些荒凉的白色烈日下，不戴帽子，在山中蝉声的叫嚣中，擦唐城、三国城、水浒城这些恶俗的物质玩具而过，沿湖骑到柏油大道的尽头，然后，在人家村庄背后的浓荫下，喘息着看空白燃烧的太湖的远处。……是的，毕竟已是点缀。上班。下班。回家看电视。邀朋友上门喝酒、海阔天空地瞎聊。打电话问候亲人。读不热门的书——生活已跟太湖无关。“太湖”，只有偶尔想到这两个已经变得遥远和陌生的汉字时，才会在脑中搜索一下有关太湖的影子。才会意识到，即使是现在，讲吴语的我其实依然活在这张胎形荷叶的阴影之下（只是已经蒙尘）。盘中的菱角和银鱼源自湖中；泡茶时满是漂白粉味的开水实是遭遇蓝藻污染的湖水；就是暮色健康路上，红灯前停在我自行车旁的蓝白大客，也标有醒目的“太湖”印刷字体——疲惫的它和我一样暂时停止，当绿灯亮起，我们将重新使身下的轮子滚动，继而冲进并消逝于昏暗时间的不同角落。

1998年10月

郊区之歌

1

这里可以看见植物、裸露的土地和远处连绵的滨湖青山。如果碰上好天气，城里的工业黑雾恰又没有随风而至，你甚至可以看见一柱雪白的怒云在低低的蓝天上翻卷盛开的动人景致。租居的“鸽子窝”在灰色楼宇的三楼。灰楼和不远处被梧桐杨柳野桃包围的一个村庄之间，是一片有着水泥沟渠和自动喷水龙头的菜地。种菜者几乎全是外地人。男人赤着膊将锄头高高举起，在中午烈日映射下，暗黑透红的皮肤泛出汗水和油腻。黄昏是浇水的时候，妇女们也加入进来。和丈夫们一起，用长竹柄的塑料勺从沟渠里舀水，再奋力挥洒（自动喷水龙头一般是不大开启的）。他们肮脏的小孩则在地头玩耍、打闹、奔跑、哭叫，像没人管的小狗或小猫。菜地西边一个废弃工厂内的一排平房，算他们的憩息地。平房前面是空地，堆满了不知从何处来的、像小山一样的垃圾杂物。蚊子、苍蝇和偶尔成群的红色蜻蜓，成为他们“部落”的客人。入夜，那里的一个个窗户就像一只只发炎的眼睛，昏红起来。夏夜闷热，朦胧的光线中，经常会看到挟了草席的身影，在平房顶上晃动，这是露天睡眠者。头遍鸡叫的时候（他们竟还养鸡），通常是凌晨三点半左右。二遍鸡叫时，在楼下的菜地里，已经能够听到带着异地方言的男女吆喝声了。地里弄菜再运往新村的农贸市场，二遍鸡叫时不能不起来了。土地在他们手中就是金钱，就是奴隶，就是一架高速运转的机器，永远没有停下来加油休息的可能。正像时间无间隙地凌虐他们一样，他们，也是土地的凌虐者。长豆。茄子。瓠条。番茄。黄豆。细菜。毛白菜。他们利用手中因为勤劳而锋利生光的锄头，出于生存目的，迫使气喘吁吁的土地一刻不停地吐出所有的留藏。我想为土地，也为在土地上生存的人们，唱一曲伤心之歌。

2

当城市腹地以其叫嚣的幻彩为自己的钢石脸庞浓妆艳抹时，在郊区，秋天夜晚在粗糙敞开的水泥阳台上，可以看星。虽然，那边楼厦上空的天仍被晕红，但是这里，秋夜的天空是透明的蓝黑色，一颗一颗的星，像滴下来的水珠。数以亿计的秋虫抖着触须，仍在这边吟唱，清凉如潮的声音似乎要把整个世界浮起。我想象着一只黑亮顽健的蟋蟀，在一枝草茎上，或在一块湿润泥土的缝隙间，振翅鼓音。露水像月光一样泻下来了。无数在这个季节正逐渐失去水分的植物的茎和叶，在秋凉的夜幕里，大口大口啜饮着这自然甘霖。粗糙阳台外的星露，令人想起童年乡村的秋夜或冬夜。粮食全部收割，镰刀挂上了墙壁。原野丰满而又孤独地隆起在疲倦亲人歇息的夜里。这时的天空，又垂下了数不清的星星。熠熠闪光的，比青草更香，比露水更大、更亮的星。乡村啊乡村，农业文明的自然，有着多么动人的美和宁静！再回溯遥想，在没有惊天灼地澎湃电能的历史前朝，我们的祖先热爱着夜空的星星。“二十八宿”，以中国人的智慧确定的世界最早的恒星区划体系。“木卫三”，我们祖先的发现比西方伽利略们早了近两千年。仰视星空，我们有了嫦娥、吴刚和桂花酒，有了牛郎、织女和迢迢河汉。“七月流火，九月授衣”，日出而作，日落而歇，遥远的古人观象而事。“我歌月徘徊，我舞影零乱”，千百年来精神者的身影，在星月之夜徘徊不绝。曹操夜不能寐，起视“月明星稀，乌鹊南飞”；杜甫人生羁旅，目睹“星垂平野阔，月涌大江流”；连有“清窈之思”和“雄宕之气”的黄仲则，于“为谁风露立中宵”中，也在辨识：

“似此星辰非昨夜”。熠耀星体，是否仍是千百年前他们仰视的那一颗？在大工业大物质一隅的粗糙水泥阳台上做此浪漫主义幻想时，秋凉之露，湿了已被喝干的紫砂茶杯。

3

“霏霏细雨中，一个手拿桂枝的女孩，踽踽穿过城市。”这是在郊区总会目睹或想象的一个场景。郊区的商业区域同样具备商店、医院、快餐铺、公司、展览馆、行人、政府机构、水果摊等组成繁华都市的基本元素。但是，在郊区，一切却显得松散与闲适，不像都市，欲望、饥饿，无处不在地充满着逼人的艳丽和内在热气。郊区的商业区域，很像冬天下午的阳光，让人在闲闲的散淡中，嗅到一股秋天干草的悠远味道。在干净明亮的“肯德基”店里，可以要一纸杯可乐或咖啡，找一个靠窗的位置坐下（这里人少，位置总能随意）。音乐若有若无，深秋或冬日的阳光透过落光了叶子的法国梧桐树枝，打在玻璃外空空的街道（叫“道路”更恰当）上。对面是一个叫“大懒熊”的个体服饰店，总有三两军人或大学生模样的青年在里面闲看。偶尔驰过的车辆速度极快，它们的目的地是宜兴、湖州或杭州。你可以在此读书，这里有着巴黎街头所没有的中国气息。秋天干草的气息。纸杯空了，读累了，便出来。过一个相片冲洗门面，在开架的杂货小店内，你能买到一排夹子、两节电池或一只跟昨晚在厨房摔碎的一样的瓷盘。隐在郊区深处的“学人书店”狭小却永远有着诱人魅力。女店主，据说是在北京、广州经历过人事的年轻返乡者。你会注意到是邓云乡为这个不起眼的小店题了名字。在这里，我买过海子，买过里尔克，也买过黑格尔。有落叶的展览馆台阶无比空旷。展览馆通常是闭着的，你只能在阶上小憩。黄昏在一位母亲和她孩子的牵手走过后来临，你也许该回家了。在郊区教育局大门旁的饮食摊上，你还会发现生煎包。刷了油的巨大漆黑的平底铁锅内，排满了雪白的令人喜爱的面制肉馅点心。浑身油腻的女操作工揭开沉重的木锅盖后，撒满了绿葱丝的生煎包上弥漫腾腾白雾——这又是熟悉的、饮食的欢乐。

1997 年 9 月

受压迫者

泥土注定只能在压抑的黑暗中喘息。城市无处不在的水泥、高楼和沥青，沉重而又威峻地，覆住了泥土的新鲜脸庞。

冬日深夜，空旷平滑的大街上，一个人骑行。我听见了比夜晚更重的黑暗内部，压抑泥土那难耐的挣扭之声。

雨天书

雨在下着。细细密密，飘闪白影。比雾大。春天的黑亮城市湿透了。从运河大桥挽骑车上行，眼前是那么多的雨披。红、黄、蓝、紫、灰。那么多鲜明、繁杂而又匆促的雨披将我包围。

《那么多的雨披》。是20世纪80年代哪个人的作品？自觉与不自觉间，人已陷入越来越巨大的文化传统之中，生来注定，无法突围。不管这“传统”是永恒还是短暂。

健康路上粗大的法国梧桐依然没长出树叶，但它们斑驳的树皮已透出逼眼的青色。块块湿润的青色，是呼之欲出的生命声音。上班的人们在积水柏油路上寂静又多么拥挤。我知道他们的头发、睫毛、面颊、鼻尖还有裤脚管全都潮了；我知道连日不开的初春阴雨将他们此刻的心情也弄得饱含潮意。但他们终将进入这个城市潜藏着的一格格水泥空间——就像水流泻入沟壑和岩缝，最终只留下返青的法桐和积水的黑柏油路在孤独地仰承城市雨意的天光。而那一格格的水泥空间，是干燥的、装饰的和社会的。取暖器、热空调等由电能转换过来的热能，在这无数分割而成的空间内，也终将会剥去这一批人类的潮湿，使之露出舒爽的笑容。在一首诗中，我记录过类似的场景：

孤独者，在奔驰的怀乡中
搁下雨具
室内轰鸣的工业
开始把你，慢慢烤干

俯仰

狭窄居室。幽暗肮脏的楼梯走道。早餐时上门收卫生费的蹒跚老太。水费。电费。煤气费。吃饭穿衣费。儿女上学的校服费。厨房的油烟早晨冷淡。用了20年的收音机吱吱啦啦。夫妻穿好昨天的衣服。灰尘的落叶成堆。滚滚涌流中的自行车无法停下。从城市的某一角落出发，经过的桥下，河水浊黑。泡水。向纵欲过度的上司露出微笑。干活。寂静干活。在空旷的食堂打好一份青菜、一个小肉圆和四两米饭。疲惫午间。玻璃杯中的茶叶已经泛白。雨的下午。账。昏花的镜片。结束了。暮色的菜场日复一日。小贩。秤。灰蓝的人群沉默无声。浓暮中的道路。更黑的楼梯走道。狭窄居室。晚餐。陈旧的电视纷飞雪花。睡觉。

腐烂却外表优雅的城市沉重。终身埋首的百姓持续生活。

侵蚀

母亲从乡下来城。喝水时说这水有漂白粉味道，很重。而我早已浑然不觉。是我完全适应了城市，还是城市以其巨大无形的方式，深深侵蚀了我？

一夕

路两旁粗壮茂密的大树枝柯，在上空交接，完全遮蔽了洁净曲折的柏油甬道。单调却清醒的自行车，滚动在幽暗的、植物构成的隧道之中。树木汁液的气息。残存阳光的气息。湖水的气息。黄昏的气息。群山的气息。当然，还有更深的大地的气息。偶尔有一两点、一两缕的夕阳，顽强钻过浓密树叶溅在道上，那种无与伦比、锐利夺目的金艳，使我们在寂静中发出惊叹。

骑出植物的隧道，是豁然开朗的大片水域。银与金的波光粼粼。我们在高高的粗糙石桥上坐下。水边，一个挽起裤腿的男子涉足湖中，不断在撒着兜网。浑红浑圆的日头现在已经变得慈祥，在西面静静的山峰顶上，与我们对视。桥下荡漾的湖水深处，仍有一支金碧辉煌的火柱摇曳不停。日头渐渐下沉。火柱也越来越黯淡。水声激溅，那个男子网到了一条挣扎的硕大鳜鱼。水里的微红火柱在激溅的声音中终于隐去。日头完全落下了山峰。

一天过去。永不再来的一天，就这样又已过去。那个收获的男子收拾渔网回家。处子一般的湖面上，无边的蓝，朦胧着，开始在天地间慢慢、慢慢晕染。美，与一股难以言清的淡淡之悲，也在我们的体内，慢慢、慢慢地涌满。

归家。经二路两旁墨绿沉重的葡萄园的呼吸，带来了6月的又一个夜。

1997年

时代一瞬

长途汽车站大门西侧，是车辆寄存区。那些将要做短途或长途旅行的人，可以把骑来的摩托、轻骑或自行车寄存在这儿过夜或者过更长的时间——以日计算的费用当然少不了。暮秋连日的阴雨使得水泥场地也变得泥泞。停车区的露天部分，挤满了杂色的自行车，黑塑料壳的车把，光亮的钢铃，连同三角形的车座都是湿漉漉的，像无数被老师叱骂着在雨天排队的可怜孩子。区域的西南角，层层叠叠堆满了被遗弃的车的尸体，在风雨时光的日日侵蚀下，它们生锈、肢解。它们的主人早已不知去向。停车区绿色塑料棚下停放的是车中“贵族”：摩托和轻骑。必须付出的、更大面积的人民币，挡住了淋向它们身上的含灰雨水。两个过早穿上冬衣而显臃肿的老太在车的世界里移动。灰暗暮秋中，她们身上透明的雨披闪射白光。细雨中我锁好自行车，从一位白雨披老太手中接过付钱的凭据，右手顺便捋了一下头发，潮湿手掌内，即刻聚满了更多的破碎水珠。

在车站前方报刊零售亭的蓝色雨篷下等淑。现在是周五下午 3 时 20 分，我们约好 3 时 40 分在此碰头。我们准备回家，从此刻这散发热气的商业湿城，回到 70 公里外的一座古老县城，再由县城东出 3 公里，便可最后到家：有着芦苇和野湖的、讲着本色吴语的乡下老家。淑还没到。道路上沉默川流着各色汽车，精湿的车壳大多沾染了斑斑泥渍。又一群刚刚出站的旅客拎或扛着沉重包裹，很多又随即挤上眼前的 20 路公共汽车——这辆刷满广告、颜色脏乱的活动钢铁房间，将要穿越城市心脏，最后到达另一个吞吐人流的巨大嘴巴：火车站。我将注意力转而投向报刊亭内。是的，在你注意的时候，世界就充满了铺天盖地的呼啸信息。大小的文字，彩色的图片。堆叠悬挂插放，琳琅满目目不暇接。我看见了这个世界数不清的闪动喷溅的舌头。掏两块钱，买一份《东方文化周刊》。这是南京某家报纸办的介于报纸和杂志间的一种文化消费品。创意很新。这期封面的“东方文曲星”，登的是朱自清。戴眼镜、面色很白的书生朱自清。先是东海人，后为扬州人。我仇恨这个姓朱的江苏前辈，因为中国人中儿子和父亲的关系，几乎被他的一篇《背影》写完。他是文化的霸道者。我翻到了李小山的文章。李小山，祖国传统绘画艺术的叛逆者，从底层泥火工厂走出去的我的老乡。这里他写的是时髦足球，中国足球冲出亚洲的梦想又告破灭，明知技不如人但比赛未完心还不甘的球迷，终于也得到了另一种的平静，李小山哀叹:《这下好了》。在随意翻到的一个小角落里，又看见了两个名字：吴晨骏和韩东。他们是参加某文学杂志举办的小说竞技的南京选手。看见名字，不禁又想起10月份在苏州的那次诗歌讨论活动，他们都来了。吴晨骏胖胖的，脸色红红的，诚实而腼腆，他们叫他老吴。在寒山寺里，他和河南诗人汗漫被人公认为是寺里壁画上寒山和拾得的酷肖者，为此，他们两人合影留念。韩东较之老吴有些瘦小，戴眼镜。从枫桥那端沿河颓败民居间走过来的韩东会笑，他的笑貌似天真但实际是充满了一种东南沿海文明式的狡黠。突然降温的秋雨天气，在长途车站报刊零售亭的蓝色雨篷下瞎翻瞎想时，带着风雨痕迹的淑，到了。

挤满了人和物的中巴车内混杂烟头、肮脏的织物袋、五香蛋、鞋子和雨的气味。这种中巴一共只有十几个座位，我们挤在中间的一张双人座上。狭窄过道上临时添加的小木凳上也坐满了人。阴湿的雨天总是影响人的心情。淑身体有些不适，座前空间又十分狭小，携带的包放在两膝之中，挤坐着，内心涩涩。车子在雨意浓重的世界里向前滑动。模糊的璀璨的店面。红绿灯。雨刮器单调地在持续缀满雨珠的玻璃上来回划动。有人已经抽烟。小而浑浊的空间里，人们又都找到了尽量舒适的坐姿。适应性，人类伟大的生存本领。胸前挂了黑色小包、脸色有些发黄的那位年轻女人开始收钱卖票。她用熟悉的乡音高声抱怨着今天被耽误了两个小时。原因是路上塞车，某某乡镇的千余农民因集资款到期拿不到钱而聚于公路，等领导给予说法。年轻女人熟练地收钱、找钱、撕票。渐渐浓厚的车内香烟雾气中，汽车驶出了市区。

浩瀚迷茫的太湖，在暮秋阴雨天气里，苍白、病态。晴天遥看清晰的湖中三山岛，此刻隐显在虚无缥缈之间。道旁银色防撞护栏下，那蜿蜒不绝的草迹现在一律衰黄。而山坡上牵扯勾缠层层累覆的植物藤蔓，虽然被雨水润湿，但你一眼就能看出它们失血的死亡神情。大地之下，季节庞大却无形的吮吸机器，正一点点抽干这些春夏蓬勃生命的血液和绿汁。季节之吮吸机器，大地之颜色轮回。细雨迷蒙着一切。世界，像一块洗不干净的脏布——望着窗外匆匆掠过又永远单调的南方景色，不经意间，我们涌上这种感觉。杨湾到了。这个面朝太湖、被野风寂寞吹着的山坳里，隐蔽着一所军营。我们曾数次骑自行车从城市来到这山间的绿色营地，因为，里面有我们的朋友。许君的老家在浙江天台山区，穿上军装已逾十载。在长有许多大树的空旷冷清的军营里，他的单人宿舍也显得特别空旷冷清。木梁很高，整洁的行军床下塞着空了的子弹箱——这是用来盛放书报、衣物的容器。他的女友是江苏常熟人，现在也离家在这座异乡城市自费读着大学。有时候星期天骑车过去，他们就包饺子招待我们。许君非常善于擀皮，他擀的皮质量好，而且速度快。吃完了，就去爬营房后面满是灌木野草的山。很随意地坐在不算太高的山顶上，找着石子朝远处扔去。更远处，依然是一动不动的太湖在闪着寂寞的光。在准备转业寻找工作的那段时间，许君搬出了部队，在郊区租了一间民房，同时在这座城市的一家电视台兼打一份临工。他租居的民房陷于城西一大片古老参差的私人住宅之间，记忆中印象最深的，是门前两棵春天时开满白紫花朵的茂盛泡桐。花季，他租居的小屋都盈满了香气。现在，许君和他的女友已经结婚，共同回到了常熟。他们暂时还借住在老人家中，但前景是非常光明的：年轻妻子在一家皮具企业做管理工作，转了业的他则凭着实力和幸运，在当地电视台谋到了一份职业。在信上，他们说，欢迎到常熟来吃走油肉。会来的，祝福你们！杨湾过了。太湖过了。阴雨深秋的暮黑缓缓浸染。狭小浑浊的中巴车内有人已经沉沉睡去。此刻寥廓冬麦田那端的稀疏灯火，是闸口，是吴冠中的童年和故乡。屺亭的来临已在黑暗中。有石桥和窄街的水乡屺亭，我看见了青年徐悲鸿清俊的脸，以及在黑暗中远赴异乡时的求索背影。灯光璀璨，积水路面一下子映满璀璨嘈杂灯光的时候，我们知道，宜兴县城到了。

雨已止歇。县城车站地区商厦、摊贩和来往汽车的新鲜灯火，游泳在已带冬意的夜的无尽黑暗里。3公里，我们步行回家。路面湿漉漉的，不时有一块一块闪射冰凉白光的水洼。我们很快走出了灯火地带。黑暗里劲拂的凉湿空气，搬走我们头脑中因闷浊旅途而产生的昏沉。县城，这就是少年时向往的遥远县城。路旁古老的护城河低浅又漂浮隐约可辨的杂物，在白昼它肯定是发黑或是发绿的变质绸布。河对岸是已经废弃的轮船码头，朦胧夜色里，它确确实实是一座遗址，层层堆叠、被河水淘洗光滑的河埠石，裸露在空气中，像一截截朽坏的木头。我的意念不禁又回到20年以前，就在这座码头，春天，一大群佩戴红领巾的孩子，祭扫完烈士陵园之后，在此搭乘轮船。我是其中的一位。含鱼的清波在低低的舷窗下荡漾。啃着中午没吃完的煮鸡蛋或已经发软的油条，吵着，闹着，在有一排排固定木长凳的船舱内追逐着。有时则呆呆地望着窗外，看船开过茫茫的城东湖面，看大片大片飞舞蜜蜂、长有金黄油菜花的陆地，在缓缓后移。我们是乘船回到乡镇的家。20年，我也感到了沧桑。在闹市区以外的黑暗道路上行走，越过一座矮、一座高的石桥，脚心已微微发热。

东虹到了。东虹，是县城和农村的交界部，小小广场的中心有一个圆形水泥花坛，长年累月，花坛里的叶子和花朵似乎总是沾满了灰尘。中午和黄昏，这里争先恐后挤满钉钉挂挂蓝蓝绿绿的“三卡”——三轮、有篷的农用轻便车。上城买好东西、办完事、或卖完猪肉蔬菜的农民，总是乘着它们回家。三辆、五辆甚至七辆八辆的自行车挂在车后或车旁，“突突突”，这些满载的“三卡”便颠簸着开往散落太湖沿岸的各个村庄。但此刻东虹的小广场冷寂而空旷。穿过它，我们走上了雨后夜色的乡村公路。植物和河流的气息扑面而来，起伏的、播满麦谷的乡村大地在无边夜色里呼吸。我们已经看见了遥遥湖边家的一豆灯光。微小的灯光，也是如此温暖。是去年，还是前年的小年夜，一整天纷扬的白雪在地面积厚，银装素裹的世界有了一种洁净、神性的晕光。我们也是在这样的暮夜风尘仆仆又泥泞不堪地回到故乡。出租车因雪夜已不愿下乡，我们叫到了一辆平板三轮。将携带的行李放进车里，厚雪的路面已不能骑行，骑车的连同我们俩便推着车子前行。三分之一的车轮陷在乡村公路的雪泥里。这是岁末的夜。要过年了。田野、村落、过冬的农作物，还有觅不见踪影的鸟雀，全部躲藏在厚雪暖暖的眠梦内。一辆车，三个吃力的渺小的人，跋涉在白银的柔软的童话王国里。世界真静啊！那夜，在白雪天地间我们最先看见的，就是眼前这盏遥遥的、湖水边家的橘黄暖灯。现在近了，我们已经走上了麦田间的石板田埂道。顺着挤满衰苇的小河往南走，再跨过那顶单孔老石桥，被几棵高大枫杨、槐树包围着的，就是我们的村庄。朝着从窗户漏出的家的灯光，顾不得零落的泥水甩上裤管，我们加快了脚步。

白炽灯泡的光芒，将厨房映照得温暖灿烂。新砌的灶内，散发植物香味的火焰金黄灼亮，今年收获的稻草，在灶膛持续的火中柔韧舞蹈。娘为我们的回来，早就准备了丰盛晚餐。鱼。肉。粉嫩的豆腐。而碧绿的香菜、黑绿硕大如太阳的塌菜、雪白滚圆的萝卜、小巧精致的菠菜——这些，都是从自家地里新鲜割的。浓郁菜籽油泻进滚烫大铁锅的一刻，是寂静的，但是，当洗净的鱼肉或蔬菜倾倒入锅时，那激烈的爆响，那腾起继而弥漫整个厨房的气雾，那忙碌中快乐的说笑，让人深深体会到了生活和亲情的美。稻草的火光映热脸庞，拎着塑料桶，我到户外的井上提水。阴湿的深秋之夜有些寒意，乌蓝的天幕没有星光，不远处湖上漆黑的背景上有一点灯火移动，那是未泊的渔船。揭开湿沉的木头井盖，淡淡的暖气拂上脸颊。系桶的麻绳握在掌中的质感，使我想起童年。希尼，在多雨爱尔兰乡村的暗夜里，你手中木桶撞击井水的声音，是否跟我此时的相似？井壁苔藓，冬晨井中涌上的白暖气团，那个爱尔兰人用异国文字写下的泥土诗篇，让我又一次相信，不管身居地球何处，人类的情感总是相通的。提着满桶的井水，我从黑暗中又进入了家的温暖和光明。褐红的木桌上已经摆满热气腾腾的诱人菜肴，家人团聚，其乐融融。哥起身拧开酒瓶盖子，红艳液体在乡村白瓷杯内激荡回旋的图像与声响，让人周身的血液，也一点点开始热漾开来。

第二天下午，因淑身体微恙，我一人回丁蜀镇父母的家。丁蜀，数万烟灶的烟火小镇，地处苏浙交界处，以出产陶器而著名。旧时，丁蜀地区用龙窑烧制陶器，蜀山、前墅、涧众等数处龙窑，沿山坡而建，昂首向上，极像腾飞的苍龙。龙身两侧均有观火和塞燃料的洞眼。烧窑时，火焰逸出洞眼，尤其在黑沉沉的夜里，遥望龙身，金鳞闪闪，非常壮美。燃料用松枝，需由人力到属于天目山余脉的南山挑来。父亲烧过龙窑，也用一根木扁担走几十里地挑过青郁的松枝。常记起儿时烈日的夏天，烧窑回家的父亲，肌肉结实的瘦小身躯被窑火烤得黑红油亮，背上、胸脯汗珠暴绽，一只大陶罐里的红茶，一口气便能被他汲掉大半罐。过去的龙窑，现在已被用煤、油或电作能源的隧道窑替代。故乡人家处处烙上陶的印记。院墙用缸爿，养花用陶盆，炖鸡用砂锅，腌菜用龙缸，吃饭用陶碗，喝水用紫壶，小解用夜壶，就连夏天睡觉，也用一张陶瓦做枕头，清凉且又瓷实。从由县城到丁蜀小镇的公共汽车上下来，仍是深秋微雨的天气。背着旅行包，在镇电影院北侧的停车场，我又挤上开往太湖边乌溪的简易农用小客车——中途它将路过我的家门。确实挤：买了童车的，捧了甘蔗的，剪了花布的，选了皮鞋的；抱的，搀的，牵了手的，扶着窗的；老的，少的，男的，女的，全部聚于这辆简易的农用小客车内。穿旧蓝棉袄的司机回过头来，取下叼在嘴上的半截香烟，笑着要车上的人再往里挤挤，挤挤。一位拎着背心袋的已经发福的中年妇女，高声叫着，挤是挤不动了，要么，我坐在你大腿上算了。车内爆发哄笑。站列其间，我感受着浓烈的乡音生活。

父母已在家等候多时。衰老的父母。古人所谓的“近乡情更怯”，我想，离家日久，怕见亲人衰老，大概是其中一大原因吧。晚饭他们包馄饨招待回家的儿子。馅和皮是下午早就准备好了的。天黑得很早，端上桌的撒了绿蒜叶的鲜肉馄饨热气腾腾。好酒的父亲已经不再喝酒，他患了高血压。干了一辈子重体力活的母亲，歇下来以后，也像一台旋转过久的机器，处处在出着毛病。她也有高血压，而且还有糖尿病。家里刚刚重盖了屋顶，用杉木椽子换下已被虫蛀的竹椽，还新修了厨房。席间，父亲不断抱怨着那两个来干活的泥水工，要价太高但干起活来，却马虎偷懒。现在到处要钱，好人是越来越少了。他不停地说着。晚饭结束，洗好了脸，洗好了脚，父母上床，我坐在床沿陪他们看电视。万千人家现在都沉浸在黑夜里，我们的电视房间温暖平和。儿子的归来之于年老父母，是最大的幸福。在电视背景上，我们闲谈，回忆、重温或展望总是主题。谈着谈着，着急的父亲总要强调，30 岁了，该要孩子了！沉默的母亲从不唠叨，但在这事上，也总要跟着父亲说一句“是啊”。《新闻联播》。再一个不知名的电视晚会。母亲首先沉沉睡去，接着是父亲也响起了轻微鼾声。我坐着，黑白电视不停变换着明暗光线。小时候，是他们看着我渐渐入睡；而现在，是醒着的儿子在聆听他们的睡声。长大。时光。我真切理解着其中的复杂含义。两个劳累了一生的孩子。两个劳累了一生的孩子在我身边睡眠。突然的一刻，眼睛是热热的，热得简直发烫！关上电视，熄了灯，静静走出去时，我轻轻带上了他们的房门。

周日下午。灰旧的县城汽车站浸在茫茫雨幕中。在车站门旁的一家陶器店里，我低头抹着发上的雨水。昨天和淑约好在此碰头。白亮的檐水断续溅在地上，外面广大的雨幕里，是零落的几个穿红黄雨披的骑车人。淑来了，从湿淋淋的“夏利”出租车中钻出，携带的蓝色牛仔布包鼓胀而又沉重。我冲进雨里，拎过包，两人随即又冲上了在一旁等客的长途公共汽车。“娘非得要叫我带这么多东西，真是难拿！里面是萝卜、山芋、早上做的团子，还有一大捆装在背心袋里的绿菜。”在潮湿的车座上坐稳不久，载满旅客的汽车便启动、撞破雨幕，朝着我们活命、生存的那个城市，又一次奔驰起来。

1997 年 12 月

姑苏

气息、图画、那咀嚼的岁月……

A

黑暗文科楼。宽阔的水泥楼梯走道内黑暗又显荒凉。还有静静弥漫的潮湿腥气（这气味源自无数房间经年累月堆叠过的发黄线装书和楼梯拐角男厕所内结满蛛网的粗糙便槽）。《论语》《孟子》《宋词选》《玉台新咏》《经史百家杂钞》《燕子龛诗笺注》《洛阳伽蓝记》《谢宣城集》《明诗别裁集》《陶庵梦忆》《霜红龛集》《淞隐漫录》《吴越春秋》《两当轩全集》《全汉三国晋南北朝诗》……蛛网和便槽。古老东吴的文科楼。黑暗、荒凉，散发书籍和传统人事潮湿腥气的文科之楼。现在是深夜，是一年最后的一段时光（再过一会儿，就要敲响新年的钟声）。校园和校园所处的这座2500年的水城沉浸在酣甜的黑暗里。但此刻至少314教室仍是明亮彩色的光点。他们在等候并迎接崭新的20世纪90年代。联欢会场用彩纸包裹的日光灯管、课桌上随意摊放的糕点瓜果、气球、女同学闪亮的发饰、笑声、简陋木板地面上笨拙却向往的拥挤舞步，聚成酒似的浓浓氛围。“为何一转眼，时光飞逝如电……”黑暗楼梯走道的空气中，仍传来那里淡淡轻轻的歌声。一个人走出大楼。满天星斗。寒气袭上面目却感到无比清冽舒适。轮廓分明的高峻方塔矗立于香樟林上的冬夜，它依然是我沉默的长者。站定的片刻，我知道，新年的钟声，就要响起了。

B

那时候只要没课，总是骑着那辆从旧货市场买回的破“金狮”往外跑。20岁左右的雏子，远离了家乡和家人，开始独自在外闯荡，即使是最最内向的，他的血液中也有无数匹新鲜的野马在奔撞。我老是觉得，具体的大学校园对于每一个学子来说，只是鸟巢——念书和睡觉的地方，真正的校园其实是所处的那座城市——他们在城市校园的时间与空间、街巷与园厦中，飞行、出游或甘心迷失。也许，这就是差不多每一个离校者，对母校所在城市总是满怀亲切的最大理由吧。姑苏城乡的绝大部分道路，大概至今仍浮游有我们不知疲倦的车铃声和呼吸声。

记忆中春天的活动有：1. 三五人同行，骑至数十公里外的光福，看“清、奇、古、怪”那四棵古树，看烂漫如雪的初春梅花。我们总是避过旅游区，向纵深骑行。推着车翻过几座长满低矮林木的大山，便看见了太湖。在面向浩茫湖水的无人山坡上，放倒自行车，人也懒散地躺卧，听太湖的风声和水声。2. 不止一次，和高骑车从盘门出去，经名“风流”实困蹇的才子唐寅墓，再骑完“凌波不过”的横塘路，到达范成大的石湖。并无目的，只是漫骑。回来我们不走大道，穿村庄返城。竹外红桃三两枝，满眼如线的柳丝则随风绿舞。江南人家的大人孩子，总倚着门框看两个陌生的闯村者，眼中盛满奇怪的神色。3. 那是 1989 年的暮春，身心疲惫又亢奋的季节。一天黄昏，王、俞和我三人骑车出城，不知是谁讲了一句，去甪直吧。于是就去甪直。麦熟的浓郁之夜。大片大片的油菜籽已经收割。两侧长满高大绿杨的乡村窄路，墨黑、宁寂又充满植物新生或腐烂的气息。不时掠过的水塘、河面，雪白发亮，像遗落于乡村大地上的碎块月亮。两个多小时后，大概是晚上 9 点多，我们抵达被叶圣陶描写过的那座水乡小镇。石桥、瓦舍和人家在水的夜色里已经沉睡。我们敲开了一家漏出灯光的旅店木门。值班者是一位少女，水乡小镇的、有着豆腐一样光滑皮肤的纯洁少女。她给我们住宿以价格上的优惠——我们背后称她为“豆腐西施少女”，后来，她与我们之间还保持了一段通信友谊。这已是后话——第二天早晨从旅店出来在镇上闲逛，三人摸遍口袋只剩下两块多钱，于是只得在保圣寺旁一油条摊上各拿了一根油条站着大嚼，至今仍记得当时触景而生的一副联语：保圣寺里看罗汉，香花桥畔吃油条（保圣寺，此镇名胜，内有唐代罗汉雕塑；香花桥，寺前窄小石桥）。

冬天来临后一般不大远骑，只在城中出没。写到冬天，现在的鼻尖，似乎又嗅到了暮前阊门烤山芋和景范路一带油炸铜锅饼的香气。有时在夜间冒着风寒，也会骑车从十梓街 1 号（数学系一位学友将“梓”读了 4 年的“辛”，让我们很是钦佩），穿过整座城市到当时在建的狮山大桥，然后再到寒山寺。看不到客船，也听不见唐朝的钟声，黑沉沉的寺门总是关闭。我们就会到附近的城建环保学院内溜上一圈，兴尽便返。在姑苏的冬季，我们热爱冬至。“冬至大如年”，冬至是姑苏市民的盛大节日，也是我们盼望的日子。冬至前夜，古城变成了到处散逸酒香的酒城。绿蚁新醅。大街小巷的烟酒店门口，都摆满贴有红纸的酒坛酒瓮，里面是淡青色的、浮满桂花的香甜米酒——传统叫作“冬酿酒”。古城的冬至夜，完全可以与除夕夜媲美。家家举杯喝此酒，户户摆桌啖鱼肉。物质上近乎奢靡的享乐主义，小家碧玉式的名士派头，曹聚仁也曾评述过的古城的这种习性，自然要感染作为古城一部分的大学校园。冬至夜这天我们安居校园，因为学校当局总是慷慨大度，下午一律放假，并给每一学子馈赠“购菜券”数元。食堂也早已“大动干戈”，午饭一过就打开所有的卖菜窗口出售晚餐的自制熟菜。油爆虾。盐水鸭。酱鸡。排骨。卤汁豆腐干。每个宿舍各自分工，你拎热水瓶去拷冬酿酒，我捧饭盆去打熟菜。酒风熏得人人醉，夕阳西下，整座校园飘满了酒香和菜香。彼时，每个宿舍窗口，都是举杯、盆豪饮的风姿。巾帼决不让须眉，而且，最后杯盘狼藉，大醉、高歌、踉跄、呕吐之景，往往于女生宿舍区尤甚。这就是一年一度我们特有的“东南形胜”。

秋天到了。秋天是美好而松散的季节。在秋天，几个朋友去得最多的是东郊鱼塘。我们出校的路线，和杨绛先生当年课余散步的路线大致相仿。杨先生在此就读时（苏雪林当时正执教于东吴），姑苏城还围有城墙，她一般从学校南门出去，登葑门城楼（葑，古书上指菰的根；葑门，直觉意象中长满水灵肥胖茭白的古老城门），在城墙上绕全城走上一圈，观赏城内城外的景色。我们这一代已看不见连绵环绕的高大城墙（只剩少数残迹），但“葑门”名称犹在。从葑门骑出去不久，就是东面郊野的鱼塘。在黄昏鱼塘间的草埂上散坐，河与村庄上空的远云变幻着美丽图案和色彩。天色于晚霞与鸥鸟的飞逝中慢慢黯淡，圆圆融融的红球终于坠入西边城中参差的万千民居。总在晚星与塘鱼低语的时候，起身，回到狭小闷热的男生宿舍。后来，第二任班主任（正式称呼叫“辅导员”）曹惠民先生上任时，经我们推荐，全班有过一次“情醉夕晖里”的鱼塘之游。自那次集体活动后，我们的“骑游小组”中，便多了两位班上的女性同胞。后来，我们一起骑车去看过宝带桥中秋之后的凄清月亮，还去过姑苏城西人所少知的花山。花山之行印象很深。那是一处工业尚未涉足，朴野自然的仙境，很难想象她就置身于馥文香脂的古城近侧。将自行车寄停于绿荫匝檐的山麓人家，便徒步爬山。无人的深林山间石径旁清溪淙淙，溪边不时显现草花，亭亭嫩嫩的青茎上顶一红花，烂漫得让人心惊。山顶大块大块的光滑岩石在秋光下怒开盛放。那是白色的岩石之花。玻璃似的蓝空与白色岩石是如此接近，它们透明的轻擦，抹去了世界所有不洁的声音——少年青春。大学最后一年的深秋，我独自骑了一趟山塘街。秋雨迷蒙沉寂。“五人墓”空无一人。明男秀女锦帽绮罗于酒沫艳影中赴虎丘庙会，那是遥远往昔；现在留下的，只有凝滞的巷河与斑驳衰颓的低矮街屋。于此，我目睹了时间留在南方的深重锈痕。

C

在姑苏的大学，学习文化知识的地点除了课堂和图书馆，现在想来，就我个人而言，还应包括电影院、书店以及作为“自修教室”的若干私家园林（仅限于课堂、图书馆的学习，总觉是狭隘的传统主义者的学习）。

先说课堂。那时候按课表上课，总不出文科楼、新教学楼或物理系阶梯教室这三处地方。任课老师中现在想写下的有两位。一位是教“中古史”的王钟陵先生，矮矮而微胖，睥睨不群，很有些魏晋人物的风格。他学问很好，国家级的专业学术刊物上常有他的大名出现。课堂上讲起建安风骨或嵇康阮籍，总是语调拖长夸张得眉飞色舞和淋漓尽致，我们常常受之感染。女生有时被他讲课的热情所吓，上课前往往躲坐于后排，但是课堂偶有提问时仍少不了她们（男生上王老师的课一般来讲可除被叫起答问之忧）。当时电脑尚未流行，王老师新的手稿或书稿又源源产出，关涉誊抄，这似乎又总是特定几位女同学的幸事。记忆中王老师的大著《中古文学史》特别厚，而且内容扎实文采斐然，全班每一位同学都买过一本。也许是某类中国知识分子特有的恃才傲物、吝啬“青眼”吧，听说他在系里的人际关系不大融洽，从副教授到教授的转化过程中，一度颇不顺利。想写的另一位任课老师是束景南先生（据说，束先生是王钟陵先生在系里唯一尊敬的人）。我只上过束老师的选修课，时间不长，他讲授古代宗教。束老师是典型的阴柔一路的中国学者。面目清润，慈声善气，朴素的衣服穿得一丝不苟。束师母我们也认识，一位朴实、能干、善良的底层妇女。可能是没有工作吧，那时束师母在学校泡开水的老虎灶内帮学生洗被单。她为人热情，有时同学生日在宿舍聚会喝酒，我们到菜场买了菜请她代烧，她总是非常乐意地接受，而且好像叫了她是看得起她，她很光荣。每逢我们在她面前讲到束老师的种种好时，她满脸的幸福让看的人也觉得甜蜜。束老师上课娓娓道来又旁征博引，他关于中国古代太极阴阳图的透彻阐述，当时在我内心激起的豁然开朗的感觉，至今仍然强烈而清晰。听留校的同学讲，我们毕业不久，束老师便去了杭州大学（与浙大合并后，现在也该称浙江大学了），那边请他做博士生导师。

图书馆。图书馆永远是复杂的处所。密密的书林，语词的海洋。它是肉体的坟场，精神的圣殿。它残酷、冷静又温情脉脉。置身于无穷无尽狭窄的书架过道内，嗅着文字与纸张散逸而出的古老或年轻气息，伟大和悲哀的感觉总是交替充塞我的胸腔。一个蒙尘的书脊，一本书，100 年或 1000 年前的一个思想头颅已经销蚀，而他的书仍将流传。一个学子对待图书馆的态度，我觉得首先应是热爱——甘心接受它的“核辐射”；其次，也是更为重要的是，仇恨——努力洗净自己身体内外所沾染的他人痕迹。在图书馆，寒冷天气我总是去借阅它的哲学、历史和外国文学；炎热季节，则找寻中国古代文学——它们给我清凉，窗外蝉声中捧读《断肠集》的清凉。图书馆报刊阅览室与肃穆深邃的藏书库相比，则青春勃勃，充满了现时代的新空气。在这里，我主要感受激励。浏览着纸页上同时代人奔跑的面容，我觉得，我也应该赶上。大一时发表在《苏州日报》上的短诗《我》，是自己第一次变成印刷体的文字，忘不了在阅览室翻到那张报纸时的激动（很幼稚，但很真）。这是我的名字？我的诗？脑袋里似乎一下子涌上比平时多得多的热血，甚至有些嗡响。紧盯着报纸看了几遍后，马上下楼到校外凤凰街邮局买报纸。被告知已卖完后，又辗转步行（那时刚从江苏省最南端的一个滨湖乡镇进入古城，还不熟悉它的内部结构）至民治路 24 号报社，终于买到了两份印有自己名字的《苏州日报》。从此，在课余或课上，便不断地埋头漫写；写完就寄；然后不断地上图书馆报刊阅览室感受激励，寻找再一次可能来临的惊喜。有一次在《青年文学》杂志自己的诗作《割麦者》旁，看到有人批了“深刻”二字时，心中不禁暗自溢满“私人式的甜蜜”。在随后的几天，只要上阅览室，总忍不住还要再去翻一翻已经很熟悉的那本杂志。

临近观前街和太监弄，经过得月楼、松鹤楼和王四酒家这些吴中饮食名店，便到达姑苏城中的电影院集中地。中心街区店富人殷喧哗繁杂的这块咫尺之地，竟挤集了“开明”“群艺”“苏州”“大光明”等四五家影院，这在别的城市大概不大多见。这里是热爱电影者的盛宴之地。星期天午饭后从宿舍旁的北校门出去，或经双塔身下走上凤凰街，或顺北校门外小巷一直朝北走，到苏州监狱处拐上干将路，向西一段再遇河北拐，从密布民居的狭窄肖家巷走上临顿路——最后的目标，当然都是观前街（繁华商域，犹王府井之于北京，南京路之于上海）。逛一圈观前街后，总是不由自主地来到“电影区”，于熙攘人群和各售票窗口此起彼伏的电声招徕中，选一影院，购票进去。在黑暗内部闪烁的彩色故事中浸后出来，往往已是华灯初上的黄昏。中文系“空虚无聊”，自己又嗜看电影（小时的理想甚至是当一名乡村放映员——这样就可以天天看电影），而且20世纪80年代后期的电影票价还未上涨到现在这种高度，因此每一轮新片基本都不落下。学涯四载，几乎看遍了当时公开放映的国内外新片。其实，在姑苏的那段时光，我们看电影除了“电影区”，更多的是在另外两处，一是玄妙观后的小影院，二是公园会堂。玄妙观后的影院小、旧，甚至有些破烂。它的特点首先是票价便宜（只要一般影院的一半），其次是专放可称为优秀的老电影——这两点都极合在校学生的心意。坐在被磨得凹陷的光滑木椅内，嗅着有些发霉的潮气，我看过《苔丝》《走向深渊》和《幸福的黄手帕》。公园会堂在苏州日报社对面，绿意浓郁的苏州公园就在旁边，它崭新、现代，是冬暖夏凉的地下建筑。会堂离学校很近，我们喜欢它，主要是因为它内部和周围的环境，优美、安闲，非常舒服。在公园会堂看电影，是真正身与心的享受。

“独有伤心驴背客，暮烟细雨过阊门”，苏曼殊当年在大嚼八宝饭大吸雪茄烟之余，我想他即使看不到电影（1918 年他辞世时，中国电影刚刚萌芽），也大概访过古城的书肆。当然，那时肯定尚未有我们常去的古旧书店和观前街新华书店。隔一条人民路，古旧书店和宁静的怡园相对。古色古香的二层建筑，特价书部分在二楼东区，排满四壁的书架内挤挤叠叠，中间大桌子上也摆满另打了蓝色售价的纷杂书刊。还记住那位店员，苏州老者，清瘦，十分健谈，长年累月的馥郁书香熏白了他的皮肤。和三两同学几乎每周必来，并不一定买，静静站着翻看一下午也能心满意足。四度春秋，店若有灵，该早认识我们这几张面容了吧。毕业后只要有机会重返姑苏，必定抽暇再行钻此“书巢”。如果说古旧书店蕴藉、深厚、文静，那么观前街新华书店则繁富、恢宏进而有点大大咧咧。它大概是这座古城最大的书店了，占地很大且处黄金商业中心，很为当前普遍式微的文化出气（也可算是文化古城之“文化”的显性象征吧）。我们不喜欢这个店的架势，但不能不承认经常也被它强大的吸力所招。每次从它那结构复杂字声尖锐的心脏内出来，总是头晕脑涨，似乎只有街上强烈的阳光直劈头顶，才会使人重新清醒，回到可爱的物质世界。

除了书店，我们还去园林。拙政园、狮子林和网师园是属于外地旅游者的，太挤了，我们喜欢而且常去的，是作为自修教室的藕园或东园。藕园“养在深闺人不识”。位处城东密布的河桥和灰青民居之间，它本身也就是一所民居。曲径通幽，蕉竹映绿，洁净而绝少嚣吵的游人。我们总是爱上内中绿影婆娑的木楼茶室，漫携一本书，叫一杯“炒青”，拣一临窗的位置坐下。书照旧是带而不读的，只是几人天南地北明天今朝地瞎谈。偶有独自去的时候，便是晒太阳。午后木楼窗边的初秋阳光，温暖、软人，有着令人怀念的过去时代的淡淡香味（少年姑苏的闲散日子，已经是那么遥远！）。东园距离藕园很近，但和藕园是完全不同的味道，它大、野，是通俗的、而非姑苏式的公共园林。我们倾心于东园的广阔水域、大片青草地。草地和水面上大幅大幅的天光云影晃动在胸前、脸上和头顶，这种感受在城市中无比珍贵。我还记得放风筝的那个东园秋天，高高飞翔的风筝，减轻了每一个人内心的重量，在那个青春的秋天，我们都曾经飞起。

D

……她。老师在她毕业纪念册上的留言是：“兰心蕙性。”生于姑苏的女孩。走近之后，幸福交错着难受便成为生活浓重的两抹底色。大学最后一年的时光现在想来像一段影子、一个梦。

至今仍然清晰的，只是木格子的95信箱，以及冬天收发室门口枯萎枝蔓上聚满的晶亮雨珠。

……影子和梦中，我永远告别了我的少年。

E

“曹头”，曹惠民先生，整个大学生涯中唯一亦师亦友（请原谅我的冒昧）的师长。“曹头”，中文86（2）班的辅导员，你这个流传于20世纪60年代北师大的绰号，被80年代的我们私下或者公开地响亮叫着。40多岁，你就深切感受到了时光的咬啮和威胁，在讲授郁达夫、叶圣陶、黄庐隐的间隙，你喜欢学生们说你年轻。那时候你还没成为我们的辅导员，有课时来，下课便走，平时不见，跟校园中绝大多数老师一样，像一阵与我们没有多大关系的风。后来，也就是三四年级的时候，你进入了我们的生活轨道——做我们的辅导员。慢慢地，不知不觉地，你跟全班同学的关系紧密起来；尤其是跟我们这一小帮老玩在一起的人，好像特别有缘。现在回忆起来，课余你跟我们的交流，少有学术上的渲染和卖弄，讲得更多的，是生活中的实事、小事、平常事。见过你在全班同学前讲到昔日同窗友谊时的眼角泪意，你用真诚的人格感染我们。知道我写诗，你便主动要带我去见严迪昌先生。严先生治古代文学，对新诗的发展也十分关注，一度经常在国内主要报刊上撰写新诗评论文章。你让我准备一些发表过的诗作，由你先带给严先生看，过几天后，你便让我们几个和你一起上严先生府上拜访。那时严先生好像刚从外校调来不久，住在南校门外（离十全街不远）一间不宽敞的水泥格子楼里。记忆中的严先生是一位精神饱满、在书房中穿着布鞋的长者（正由中年向暮年缓慢转移）。你是严先生的忘年交，对你和我们的来访先生很高兴，他对我的诗鼓励有加并且提了许多建议。当我说到比较喜欢黄仲则的诗时，严先生即兴谈了很多清诗方面的话题，至今记得他将清诗分为“诗人之诗”与“学者之诗”两类，而“黄景仁的正是诗人之诗”。做了辅导员后，你就常来学生宿舍走访、坐着聊天。有一个你也许并未注意的平凡场景我始终无法淡忘，它使我进一步无声地理解了作为普通人而非作为老师的你。那是一个冬天的暮前，零乱的宿舍空荡寂静，就我一人坐靠在床边捧看一本闲书。你来了。闲闲散散说过几句，便沉默。你坐着，将手搁在扔满墨水瓶、杂志、茶缸和饭盆的床前木桌上，眼睛有些失神地望向窗外的方塔。疲惫？一刻陷入邈远的回想？或者就是空白？金黄的一缕夕阳从方塔之侧射进窗来，照在你承载事业、家庭以及内心情感的中年头顶。狭窄的夕阳里，我看到了你的一根闪烁的隐秘白发。毕业前夕，你把睡眠之外的几乎所有时间都无保留地给了你的学生。那是异常平静甚至有些悲哀的 1990 年的学生间的最后告别，没有激情，没有激动。你尽力安慰失意的同学，尽力为同学去做你力所能及的每一件事。每天晚上不到12点，不是同学们劝你，你总不肯回家。你太是性情中人，你的表现似乎让人感觉是欠着学生什么（其实是我们欠你！），你不忍离开……最后要告别了，我们几个请你在学生大食堂喝酒。夕阳微红，食堂大门口的杂草从砖石缝间透出来，长得茂密高大——这是夏天校园特有的荒凉。我们坐在靠窗一张肮脏的水泥长条饭桌旁，零乱的啤酒瓶立在每个人的胸前，桌上，挤满大小不等的盛菜饭盆。……暗蓝暮色从窗外漫进来，沾在你和我们的身上。晚饭时间已经早过，空间巨大的食堂现在空空荡荡，像一刻的心情。周围无数弃满米粒、剩菜和汤水的水泥饭桌上，几只麻雀在跳跃着啄食。喝酒。再喝一大口。啤酒的泡沫在来临的浓暮中泛溢白色。菜已经冷了。……然后，是夜晚寂静的告别。

毕业后就不常见了，有时通电话，偶到古城，也会窜到在学校东区的你的家中混一顿饭吃。你也到过我在无锡双车沟狭窄的租屋，在绿意盎然的窗前挤坐着品尝过我妻子的烧菜手艺。也许是有缘分，毕业后若干年，我竟有机会倾听并了解到你过去极其感人（我认为）的感情经历。倾诉者是我从前的同事，当年你在南通农场时深深爱着的恋人（毕业后在另一座城市遭遇的同事竟是你当年的恋人，如此巧合！）。我非常感谢她对我的信任，把心中埋藏了这么久的关于你们的美好故事在我离开了那单位以后告诉我。你们彼此相爱却充满坎坷。我现在印象最深的是一个镜头。你们分开后，一次偶然的机会你们在某个车站相见，周围有许多她的同事，你们的眼睛一经看到对方，便都一下子红了、湿了——我懂你们的感情。那个倾听的上午，我惊异但却理解了她在回忆往昔时忍也忍不住的眼泪——要知道，她平常可是一个外表风风火火，被大家公认在方方面面都很有能力的“女强人”——你们都有了各自的家。同事诉说的那刻，你正远在韩国，你应聘在他们的国立大学任客座教授。聘期结束返回姑苏后，我收到了你寄来的新著：《多元共生的现代中华文学》。这是你研究汉语现代文学的新成果，视域宽广，容涵多维。我特别注意读了其中写香港作家陶然这一节。原籍广东、出生印尼的陶然，是你北师大时的同班同学，也是人生的挚友和兄弟。我读过他经由你转赠给我的长篇《与你同行》。这是回忆你们动荡大学生涯的一本书，“它深致入微地写出了人在高度政治化和高度商业化的社会生活中的生存困境……肯定人对于爱情、友谊、理想的珍重与追求”。我觉得，你书中的一句话对这本小说做了最为深刻的注解（这句话包含着唯你们才懂的岁月隐秘，非泛泛的评论者所能言出）：“《与你同行》实在是陶然的呕心沥血之作，是他对另一颗心灵的呼唤，也是陶然对仍将远行的自己的一种自慰和自励！”书页间，我真切地看到了你和你们在那个年月的无数青春的影子。在那本小说里，陶然给你重新做了命名，你是他所思念的、现居苏州的——“苏舟潮”。

F

断续的行文至此，停下来回头看时，发觉自己写下的“姑苏”原来并不是一座城市，而只是一个塞满了杂七杂八内容、只与我个人有关的精神性名词。这些现时的记忆，在今后仍然漫长平庸的岁月中，是清晰不变，还是逐年漫漶，我不去管它。我只是记下。至于那个实在的城市，苏州，去年深秋的一个夜晚，我因事又一次重返。火车站广场上灯光寥落，不时有护城河里的船声在黑暗中随着凉风传到耳边。站着，看远处浸在夜影里的这座暗媚古城，我已是一个完全的陌生者。

1998 年

兄弟

张

老旧的木头地板很凉。这是你上班的地方，吃饭的地方，等办公桌后的那些人每天离开之后，这儿，也是你睡觉的地方。保险箱。报架。铁质的文件柜。报纸摊放在办公桌间空出的地板上，再拿来被子。老旧的木头地板真的很凉。

冬至夜。浓重的暮色里我从另一座城市到你这儿。经过森严壁垒的门卫，满是房子的大院一片寂静。在大院北角，一幢结实漂亮的砖石小楼被三两棵落光了叶子的高大法国梧桐围住。二楼的小窗有光。我知道，这就是你小子身处异乡、独自一人的憩息地。

鲜红的油爆虾。白斩鸡。这是你们单位发的过节食品。你把酒拎上了桌子。没有音乐。

老旧的木头地板真他妈的凉。你骂着。很高很窄的窗外，是落光了叶子的法桐疏枝。枝干上空的青蓝夜幕，有远处霓虹渗来的红晕。

大学校园里，你似乎总是穿绿军装。穿着绿军装去勾引你吹嘘的女友。有法学院的，有外语系的，谁谁谁一大串，但就是没有学中文的，也许是兔子不吃或不敢吃窝边草吧。这样你还不满足，那天晚上，你硬让我帮你捧了糨糊，到女生宿舍的海报栏里去贴你的油印小说——美其名曰向全校女生征求小说题目。没有一封来信的结局，让你整整一周垂头丧气。

实际上，大学 4 年，你真正倾心的是一个同班女生——毕业后的一封信中你终于透露了这个秘密。获知后，我曾做中间人，致信长江北岸那个叫梅的姑娘。一切都晚了。

你也惨。

读书期间，席慕蓉诗歌在大学女生间风靡。那时候，席的诗集在外面书店很难买到。你不知从哪搞到一本《无怨的青春》，随即灵机一动，多方筹款后到学校印刷厂胶印了数百本。

食堂门口拿着饭盆、挽着男友的女生，在抢购这本印刷粗糙的“书”时，你的私囊中饱。

尤其令人气愤至极的是，你竟还在这明目张胆的盗印本后附了你的阅读“后记”，并大言不惭地署上系名加大名：中文系张 × ×。罪已可诛！

毕业前夕，你、任和我逃课去看黄河。我忘不了路途和河边的那些日子。

为了寻找工作，我们在沪宁线黑夜列车的过道间躺坐。我辈岂是蓬蒿人。少年的灼血烫着管壁。抽着劣质烟，像两个谁也不会怀疑的盲流。

兄弟，和我一样，你也是一个真正的农民的儿子！

高

我曾和一个画画的朋友专程去看过你大海边的小小家乡，尽管那个暑假你并不在家。在充满烟雾和鱼腥的长途汽车上，我跟那位朋友开玩笑说：“将来给高拍盖棺定论的专题片，就应该从这车上开始。”

夏天的烈日雪白。随处可见、被蒸去水分的大鱼小鱼雪白。一摊摊的鱼，像铺在匾里的盐。空气中的腥味，剧烈异常。

我们住巨大船闸旁的小旅店。卡伦·卡朋特的歌声里，用旅店不烫的开水烫一只捉到的海蟹吃。后来天就黑了。我们出去。

坚硬黄石垒实的漫长海堤，像缓慢弯曲的黑龙。海堤两旁，奇怪地长满强烈茂盛的青壮芦苇，中间只剩一条容身的小道。我们坐在海水一侧的粗大黄石上。起风了。大风。月亮像一面被擦得非常干净的玻璃镜子，低低地悬在幽蓝大海的上空。汹涌的海水上涨。狂大的风中，涨潮的海水产生一种令人恐惧的声响。俄顷，溅起的冰凉水屑，在黑暗中就湿了我们的头发。

这是你的大海边的小小家乡。

你是渔民的儿子，父亲和兄弟都出海打鱼。但你不像，似乎注定你就要离开那片咸腥的土地。虽然你也骨骼高大、皮肤不细，但你白。太阳晒红以后，还是白。并且说话时，有一种天然的、劳动人民式的微笑和腼腆。你不易，你是在当了两年渔村小学的孩子王后，发奋苦读，才最后考上这座南方园林水城的大学。

我们都在私下嫉妒：高这家伙真是福将！从渔村小学考上大学，一帆风顺毕业留校，再顺顺当当调入该城的权威报社，生孩子，分房子……你的今天就很美。

真心祝福！

底层感。文学。臭味相投。这些东西混杂着铸就我们坚实的友谊。

那时候，三楼宿舍的窗口正对香樟林中的高高方塔。下雨天，就在宿舍内铺开纸笔，你写散文或散文诗，我则炮制拙劣不堪的诗。方塔在外面的雨幕里。茶气袅袅上升。语言的进步也就一点点开始。《父亲老了》，你发在一家青年刊物上的这篇散文，至今让我感动。偶尔回家乡，海风中劳作的父亲一下子让你觉得老了。而你只是无言。儿子只能无言。这是痛。

后来的下雨天，我就不陪你坐了。

你的身边，开始有了一个女孩，一个同系师妹兼海边老乡。在狭窄拥挤的宿舍内两人同坐床边，小声说着我们不懂的海味方言。或者，女孩坐在你的破车后面，骑过食堂前颠簸的石子路，消失于校门外的林荫街道。

后来，她就成了你的妻子。

骑着破车，在冬天凛冽的黄昏穿过整个城市去看城西的鲜红落日；草芽出土的初春，在池塘遍布的郊野散坐；还有钻书店；还有在繁华地段背后的偏僻场所看廉价电影……

都逝去了。

喜欢吃咸海虾和咸海蟹的你和她，近来可好？

新分的房子，该装修好了吧？

任

日光或灯光底下，你的近视镜片闪射白光。

你年纪最小。你是我们中间的优秀男孩。倔强桀骜，少年的才华四溢。你是特意取“苏北”笔名的来自苏北的优秀男孩。

身材单薄，闭紧的厚嘴唇睥睨不群；字迹峻急，隐露剧烈的内心之火。

你的文笔泼辣、精辟、老到，与你的年纪和身体不相称。你是我所见过的最具新闻天赋，也是最热爱新闻事业的少年。班报、校刊、系里的文学杂志，在你的操弄下，顿然显示出极其纯正的专业品位。你尖锐锋利的评论员文章全校闻名。在校期间，你曾推避不开干过一回“官差”：江苏省大学生运动会在苏州举行，有关方面最后选你执笔开幕辞。小小年纪，将他们震住。

发展下去，你绝对会给范长江或徐铸成他们造成威胁。我十二分地坚信这点。

但是，谁能真正“扼住命运的咽喉”？

偶尔也抽烟。经常是戴着硕大的黑色耳机，在肮脏的宿舍里听齐秦或苏芮。《冬雨》或《一样的月光》,《狂流》或《飞越的羚羊》。

也曾作为小弟弟，和一个颀长美丽、名叫芜茗的姑苏女孩，在繁星灿烂的秋夜操场静默散步。毕业数年后的一个冬日下午，这个出差经过我寄居城市的女孩，曾找到我嘈杂的办公室，打听你的消息。那时，她已是人妻，一家四星级饭店的部门主管。

有一些日子和夜晚旋转。你疲倦却坚持。

毕业了，才华人人承认，结果却回家乡中学。

那年夏天，我一人去泰山，中途在淮安停下想看你。你却作为班主任，陪一名学生到合肥考中科大去了。在有古塔和青砖的淮安小城住下一夜。我想嗅嗅你生存环境的气息。

数载没有见面了。

断续的来信中，你说迫于环境，绝大部分精力现在只得用于教学和规定的教学科研上。身体一度落病。娶了妻，生了儿子。教学方面绝对优秀，并且现在是周恩来思想研究会的主要成员。但，陷于这样的庸常之中，你不甘心。

电话里，你的普通话已经沉平且带上比学校时重得多的淮安口音。

但是，你峻急、剧烈的内心之火不会熄灭，不会！

我坚信。

龚

黑重。

我说过你这张照片很好。一脸肃穆，背景幽暗深远。是你大学期间去滁州探亲在醉翁亭拍的。整张照片寂静、寂寞，独你一人，调子又是如此沉郁，似不在人间。我问你讨了它，做毕业留念。

不祥。

黑重。

姑苏深冬午后的阳光温暖和煦。我和你穿河边小巷去闹市。石子小巷。温暖冬阳。偶尔人家窗台上忍冬的绿色植物。我们有春天的心情。

女生们叫你老龚或胖子。你高高胖胖又恰到好处，脸上的几颗青春痘总是飞扬。你是她们的玩笑靶子，但你从不恼怒应付自如有时还故意装出一副一本正经。你是我们的品学兼优的笑星。大家从心底里喜欢你。

深冬午后的石巷阳光照在身上。你说着中学同班的那个女孩。有时你禁不住笑着，喜悦、幸福而又神往。

闹市到了。我们买好一大堆的贺卡、笔记本和笔。这是为班上元旦晚会准备的礼物。

黑重。

东园山坡上的松树绿得发黑，湖水却泛着云一样的波光。我们的风筝飞得很高。我们的脖子仰得很高。天空里的风筝，飘啊飘着，拉走我们日益沉重的年龄。你白色薄薄的夹克衫，衬着你的身体，轻灵而欢欣。

你。和我们一起、说笑不停的你。

黑重。

因为各方面表现优秀，师范班的你，毕业后被分配进一家省级农业科研机构。

仅仅一个月，你的无法令人相信的噩耗射来。

在初秋。在午夜。在蚌埠不到的临淮关小站。身穿白色夹克衫的你，扑上了一列黑暗中隆隆北上的灼烫火车。

…………

黑重。

谁也不知道你走的真正原因。这永远成了一个谜。尽管，你留下字迹健美的遗书。但这上面，除了感谢亲人，感谢同事，感谢生活的环境，再无其他。

只是你同事的叙说，跟我们在一起时的你，已判若两人。他们说你沉默、说你内向、说你孤僻。他们费力地说着，我已拒绝倾听。

你。为什么？！

你狭小宿舍水泥地上一摊焚烧信函的黑迹，已永远成为我不能忘却的悲痛。无法忘却！

走好，你！

保重，你的悲痛不绝的亲人！

1996年10月—11月

生涯备忘：看黄河

（1990年5月7日—5月12日）

1990年5月7日。172次19点52分苏州至徐州的火车。晚餐后从学校（苏州大学）出发。午夜零点过南京长江大桥。8日晨5点35分抵彭城。

在徐州。火车站印象不好。气味难闻。沿淮海路西行（东南西北一时难以适应）。徐州城市建设气派。有北方大汉富而豪爽之气。新楼大厦鳞次栉比。不愧为南北交通枢纽、历来军事重镇。在“两来风”店吃早餐。喝“辣汤”（苏北命名。此汤组成：鸡蛋、烂肉丝、淀粉、水、辣、葱之类），吃油条。当地人有往热汤里打一生鸡蛋的吃法。三人早餐为辣汤各一碗、油条各两根，共计1元1角，极便宜了。早饭完毕便返车站（火车站要在晨8点30分才开始售票）。返程中在一小店我买5号电池 12 节，以备听苏北小收录机用；苏北买电子挂表 1 只，10 元。

晨在徐州黄河故道桥上拍照留念。

买徐州交通图要搭一份街头通俗杂志。

8 点 30 分还差 10 分钟。苏北排队买票。

（5 月 8 日晨 8 点 20 分写于徐州火车站售票厅。）

徐州地处苏鲁豫皖四省接壤处，京沪和陇海两大铁路干线在此交会，故黄河流经城区，京杭大运河横贯全境。北扼齐鲁，南屏江淮，东临黄海，西接中原，自古有“五省通衢”之谓，是华东地区重要的交通枢纽。（摘自《徐州交通旅游图》）

到 9 点左右开始卖票。人较挤。苏北和张排队，我抄了徐州、开封到苏州的车次与时间。其间遇一苏大法学院在徐州实习的人。徐州—三门峡票买好。每张 25 元（苏州到徐州是 24 元），是 5 月 8 日 18 点 45 分的车。预计明晨五六点可到。

买好票，便完事，便重新游逛徐州。太阳此刻从徐州火车站后面冉冉升起，照亮这座我未到过的城市。城市醒了。完全不是我主观头脑中那种灰暗煤城形象。类现代化的南方都市。雪碧。芬达。《我很丑，但我很温柔》。接连而来、映入眼帘的崭新高楼大厦，着实令人惊叹。沿淮海路走到古彭大厦，广场巍伟。进新华书店。大。类似北京王府井书店。进去，购在徐州的第3本书:《聂鲁达散文选》(前两本：一是买地图时所搭恶俗杂志，一是在某报刊亭买的新一期《星星诗刊》)。出书店，汇入熙攘人群。阳光显示热力（早晨倒凉寒颇重）。脚掌已酸。查地图，准备到城南的云龙湖去。乘2路车，两站到云龙山。再走一段，云龙湖便在目光之中。好一个湖。正如介绍所说："六百公顷的云龙湖，烟波浩瀚，鸥翔鱼跃，为徐州增添了无限风姿与魅力。"想不到以产煤著名的徐州还有这么一个好去处。云龙湖赋予徐州以灵气，使得本有北人气的徐州城带上了几分南方的妩媚与清灵。

坐在湖边石级上，吃面包、榨菜，吝啬地喝水。再沿湖而行，湖鲜鱼馆自然不是此时我辈所能进的（不过也溜进去逛了一圈，里面临水围廊的风景好）。又灌一壶水，上云龙山。在松柏森森中寻一空地，铺好塑料纸，三人便随便坐躺了。

此时，苏北的那架收录机通过大耳机在响，我的笔在动。而戴着眼镜的苏北和张已经打着鼾声，舒服而疲惫地进入他们各自的梦乡了。

鸟鸣在远处。阳光在纸上。

童安格的声音在响。

你们，远方的你们，此时在干些什么?

（5月8日中午12点50分写于徐州云龙湖畔云龙山上。）

热亮阳光从松柏枝头的缝隙间漏到我们脸上。录音机的磁带不知什么时候已经停止。身体灼热。身下是塑料纸和外衣，再下面是石子和土地。周围是坟。已近下午3点了。苏北也已醒，和他研究了一下未来的旅程。张是一副疲惫不堪的样子，歪斜横倒。我叫苏北给他来了一张“受害人现场”的照片。再三再四，终于喊醒了他。整理一下，穿过山坡上槐花的香气之阵，我们下山。

热。无遮拦的阳光直射我们头顶。云龙湖中有人游泳。在老太婆摆的摊子上买茶。付了钱而言不知，算了，再付一毛五。

一路晃进城中，乘11路车直抵火车站。

已经是北京夏令时下午4点了。车票是6点45分。

又铺开塑料纸，我们坐在徐州火车站广场北侧。席地而坐者极众。有好多是整家讨饭者。他们围坐一起，由其小孩穿梭乞讨于坐着的人群之中。他们尘埃的脸上并无悲哀神色，反之倒大多是自得其乐貌。另一种高贵。张买了袋徐州辣萝卜干，就面包吃味道好极。苏北遂又买两袋。太多了。我大吃。盐给我力量。

异地暮色。真正的异地感觉。充满嘈杂的灰尘。

等待去三门峡的列车。

（5月8日暮5点10分记于徐州火车站广场北侧。）

徐州形象被火车站破坏一半。若认为火车站就是徐州城的象征，那我也为徐州叫屈。

广场上坐等火车的人多。当地人想法做小生意。拎小塑料桶问是否要喝茶；拿一叠牛皮厚纸问是否要垫屁股；等等。

（5 月 8 日暮 6 点 10 分补记于广场。）

检票上车再次显示徐州站的脏乱差。没有标记，胡乱便涌进车站。过天桥，有的则横穿铁路，手拿话筒的女工作人员也懒得去管。2 号站台，139 次已到。而包括我们在内的许多人还不知，还在一边傻等。及反应过来，匆忙挤上车，老天保佑总算三人都找到座位。

苏北和张坐一起。我和两个河南人、一个憨厚的山西老乡坐一起。

车出徐州，进安徽境内。到砀山。安徽的砀山梨十分著名。

过砀山，于是进入河南。

列车上之河南印象：结实的黄土。覆盖着较密的绿色。小麦。柳树。果树。黄土堆。小白羊。穿红衣的小孩在绿的麦地与黄土上玩嬉。红，色彩跳出来。耕作细腻。缺水。人的勤劳。一树洁白槐花，静立于暮色的麦地边缘。麦地间蜿蜒发白的黄泥土路。朴素的树。朴素的人。

夜9点零5分抵商丘。苏、张边上的两个人下，于是我们三人坐在一起。

（今晚列车上的这顿晚饭吃得特别舒服。饭盒打开水泡方便面，辣萝卜干，一只面包。得意而满足。）

列车驶入这片平原，心里异常平静。劳动的绿色与朴实的土地，我感觉到根。我觉得是朝一个地方驶去，那地方绝对不是“异地”。我要找到她。

十五的月亮静悬于飞驰的列车窗外，无语沐浴着这一片中原土地。

我知道，也沐浴着遥远的故乡和你们。

我在这夜行的列车上。

我走向理想的那方。

（5月8日夜9点45分记于西驰的列车上。）

夜10点46分列车抵开封。

夜11点52分抵郑州。

时间已转至9日凌晨零点15分。过了郑州，车上的人明显减少。列车晃荡着在午夜前进。

一阵杂乱。是要查票。

苏和张安眠在列车晃荡的节奏里。张的左脸安置在茶几上。苏北已经躺下，他的双人座只他一人了。

夜色。顽强地穿透夜色。

（5月9日凌晨零点25分记于摇晃车厢。）

9日凌晨2点45分抵洛阳。

已是十六的月亮正悬于车窗的前方，我的目光正对着皎洁的一轮。

还有半小时就到三门峡了——儿时在香烟壳上所知的一个地方。而今，我来了。

我长大了吗？

成长。

（5月9日晨4点47分记于列车上。）

5月9日晨5点25分抵达三门峡站。依稀感觉铁道的地势极高。抬眼望，黎明前的天空繁星闪烁，月亮是暗暗的红黄，只是更加圆了。

在车站前坐等天亮。向人打听去三门峡水电站的走法。后终于不去。正如苏北所言，“太功利性”了，我们只要能见到黄河就行。在小摊上吃早饭。小米稀饭加“油盒”（即油饼）。小米稀饭我起初听成是“虾米稀饭”，吓我一跳，因为我本不喜欢虾米，何况还要加进稀饭中。及至进口才明白。“小米饭喂养我长大”的小米稀饭味道好。

火车站前有去黄河茅津渡的车，6 角钱一位。准备直接去渡口然后沿黄河步行。上车前在车站商店买了点干粮。6 点 55 分上去渡口的车。

公共汽车穿越晨色中的三门峡市。和徐州是不能比的。黄色。灰秃的感觉。仅有的新高楼大有鹤立鸡群之形象，而且这鹤也沾满了尘埃。

抵渡口。等渡黄河的汽车排成长队。花 4 角钱渡河。船和苏州西山渡船相仿佛，载重 90 吨。

（本不打算渡河，在河南境内的黄河边徒步行走。然而河南境内之黄河岸，都为笔立的黄土悬崖，无法步行。遂决定渡河到山西境内走。）

此处黄河水之清澈，大大出乎我的意料。动力极强的渡船翻开波浪。太阳从东面黄土悬崖后升起来。霞光四射。太美了！

渡河花 7 分钟。踏上岸，便是山西省平陆县境内了。

此渡为茅津渡。

（5 月 9 日早上 10 点 02 分记于山西境内的黄河边沙滩上、浓密的白杨树荫下。他俩小睡。我偷闲记下上述文字。又该出发了。）

走在北方青色茂密的麦子当中，我心中涌动一种秘密的不愿与人说的幸福和感动。

黄河就在身边。

河南就在对面。

极细净的沙滩。黄河岸盛产槐树。5月槐花盛开。一串又一串洁白的花朵悬垂着，香气夹着清澈黄河水的气息，将人弥漫其中。

槐花，洁白朴素自由宁静的槐花，是黄河美的一个精灵。

伐树的老者。孤独、平稳的老人。与他搭话。知黄河这两天退水了。我们此时脚下的土地，几天前本是满溢黄河水的。

黄河中的树林。水中的树林。生命的姿态。

曲折的黄河沙滩上，印下我们的脚印，留下我们的感激。

放蜂人。牧牛者。静寂。那延伸水中的一块黄土绿洲。宛如一张明信片的图案。神秘而美的静穆。静寂生烟，生诗。

金黄蒲公英。携带的红包。白色槐花。土黄沙地。

黄河的一个巨湾使我们迷失黄河。

重新寻找黄河。

坡上的代销店。淳朴而羞涩的姑娘。买6包方便面，两瓶啤酒瓶装的“健力宝”。水壶里请她灌满凉水（无开水）。我们下坡走。

手握味道差劲的“健力宝”，三人边喝边逛山西。

中午烈日。黄土。绿庄稼。发白起尘的土道。

阎锡山。窄轨。山西。

寻找黄河。黄土高原地貌。果树已结雏子。麦子的芒尖劲。沟壑纵横，深可几百丈。道路蜿蜒上下爬行。电影中转战陕北的镜头。

重又看见黄河。

黄河。静默无语。充满伟大的沉默和宽容。

黄河石砌岸边有一群洗衣的山西妇女。问前方是否有渡口，云有三门峡大坝和“冈桥”（音）渡口。里数则说不出具体，只言“远”！

走。

问几个人，所答里数皆不同。

拦拖拉机，搭乘一段路。发“贵烟”。然后又徒步。走“沿河公路”，这样到大坝可以比走大道少两三个小时（一老者语）。

卖冰棍的 15 岁少年。不知上海、江苏。读完五年级。苏北和张“启蒙了一个孩子”。一路感慨。给他照相。他写了地址：山西省平陆县南村乡东延村四组郭俊峰（父郭支千）。我们翻过了两道山梁，远远小小的他，推了棒冰的大自行车，还在黄土的山脊向我们招手。

想起途中灰黄的东延中学。太差了条件。教育。

尽是马蹄形山道。走不完。黄河在下面。

他妈的鬼“沿河公路”。断路。脱衣服，穿短裤涉水而过。有一张照片。渴。大喝黄河水，清凉的黄河水。

沿黄河水边走。险。

还是马蹄形山道。走不完啊。

大坝终于看见了。三门峡水库大坝。

又走歧路。大坝在眼前然而无法到达。时间是 5 月 9 日暮 7 点。

土崖上青麦间吆牛的老汉指点如何走。于是走。夕阳苍茫。

险之山路。过窑洞的小村（可能就是路人所言而我们一直没有走到的“席家坪”）。

牛牵进幽暗的窑洞。没有电的黄土小村的暮色。

问一赶牛的老太大坝如何走（这老太的月白色衣衫异常整洁）。热心答。

雷声响，云聚暗。看样子要下雨。“到大坝路还远哩，可要走猛些！”

猛走。

翻山梁。雷声闪电。“上山容易下山难”，深刻的体验。一失足便身死，绝非虚语。鬼门关似的下山路。不，不是“路”。妈的！

我们闯过了一道山梁！

天又暗了几分。闪电在远方钢蓝亮起。无人的谷地。

累。苏北在顽强走路。

下雨了。在无人的黄土高原谷地，夜色的雨，如铜板大。

快走！翻上最后一道梁就差不多了。

黑暗。陡峭的山道。雨。不知前方的路。

终于上到梁顶。雨大起来。

在这里避雨待一夜吧。茫茫雨夜里，一个手拿白馍啃着的急走汉子犹如我们的一根救命稻草。掏出烟拉住他说话。

随着他，在雨中我们走进了山梁上一个废弃窑洞。一张破席扔在角落。

胡乱铺开塑料纸。累极。渴极。

拿了水壶，我出去找水。附近一眼窑洞中有人。讨水。夫妻俩非常热情。灌了水，还给了我 3 个白面大馒头（他们谓之“馍”）。

回我们的窑洞。雨极大。闪电极亮。雷声极响。

群群山梁与夜色，笼罩在一片茫茫的雨气雨线之中。

深蓝灼亮的闪电中可见远处一段白色的黄河。

苏北吃了方便面躺下。张坐着。

我也坐着。蘑菇形的窑洞口，雨声充满。风刮进来，雨也跟着进窑洞。破席湿了。

无处可躲。

雨水。夜。洞口上方被水浸湿的泥土跌掉下来的声响。

唱歌。或静望洞口外面夜的世界。雨中黄土高原。

（5 月 9 日上午 7 点 30 分进山西，直走至夜 8 点 30 分，基本未歇。）

雷声沉闷而远。雨势渐小。

有人端了点亮的油灯从外面冲进洞里。是个身材瘦小的男人，黄球鞋沾满了黄湿的泥巴。是那个讨水人家的男人。

他给我们送灯。后来又给我们端来了整整一大铁锅热腾腾的开水。后来他女人又拿来了 3 个大馍。我们把包里的零碎吃食让他带给小孩。

苏北累极而睡。我和张边吃方便面边和那男人聊。

他姓王，河南周口人，今年 30 岁。到这儿来做采石工。以前曾出外做过木工，老婆是湖北人，是在外做木工时所遇。有两个男孩。一个刚生（本希望是个女孩，结果生下来还是“带把的”），因此不大敢回河南老家，因为不计划生育要罚款。他兄弟四人都离家在这儿采石。言明天也要下山，因为到收麦子的时节了。说如果雨整夜不停，那明天就不能下山，路不好走。又说别担心不好走就留在山上我家有的是白面和馍。谈了个把小时，告辞。

把带来的一件运动衣穿上身，点上一根烟，便在湿破席上胡乱而舒服地躺下。脏啊什么的早就他妈的不管了。苏北早已睡着。

雨渐渐小了。洞外的夜宁静。黄河一段白茫茫。

睡去。半夜醒时发现已有一条薄被盖在我们身上。是王师傅夜里送来的，太感谢他了！

这世界好人还是多！

舒服的一觉一夜。醒来了。5 月 10 日的早晨。晴天。

他们来喊我们吃早饭。谢谢不麻烦了。

有几个男人在他家窑洞门口，上去发一圈烟。他们中有的也要回老家割麦。

路不算太湿。于是跟他们一起下山。

下山。有惊无险。苏北是天生的大胆。有的地方泥极湿。

终于到达三门峡水电站大坝。

拍照留念。他们把地址写在了我的这本练习簿的最后一页：河南省郸城县收种乡王管大队翟吉屯七队，王明富。

过大坝要证件、证明。哨兵站岗。

见过了，三门峡大坝。

过坝，有小火车通往三门峡市区。乘上午 9 点 20 分的车（每位 6 角），35 分钟后到三门峡。与他们告别。

在三门峡吃早饭。辣拌米皮加一碗小米粥。

乘 1 路车至三门峡汽车站。黄河路是此市的主要街道。

时间距中午 11 点还有 3 分钟。上三门峡—洛阳的长途汽车。每人 5 元 6 角。11 点 10 分开。

4 小时之后，即 5 月 10 日下午 3 点 10 分抵九朝古都洛阳市。

途中所见一景，使我想到一张卡片和一句话：

“在你绿色的记忆里，我永远不会孤独。”

太像了，此景。

在洛阳下车后吃所谓拉面。随后找旅馆。远离车站。找 80304 部队招待所。条件好。我们住最便宜的也有地毯：3 元 1 人，是 9 张床的房间，只我们 3 人。

大洗而后舒爽。

洗了冷水澡，洗好了衣服。吃了方便面和馍和榨菜和萝卜干的晚餐。

倾听声音。苏芮、赵传、童安格。

洛阳城的夜。嗅不到洛阳牡丹的气息。

现时为 5 月 10 日夜 9 点 45 分。任和张在我右边的床上躺着不动，是睡着了吗？

房间里只有吊扇转动发出的嗡嗡声。

所洗的衣服全都吹干了。

累了，也该睡了。

出游以来，条件最为“奢侈”的一夜。

（5 月 10 日夜 10 点 50 分记于洛阳 80304 部队招待所 410 房间。）

凌晨 1 时房间又住进一人。

晨 7 时起床，告别这个招待所。走在洛阳城的解放路上。在一排个体摊的其中一个摊上吃早饭。小米稀汤、炒豆芽、白馒头。然后上火车站，买 11 日 160 次（洛阳—上海）的车。两张苏州，任去南京。洛阳到苏州车票 40 元，到南京 32 元。

乘 10 元钱 1 人的一日游车。游白马寺和嵩山少林寺。

白马寺系佛教传入我国后由官方修建的第一座寺庙。被尘世侵污的佛地。已没有圣、净了。

见大片过了花期的洛阳牡丹。

寺里的月季、芍药开得旺。

“嵩山，位于中国版图的正中央，故称中岳。”想起电影《少林寺》开头的解说词。我们到了嵩山。

下车吃饭。此处武校办得多，而设备简陋不堪。有塔沟、赵沟武校，武术专业学校等。少林武馆造得豪华。

从停车地走 3 华里抵少林寺。寺前古柏森森，惜人太嘈杂。商业幌子一片招摇。

花钱进寺。往大殿的道路两旁，立有许多石碑，均为“归宗朝圣”“归山朝圣”之类。宗此为少林拳之发源地。

见锤谱壁上所画图像，还有地面少林僧人“站桩造成的脚窝”——《少林寺》片中都有。

少林寺较之白马寺略为庄严，有力量感。也惜玷污太多。好的地方一旦成为旅游地，就被糟蹋了。于是油光满面，而本质顿失。

见塔林，少林寺僧人之墓。

苏北在摊上购一《诸葛亮算命法》。

乘旅游车下午 5 点返至洛阳。

逛。北方城市的粗与灰。

又吃拉面。见拉面艺术的过程。钦佩。

洛阳火车站差得没话说。拥挤。露天。无人维持秩序。大哭小喊。终于上车。对号入座。夜色里穿越河南大地。晨 4 点 30 分抵徐州。中午近 11 点过南京长江大桥。苏北下车（他乘 167 次今晚返苏）。

列车在江苏绿意的土地上奔驰。家乡的亲切感，毕竟有。

就要回校了。

6 天的行旅就要结束。

富有味道的一次远足。

我记住。并将在此后的人生中继续。

（5 月 12 日中午 11 点 31 分写于 160 次列车上。）

1990 年 5 月

雨意少年

我不知是否介入过他的青春，但就主观而言，我始终只是他少年转折年华的一个旁观者。

在那所有着钟楼、雪松和稚嫩琴声的古老师范学校，有意无意间，我曾不止一次注视过这个少年行走时的静态形式：低着头，正在发育的高瘦身子保持笔直，一件灰旧的蓝色上装吊在那高而空的腰间。偶尔抬起来的目光，深而且静，像林中的潭水，蒙着一层湿润的、令人疑惑的成人式忧郁。在他单调甚至僵笨的走路姿势中，不知为什么，我总感到有某种雨意，某种沾染了草叶稻禾气息的神秘雨意。

3 年师范生活，我做过这个少年两年的班主任兼文选老师。接近并深入他是不容易的。像一棵封闭的绿树或一条敏感、自守的细河，少年总沉浸在外人难知的独立的个人氛围之中。他不合群。众多打扮鲜艳的城里女生总在他单调僵笨落落寡欢的身形后面，指指点点嘻嘻哈哈："真怪！"

他读的是美术班。每天夜自修的时候，同学都去画室练字画画闲聊天了，而他，总在教学楼上空荡荡的一间房子里（这是美术班的非专业课教室），独坐一角，埋首无声。惹得好些值夜班的老师总要在某个上午关切又怀疑地问我：你班上的×××怎么了？

我知道，他正在自己的世界里遐思、散步并且寻找。少年利用一切的课余时间，在啃着一部厚厚的、有着今人翻译的古老《诗经》。在我某次课上顺带讲过萧红之后，他对呼兰河畔的那位命运多蹇的青年女作家产生了异乎寻常的兴趣。从学校图书馆，他找来了能找到的全部萧红小说和散文，似乎从她身上，看到了许多自己内心的影子。进而，他还读起了萧军和端木蕻良的作品。叫我惊异的是，课间我走到他座位附近时，有时他也会主动地跟我谈他的萧红和"氓之蚩蚩"了。

当然，更多时候他还是沉默在他独守的世界里。他还是读书。依稀知道在山青水碧的浙江，有他的一位笔友。他们在不多的信上讨论了有关中国古典乐器箫的话题。他也对我提过一次，说他想买一支箫。遗憾的是，直到毕业，他都没有在这座商业城市中找到一支心慕太久的青竹。

真正得以稍微深入地了解这位少年，一靠时间，二靠他们每两周交一次的随笔本或曰小作文本。通过小作文本上师生间文字的真诚往来，我们建立了友谊。学生大作文是命题或规定内容范围的，而小作文则以随心所欲、充分发挥创造力为宗旨。他的大作文写得不出色，但小作文却绝对优秀。内容一色是写过去的乡村生活。从他写在练习簿上的密密麻麻工整清秀的汉字中，我第一次发现一个少年竟会有如此强烈、真挚、执着和一往情深的思乡情结！而且，文字所显示的超乎常人的文学天赋，更使我震惊！深情忧郁又不动声色的叙述，细腻入骨的细节，优美的意象，纯真如露的童年视角，直让我这个当文选老师的感到嫉妒与压力。

——纤美的水草飘摇在巨硕透明的绿玻璃内。不，是飘摇在晶莹润洁的碧玉之中。黝黑瘦小的身体在绿玻璃或碧玉中缓缓下沉。游鱼滑腻的擦碰使小块肚皮感到了久远的凉意。这是在童年河流，少年一次危险而浪漫的溺水体验。

——腊月寒冬的三四点清晨，有母子踩过严霜泛白的田埂，到村东的豆腐坊买过年的豆腐。坊内昏黄的油灯光，照见孩子冻红了的鼻子。磨豆腐老头在干净的茶缸内，盛了一勺色若白肤的嫩豆腐，并倾入了一缕红鲜的酱油。母亲身边的孩子捧住散发热气的茶缸，凝神看红而鲜的一缕酱油，缓缓地，滑入嫩白豆腐中间细细的一条缝隙里。他舍不得吃。

——空旷的暮色灶屋内，是刚从地里回家的娘在做晚饭。又一只草把塞进明亮灶膛。娘坐着的身影，便晃动在身后斑驳巨幅的土墙上，宛似一朵夏日庞大的碧荷。

…………

少年的小作文中，上述精彩的意象联翩纷呈，令人感动又让人倾倒！在每篇文后的批语中，我写着我的读后感以及对他的赞赏和鼓励，只是我至今感到内疚：在他的学生生涯中，我没有尽力帮他向外推荐过作文，而他的文字，是完全胜过当今某些冠有“散文家”头衔的写手的。

在日复一日的繁忙、单调又隐含青春冲动的师范学习生活中，少年依然沉默。偶尔抬起的目光中，依然沉静、忧郁。但是我知道他在成长。他那沉静忧郁的目光中，已没有了当初的羞怯和犹疑，而具备了一种崭新的自信和坚定。他那吊在腰间的蓝色上装也已换成了乡村裁缝手制的西装，不过“洋装”在他身上，依然奇怪妥帖地散发着他的雨意，那沾染了草叶稻禾气息的神秘雨意。

他越来越认识和发现了自己。他倔强。有一次某位老师在班会课上坚持自己的不正确观点时，全班皆义愤但皆哑。只有他“腾”地站起来，那厉声的辩说和指责，令全班同学拍手称快又大为震惊：沉默不语的他竟会有如此侠肝义胆！

毕业实习之前，也是一时义气做出英雄举动，结果头上被人砸了一酒瓶。学校要处分他。我见到了从百里之外乡村赶来的他的父母。他们哀求着儿子去认错赔罪。但是，他不。

毕业了。就在离校的前夜，他来到了我木楼上的宿舍。一贯的平静和沉默之下，含了几许告别时复杂的神情。他坚持着要送我两本书:《傅雷家书》和《诺贝尔文学奖获奖者作品精编》。他说你以前课上都提到过它们，你也许会喜欢的。

少年走了。离开校园踏进社会，实际也就意味着将要永远告别他的“少年”了。

时间流逝，我总无法忘记在我的教师生涯中那个深刻的少年形象：低着头；身体高而直；雨意的人沾染了草叶稻禾的神秘气息；有着极好的文学天赋；沉静；倔强。

秋天的深夜，当我翻动他送我的那些书页时，总会在内心发问：在广阔苏南乡村的偏僻一隅，冬天就要到来时的他，该是什么样子了呢？我惦念着，并且为昔日的少年深深祝福。

1993 年 9 月

雪松与钟楼的年代

献给学前街27号的人与事

圆形门洞内隐藏的那个小世界，现在我总是将其与迷幻、馥郁、混乱的夏季傍晚和那个古老阿根廷的时光怀恋者（由于失明，拄杖人的内心应该更加充满了他人所没有的斑斓图景）联系在一起。《交叉小径的花园》——浓密近乎腐烂的旺盛植物。深邃而庞大。阴影。被神秘阴影笼罩的民族建筑（若隐若现）。磨损的石阶。深夜妩媚尖锐、熠熠银亮的缓舞蚊子。深重曲折、散发霉味的……卧室。傍晚花园上空飘逸着古老并且使人恐惧的散淡声音——上述书名号内的几个汉字，给予我联翩的私人联想。现实的圆形门洞内，是一个类似正方形的结构。两排有木柱廊檐的低矮青瓦屋舍南北相对，西边其他房屋的一面山墙堵住了朝西的缺口，东边是顶上覆瓦的围墙，中间开了一个圆洞，晚间这儿会拉上绿漆刷过的铁栅，一把黑色的大锁，会准时被女服务员苍白的手挂在铁栅上（像恐怖电影里的一个特写镜头，增添了神秘意味）。

圆形门洞内隐藏的，是处于校园西北角的这所中等师范的内部招待所，毕业分来太湖北岸的这座商业城市时，校方将我们几个新教师的住宿地临时安排于此。校园偏僻角落的这个隐秘处所，局促，阴湿。方形结构的中间，是爬满苔藓的滑腻砖地，以及一个立有嶙峋假山的苍老水池。南面瓦屋最贴西墙的厕所狭长，并且特别幽深。一盏昏黄的低支光灯泡悬在中间，进很窄的门，厕所外间的水泥长池上装着几个锈了的水龙头，一两个已经无法关紧，总在滴滴答答地漏水（像古老的指示时间的仪器）；有小便槽和一个木板围住的蹲坑的里边空间，糊黑不清，痒痒的丝缕拂到脸上，你才会明白：是墙角的蛛网在肆意游逸。院内大叶子的三两棵法国冬青长得特别阴野，连同墙角纷披怒吐的丛丛蔷薇和迎春藤条，共同组成了招待所内部某种特殊的氛围。除了零星远道来看望孩子的学生家长外，这里少有人住。我们的到来，似乎给这个隐秘处所带来了短暂生机（确实只是短暂，因为随即圆形门洞内一种古老的气的力量就吞噬了这种生机）。

那时仍是江南郁涩的盛夏气温（尽管季候已进入新秋），紧张、新奇、疲惫地给十六七岁的师范生们上完《文选与写作》课，就会逃离喧吵和高大教学楼的明亮，躲进圆形门洞内阴凉、寂寞的房间，摊手摊脚地躺在单人铁质的床铺上静歇，或者捧一本随便什么的书瞎翻。方形院落有阳光的中午，小个子、长嘴唇的女服务员就会出现在砖地天井的中央，拉起纵横的绳子，晾晒印有“某某师范招待所”红字的各色床单。透明的一只蜻蜓那时在假山的一侧飞停在半空，银质的翼翅晃耀人的眼睛。假如你正好站在房间外有木柱子的廊檐底下，从床单间钻出来的女服务员，就会绽长她的嘴唇，朝你微笑。后来熟了，我们就请她帮洗被子，到她的单人房间看 14 寸的黑白电视（很小的房间塞满木橱、系在木片上的成串钥匙、无数的棉胎和被单拖把扫帚等等）。闷热的黄昏在食堂吃完晚餐，到学生浴室冲完澡，再往办公室备好第二天的课，便回圆形门洞内的住地。一般晚上 10 点左右，女服务员就锁上铁栅，一个隐秘封闭的世界重又呈现。房间内嗡嗡作响的日光灯强光像水一样溢至室外（更加增强了室外深重的黑蓝）。星粒在天井的空中拥挤。砖地上的蚊虫开始盛大舞会。茂盛植物和西角的厕所也在使劲散发各自的气息。谁将盆内的脏水倾泼进假山的水池，一阵喧响，瞬间又归静默。室内的人赤着膊躺在各人的凉草席上翻书或一句两句地闲聊。女服务员敲敲敞着的木门走进来——她给我们送来泡满的热水瓶。燠热的夏夜，封闭隐秘的处所，长嘴唇的微笑持久地留在室内，而她的脸，则被黑暗中局部的灯光刷成一片乳白。

作为前景，几枝怒放的垂丝海棠和一影雪松，恰好映衬出秀洁巍峨的青砖钟楼——这是展示这所古老师范的典型照片。“辛亥时建校，抗战遭烟烽，艰难与曲折，解放展新容……”师范生们在校歌里这样唱着母校历史。透过歌声和时间的烟影，往昔的场景可以重新回到目前。穿烟灰色西服的钱基博（钱锺书生父），在吃完泡饭、油条和煮鸡蛋的早餐后，正挟了国学课本穿青砖拱门的建筑物而过。20 世纪 30 年代的少年吴冠中，由农民兼乡村小学教员的父亲带着，乘姑爹家的小渔船从宜兴一路摇来无锡读书。“平时节省到极点”（吴冠中语）的父亲，在学校附近，第一次咬着牙慷慨地给首次进城的儿子买了汽水，吴冠中却觉得“辣”“不好喝”（由此一生都不喝汽水）。“几乎每学期都获得到江苏省教育厅清寒学生奖学金”的少年吴冠中，在这座有雪松和钟楼的校园里，课余总是在教室里捡粉笔头：“教室里剩下的粉笔头满地乱扔，谁也不捡，我于是选较长的捡起来，学期终了时积了两大匣，带回家交给父亲用。”（《水乡青草育童年》）美术老师、无锡著名的国画家胡汀鹭“头发终年乱蓬蓬的，衬着枣红色的大圆脸，就像红色大理石的圆盘上镶嵌了墨玉的边缘。由于肚子大得向外鼓弹，那件不是沾上墨滴就是溅上酒渍的蓝色绸长袍，也就像吊在膝头下的裙子，显得分外短小。”（赵沛《山灵——钱松岩》）他总是嚼着花生米，在晦暗的蜗居内给他的得意学生钱松岩挥笔示范。而学校创办者顾述之先生（现在他已变成了一尊只供纪念的汉白玉雕像，静立在校内会场主席台的一侧），则善于用他洪亮的、带无锡方言的国语向学生们做情真意切的动人报告：“学高为师，德高为范！”“士，不可以不弘毅！”

后来宿舍从内部招待所搬出，换到了钟楼后面那幢底层为各科办公室的二层木楼（据说，抗战期间底层曾被日本鬼子圈养过军马）。在《你好，木楼宿舍》中，我对这第二处住地有过若干描述：“蜡梅的淡香在融雪的冬夜清晰而又细碎（钟楼与办公木楼之间的狭地上，栽种有蜡梅、冬青、紫薇等观赏植物）。楼道口很暗，长长的木质楼梯很窄很陡。在黑暗中一级级很响地踏上去，缓慢腐裂的木头，能感觉出年代久远的一种酥松。楼上的木质走廊依然漫长黝黑（有六七十米），偶尔从半开的房门或关闭房门的缝隙间，会泻出几缕昏黄或白亮的光线。走到自己的门前，还需小心地绕过走廊上堆着的两扇旧门、几张课桌以及一只熄灭了的煤球炉等等。掏出钥匙。钥匙进入金属匙孔的声音在静夜的楼上是如此响亮。吱吱作响的日光灯又一次亮起，一室的夜被赶到窗外。”外面的环境也是令人怀想不已：

“办公室就在宿舍楼下，春天，楼外艳丽欲滴的碧桃，会将花朵一直送到我二楼的窗口；夏季，纳着凉风，可以仰望空旷操场上空如童话的璀璨繁星；秋午，连空气，都反射出干净的瓦蓝；冬夜，高大的法国梧桐落光了叶子，冷清的一轮圆月，就像筑在疏朗枝杈间的一只银色雀巢。”——虽然在表述上存在某种理想的唯美主义倾向，但事实确也差不多少。在这个环境中，一桩充满喜剧效果的逸事至今让我记忆犹新（生活即喜剧——是谁说过？）。所住木楼的北面是钟楼，南面则是一大片空旷的校园操场。隔操场，南围墙外的教师住宅楼与木楼遥遥相望。某日夜晚，住教师住宅楼的校长愤怒异常地冲进语文组办公室（由于愤怒，眼睛内的浊火在不可抑制地冲撞着他的镜片）：“楼上是怎么回事？！搞什么名堂？！你（他指着一个在校办公室工作的住校老师），上去一趟！”正在闲聊的我等几人面面相觑，不知他所云意思。不久，才“真相大白”：一个青年男教师在楼上宿舍内和一女性（女友？女学生？女情人？——悬念）进行亲热，不知是思想麻痹还是迫不及待，他们忘了拉上窗帘，结果，一切情景，被远隔操场、下班在家的校长尽收眼底（是直接目睹，还是在家中窗口早就架设了用以观察校内动态的望远镜？如果是前者，我们真的无比钦佩校长宝刀不老的观察此类事件的火眼金睛）。只是后来的结局如何，现在已经全然忘记。

“歌吹”。白昼与夜晚的歌声和吹奏之声。朦胧、清亮、迷乱、古老、稚嫩、奔撞的……青春声音，成为这个特定空间的背景。清晨的花圃……人声；幽暗的长廊……吉他；向晚的楼角……小号；空旷的饭厅……手风琴。女学生们轻灵的黑发和裙子在钟楼下的空气中飘来飘去。那时候老房子的音乐教室内立有木柱，方块青砖的地面使得夏天格外阴凉。学生们坐在特制的木椅（右边的扶手特别宽大，可以放置书笔）内，在旧钢琴的伴奏下，唱《梭罗河》《送别》《红蜻蜓》《比托拉，我的家乡》或《桑塔露琪亚》。室外，是天井中绿郁的花木园（那个一年四季似乎总戴着一顶破草帽的蓝衣老园丁，依旧在花木间忙碌），练习的歌声中，便总会渗进阳光里蜜蜂或蝴蝶的纷飞振吟。操场上长满了半人高野草的寂静暑假，睡完午觉独自穿过无人的走廊，去西面高大围墙下的厕所（外面即是幽深的汤巷）。这时，奶黄琴房的某个窗口就会飘出一串音符——是个别用功的学生返校练琴。弹的是《鸽子》，琴声一路爬升，总在某个高度颓然停顿；再弹，再停顿；……单调的琴音，在我听来，使寂静的炎热午后变得那么的深幽和美好。印象中，最为壮观的音乐场景当在晚餐后的学生食堂大厅。残菜剩米，红漆的饭桌狼藉，越来越昏暗的光线里，总有几个、十几个、数十个甚至近百个学生，背着手风琴，靠在大幅不洁的模糊玻璃窗下，轰响地拉合弹奏着手中的笨重乐器。或《雪绒花》或《玛依拉》或《划船》

或《四季调》，此起彼伏噼里啪啦你争我赶风刮云涌，直至，深蓝的校园夜幕被这沉重笨杂的乐声（？）完全……拉下。

> 我校历史悠久，有着优良的校园文化传统。校训“弘毅”，激励学生志向远大，任重道远，奋发学习。校容校貌具有师范特色，凝重而朴实，处处给人以为人师表的熏陶和教育。高耸的钟楼原是建校初期的图书馆，多年来一直是这所老校的标志。1949 年后，随着教育事业的发展，学校对旧校舍做了较大的改造，富有民族特色和时代气息的图书馆、实验楼、音乐楼、体育馆、办公楼及一些如“滴水穿石”等景点错落有致地掩映在绿地林木之中，形成了适宜读书、活动的校园环境。全校走廊、教室等场所到处张贴教育名人字画名言，校园中心设置了画廊、板报、展览窗……白天书声琅琅，琴声缭绕，夜晚灯火通明，呈现一派生机。具有文化氛围的校园，成了师范生勤学苦练的隐性课堂。（摘自学校领导书面讲话，原载《无锡师范》1993 年 1–2 合刊）

清章。忘了刊名的杂志上的一篇小说。青春初期的淡远裂帛。清。章。声音清洁的两个汉字（可以看见朗读它们时女孩子米粒一样微烁的牙齿）。清素文章。清澈乐章。清水般美好而智慧的……清章。清："纯净没有混杂的东西。"（《现代汉语词典》）章："乐竟为一章，从音从十，十数之终也。"（《说文解字》）——章，我找到了这个古老汉字与音乐沟通的幽鸣清气。小说的气息，以及那时5月繁盛的槐花，充满了南舍正对图书馆红楼的二楼窗子（南舍，我在学前街27号的第三处住所）。槐花，枝头大簇大簇的浓密花朵，像厚厚的肥雪，白得耀眼，将如云的香气送进空荡荡的这间校园室内。生活孤寂而又充实。上课。在没课或上完课的上午一人躲回室内，一首又一首地写下无人知道的诗篇。靠窗那张黑色的、桌面微微倾斜的翻盖课桌上，稿纸被风掀动，我把钢笔压在上面。在用粗糙长木条作地板的室内有时会站起身子，活动一下，或靠着西墙的黑板（宿舍为以前的教室隔建而成）做几分钟手倒立。槐雪堆在寂静的5月窗口，风来回于室内室外。入夜，散居在这座城市中的朋友，偶尔会骑着丁零当啷的破车到来。他们给我带来书籍、画册和创作的油画。列维坦在悬崖上为绝美的一瞬而落泪（致契诃夫信）；而我所热爱的美国乡村画家怀斯的海风，又在轻柔地吹拂着克里斯蒂娜的世界（《克里斯蒂娜的世界》）。一张空空的旧藤椅，在我今天的印象中，总是长时间静默在空空的房间中心。上课下课的铃声。诗篇。极少量的朋友。书籍。近乎封闭的生活。一年接着一年，室内那张空空的旧藤椅，比我更为深刻地见证着窗外槐树的花开花谢。

教余生活的庞杂记忆。

1. 我熟悉红楼图书馆内部由书籍设置成的复杂结构。一楼阴暗或明亮的部位，是简繁体错杂、横竖排兼有的成千上万的中国古籍（其中的若干，也许被多少光阴之前曾置身于此的钱穆、唐敖庆或徐铸成的手翻过），现在漫逸着霉味的、带晒干植物味的中药气息。我喜欢夏天钻入此间，祖国的汉字给我清凉。沿蒙尘陡小的书库内部楼梯上去，低矮无人的二楼适合冬天的下午去访。微暖、幽暗，只有偶尔的一线亮光，会从被旧报纸贴住的窗户缝隙间射进。这里充满的，是泛黄纸页的地理、人体解剖学、美国以及北欧文学的气息。我蹲或站于高大书架之间的狭小余地，无意灰尘，忘掉时间，这些被冷落已久的纸上文字，也同样忘情地、迫不及待地与我进行着交流。

2. 我和杨洪斌，还是一度的午夜收音机的倾听者。那时无锡人民广播电台刚刚创建了“经济台”，该台深夜有一档节目叫《星空絮语》，谈话加音乐，形式在当时很新颖。杨洪斌尽管家就在城市西郊，但有时也不回去，睡在我宿舍内的一张空床上，一起听节目。那台托高卫兵买的苏州大学中文系的处理收录机（50 元），在我们深夜的耳朵中响了很长一段时间。

3. 陈亮的“光明”牌家具拉来了他的宿舍。在亮着白色灯光的夜里我们帮着拼装。闪亮的橱、精巧的矮柜、美好的床……

一一成型。宿舍在人和物的调整中，逐渐呈现为容光焕发的婚房。夜在加深，电炉上的一锅稀粥已经散出白雾的米香。好了。随意坐吧。就着袋装榨菜每人喷香地吃粥。新拆箱的电视机插上电源，我们在陈亮的宿舍婚房中看着新电视，《逃离索比堡》，片子精彩极了。

4. 黄立新。研究陶行知教育思想的、不会忘记的一位诚实朋友。

5. 是谁，在又老又旧的办公桌的抽屉最里边，发现了多少年前的这封旧信。是一位女性致一位男性的秀傲并痛苦的文字："走近你，其实就是走近火焰。虽然我知道，走得太近，我会被烧伤的，但是，我现在不能控制……"一个昔日的故事在今天的遗迹或证据。一个古老却永远新鲜的故事，曾经发生在这处有钟楼、琴房、宿舍与雪松的空间之内。

6. 最年轻的（政治）学科组长姚建平很瘦，拼命吸烟的时候，背显得略弯。在政治学的海洋中历练已久的一双镜片后的眼睛，使他对人事的沧桑有一种他人不及的洞悉。但是学校分给他的房子很破。在暮春之晚，穿过曲折复杂的弄堂和居委会老太狐疑的目光，姚建平领我们去过他那间在胜利门广场附近的破私房。黑暗，废弃。壁板和屋顶都能看见点点天上或人间的星光。

7. 南舍的工会俱乐部是男女住校教师晚餐后的乐园之一。

里面有破沙发，有锁在木匣子内的电视机，有只剩一根木棒、台面不断起伏的“康乐球”，稍后，好像还有过“卡拉 OK”。在食堂吃过晚饭（年轻女教工们则大多数在宿舍小电炉上自己制作后进食），在宿舍内吹一会儿牛，是班主任的再到教室转上一圈，南舍的人们便会陆续在工会俱乐部内相聚。电视声、笑闹声、粗糙木棒撞击“全色”或“半色”康乐球的声音——是 20 世纪 90 年代初始那段生活中我所熟悉并感到亲切的声音。

8. 讲到工会俱乐部，就不能不提老袁。50 多岁的老袁，家在武进农村，一人生活在学校。曾经是体育教师的一米八几的魁梧躯体，几乎已经承受不住高血压和糖尿病的双重折磨。提着小竹篮从学前街农贸市场买菜回来的他步履蹒跚。老袁早已不教体育，那时的日常工作，是分发学生阅览室的报刊。他一人住在南舍楼梯口隔出的一个小房间内。门口的小煤球炉上总在烧着水或炖着菜。他是南舍楼上年纪最大的住宿者之一（还有一位是从学校食堂退休的大师傅王祥保，爱清洁、脾气暴躁，在宿舍外走廊上自己隔出的烧饭间里，他有一大缸的白糖）。老袁寂寞，看《新闻联播》的时候（他和食堂王师傅的房间内，各有一台电视，我们的则都无），他喜欢拿一册世界地图在手，戴着老花镜，随时查找发生事端的地区或国家在地图上的位置。他想和楼上的年轻人交往，但总又有些矜持。但矜持的他却总是成功，因为我们必须讨好他。因为，首先他管理着楼上工会俱乐部的钥匙，要想开门，你就必须好话说到他咧嘴大笑为止；其次，他每天黄昏拿回房间的一大摞新鲜报刊对我们也极有吸引力，发烟，或者对他的饭菜进行赞誉，然后，才有可能坐在他的躺椅或床沿上翻阅尚未上学生阅览室架的崭新印刷物。因此，大部分时间，寂寞的老袁还是不太寂寞的。

9. 看电影和录像，也是楼上一班兄弟的夜间消遣方式之一。文化宫电影院虽然破点，但票价便宜，而且很近，和学校隔河相望，所以是我们的电影"据点"。但后来就不大看电影了（主要因为片子不好），更多的是看录像。政协礼堂以放国外电影节获奖片（多为盗版？）而著称，尽管它地处僻静的前西溪，但录像生意一度非常兴旺，甚至有礼堂内走廊都爆满的盛况。《剃刀边缘》和《危险的关系》，是我至今印象深刻的在"政协"看的两部片子。东大街楼上的录像厅是稍后发现的，结构隐秘的楼上小厅，铺肮脏的红地毯，狭小、低矮、暗红、涩热，但音响效果奇佳。近乎秘密的状态下，肉艳的麦当娜在两个健壮欲裸的男性黑人烘托中劲歌狂舞。

10. 陈竹经历。和我是大学同学，同分来师范当语文老师。先想尽办法欲调回老家宜兴与家人团聚，未果。努力调动的结局，是师范拒绝他的再来，无奈，到无锡十中教书。未几，自动离职，跟亲戚到天津做生意。生意做得很大，很成功。与天津卫的一大帮人在钢材与人民币之间酒肉歌舞。再做期货，大败。与亲戚也产生了间隙。回乡，以身边的余钱在离老家不远的和桥买了房子。闲在家中无聊，便应聘往苏皖交界山区的一家个体油漆企业。未几，又告辞而出。一段时间后，再来无锡，应聘到一广告公司任职。未几，又辞。现在则不知人在何处。

11. 意外死亡的体育老师，他的名字叫吴晨阳，也是木楼曾经的住客。

12. 那天深夜，无意间在家打开电视，我又看见了他，包装良好的"雅风装饰公司"总设计师正在荧屏上就家庭装饰问题侃侃而谈。他曾是木楼上优秀的美术老师，我们一起喝过酒，讨论过书法的握笔和八大山人的心境。他年轻，但传统书画的功底十分深厚。教书。下海。再到另一所高一级的大学教书。去法国。再下海。这是我约略知道的他的萍踪。

13. 眼睛大大的史小娟，是我的大学师妹和同住木楼的语文组同事。在语文组西头的那间小办公室，是坐了一年还是两年之后，她便在一个暑假只身前往了深圳。从此杳无音讯。"……我收到的情书有这么多……"她用手量了一个半米的高度——大学一年级时这个乡镇少女很难表述的这种神情，现在的我依然觉得清晰如昨。

我还是舍不得多写我的学生。在我短暂的教师生涯中所遭遇的那个美术班的学生。尽管距离与他们初次相见已有近 10 年的漫长时间，但我感觉与他们之间，仍然牢不可破地存在着深切的缘分和理解。这种缘分和理解，无须多写，甚至超越言说。我至今珍藏着他们送我的一张合影，拍摄地点在述之科学馆与钟楼之间的空中走廊（走廊上方覆盖有防雨的瓦棚）。他们参差挤在走廊的一侧，目光向下，微笑、挥手或者静默。而搏动在身后雪松与古老青色建筑物间的少年心跳，则仍然是那么的活跃而有力。默数照片上的一个个名字，我还感觉到光，少年们脸上人人散发出的那一种青春之光、无瑕之光。这种光，显示着这座南方校园历久不去的纯洁内质得到承继。因此，我感到幸福，并且，由衷自豪。

1999 年 5 月

飞翔

暮色时分暴雨如注。天井里用几张石棉瓦搭成的“厨房”内风雨更晦。冷的雨珠滴进滚烫油锅，激溅的油星肯定灼痛皮肤。淑在炒菜。脚旁的红色塑料盆里放着待洗的衣物。石棉瓦上的雨水持续响淌。盆里原本干燥的衣物在带有尘土的雨滴侵扰下，渐渐变得潮湿。下班。从暗窄的过道中推着湿淋淋的自行车进来，淑笑着看我。我的脸上，有雨水，也有她不知的满腔愧疚。

盛夏晚上洗澡，我可以穿了短裤在天井里的水龙头前冲浴。淑则只能在租屋内部解决。狭小屋内的空地刚好容下一只塑料长浴盆（那是我在商业大厦地下商场购得，绑在破自行车后座上一路骑带回家的）。用水桶在天井里装上大半桶冷自来水，踏上必须拐弯的有昏黄电灯光的陡窄水泥楼梯，拎进屋内，放进浴盆，再倒入热水。把日光灯关掉，只开电扇上的蓝荧小灯（防止房东小孩从门缝偷窥）。然后开始洗澡。完毕，浴盆里的水倒进桶内，再把水桶拎至下面天井倒掉。收起浴盆后，我们还得用拖把将不吸水的水泥地面的水渍拖净。至此，夏季每晚的一个必须功课，才告结束。

朋友来临，两三人就足以将小屋挤得水泄不通。小心翼翼将印有仙鹤和松树的折叠小桌放开，他们就在各自不能动弹的空间内翻看书刊，或听广播音乐。我们，则去楼下天井“厨房”烧菜。一只只菜烧好，再一只只端着，穿过幽暗窄梯，放上小桌。我们吃着，谈笑着，收音机里的音乐或主持人声音回荡，明亮阳光从北面的大幅玻璃窗上射进来——小屋也是如此美好。

这是我们的第一个租屋，位于古老运河西侧，是最后残存于城区的一排民宅中的二楼一间，行政区划属无锡市郊区河埒乡协民村。

租屋东面，是浩浩汤汤的乌蓝运河，一座被命名为“梁溪大桥”的水泥钢筋大桥横跨其上，气势雄伟。航船汽笛的尖利鸣叫，经常在屋内回旋。南面，是高矮不齐、新旧参差、睥睨不群的现代楼群。西面，川流不息的马路上空建有人行天桥，秋天法桐的金黄叶子挤触在钢质白漆的桥栏之上，形成局部范围内的美好风景。过天桥，就是一幢每晚灯光璀璨、大堂前有五彩喷泉的奶黄大厦——无锡大饭店，这座城市中财富或身份或其他的象征之地。蓝眼睛金头发黑眼睛黄皮肤的男人女人从那儿进进出出，神情中，都不约而同地带点“一览众山小”的英雄气味。北面，紧靠租屋窗下，是一大片运河边的公共绿地，草坪足够大，空闲处种满了繁多的花木，甚至还有不知名的鸟雀在花树间跳跃。从公共绿地爬上梁溪大桥引坡，再往北眺，可以看见锡惠公园山顶的那座宝塔。

无锡旧式的农民住房几乎都是一开间、两层楼，前后进深特别长。我们的租屋是“双车沟 46 号”最后进（北面）的二楼一间，大约 12 平方米。自屋外走向我们的私有空间，很适于用电影中的长镜头表现：必须先入与房东共同的大门，穿过他们的吃饭间，从狭窄过道经我们的天井“厨房”，再过一间幽暗的堆放杂物的房间，踏上拐一个弯的楼梯，最后才能抵达。

房东姓秦，是一个不到 40 岁的男子，身材矮小，胡子拉碴，嗜酒，不识字。房东之妻在郊区供销社商场做营业员，不擅打扫卫生。他们有一个上小学的、喜欢赤膊的肥胖儿子。这个家给人的总体印象是生活阴暗而欢乐，环境脏乱，奔窜的老鼠看起来敏捷又欣喜。

只有北面二楼的那个房间相当明亮，因为北墙的一半面积都做了玻璃窗户。1994年初夏，间接经人介绍，或许正是因为看中了这室的明亮，或许还有对于即将到来的新生活的向往与激动，尽管整体印象不尽如人意，但我还是擅自决定租下了这个房间。

1994年8月22日，我与淑领取了结婚证明书。8月28日，炎夏发白阳光的寂静正午，作为这个城市中的两个异乡人，我们叫一辆人力三轮车拉走在师范学校内的全部东西，搬进了“双车沟46号”北面二楼的房间。

事隔很久，有一次淑对我说，“第一次踏进46号的门，我真是绝望极了！”

真是抱歉！

我们随之而来的生活并不“寂寞”。起先一段时期，房东只有我们一个租居户。因北面楼下还剩有一个同样大小的房间，房东为了创收，决定再招房客。

我们的首位“房伴”是一个五大三粗的山东男人。他离婚了，带着刚学会走路的女儿生活。男人沉默少语，衣衫不洁，不知他在无锡以何为生。总是一大早带女儿出去，天黑时回来。回到租屋是又当爹又当妈，烧饭，洗衣，给女儿喂食。深夜，经常能听到小女孩因不顺心而产生的响亮又持久的哭声。

继山东男人和他女儿之后，是一对做秤的夫妻。不知他们来自何乡。他们的生命似乎和一杆杆的木秤生来就是如此紧密地绞融在一起。除了吃饭、睡觉、卖秤以外，夫妻俩就是一刻不停地做秤、做秤、做秤。他们的小房间内，堆满了一根根细圆精致的小木棍；地上，到处撒着银光闪闪的金属碎屑。

没过多久，做秤夫妻也走了。第三位“房伴”，是六七个临时来无锡做什么生意的男男女女。他们睡地铺，在家不开伙。也是一大早出去，黄昏时乱哄哄回来，用方言大声讲话、说笑。入夜则打牌，吃瓜子。生意做完后，这一大群人就像一阵风一样，撤走了。

房东尝到了创收甜头，下面的房间于是永远失去了空闲时候。接下来承租这间一楼房间的，是一对年轻的福建夫妻。双车沟这条“巷”上的租居户，绝大多数是他们同乡。福建人会做生意，他们在无锡统一经营着从他们遥远故乡运来的阀门和管材。福建人还保留着“男主外，女主内”的传统习惯，男人在外面赚钱、做生意，女人则整天在家，她们要干的事就是做家务、带孩子。我们楼下的年轻夫妻也是这样。丈夫肤色很白，腰里别着BP机，每天骑自行车去火车站附近他们自己租的一个门市部坐镇做生意，妻子在家买菜、烧饭、洗衣。白天干完活，丈夫还没有回家，同乡妻子们就聚集一起，谈孩子，谈丈夫，谈乱七八糟共同感兴趣的话题。暮色时丈夫回家，妻子已经烧好了饭菜，为丈夫买好了啤酒。这对夫妻和我们同在 46 号的时间最长。其间，这个年轻的福建女人还回老家生了一个女儿。从一个抱在怀里吃奶的婴儿到蹒跚走路的女孩，这段时期，他们过着一种古老幸福的生活。直到最后，妻子嫌底楼房间太潮太脏蚊子太多，他们便搬到了双车沟上另一处有瓷砖地的人家去了。

福建夫妻搬走后，底楼的这个房间空了一些时候。再后来入住的，是一批所谓“城市闲人”。男女混杂，人数不定，出入无常。男的油头粉面，女的涂抹异常。在这个狭小的 46 号空间内，我们觉得：必须搬家了。

第一个租屋的内部结构，应该记下备忘。

紧挨东墙的一张木板床占据了房间的大部分面积。西边靠墙是一张兼当电视柜的简易茶柜。北窗下面是一张写字桌，桌子东侧，还立有一只小书橱，那是淑少女时代的心爱之物，是淑母亲专门从乡下乘了熟人便车捎上来的。南面是房门和一堵白墙，白墙之后，有一水泥阶梯，沿阶可以走上一个用来堆放杂物的简易阁楼。

除了“备忘”，其实还有“难忘”，那就是有关小屋的种种美好。

窗外的景色永远诱人。宽敞的玻璃北窗外，挤满各种美丽植物。银杏、泡桐、白杨、法国冬青和水杉。最靠窗子的是一棵硕大泡桐，春天，没长叶子的时候，碧青的枝干伸展着，将串串浓密的紫色铜铃花送到我们晨起的窗口。鸟儿在花枝间跳跃，轻盈地唱着欢乐的自然之歌。室内，真的充满了鸟语和泡桐花香。

我们经常走出房间，到屋后绿地——我们的“后花园”散步。冬天，一场大雪之后，阳光灿烂。呼吸着清凉空气，捏一个大雪球，穿着雨鞋，在洁白雪地上踩下一行行宛若童年的脚印；春天，繁花怒放：迎春、桃花、李花、蔷薇、垂丝海棠，争先恐后，竞吐芬芳；夏季，先是 5 月石榴照眼明，然后是一大团又一大团的绣球纷纷拱雪，蝉噪浓绿间，红蜻蜓的翅膀在炎阳下如此透明；秋夜，微风和煦，和三两来租屋的朋友坐在宽广的草地上，星空那么高远，群星那么明亮，我们会又一次想起故乡和过去的好时光。

“沉重不浮，静如山岳；周流不息，动若山河。”正是在这片屋后绿地，跟随一位老者，我学会了古老的国术——杨氏 103 式太极拳。生生不息的舒缓动作中，我学习了安静，更获得了内在的充实。

在小屋租居，逢到雨夜，有时和淑会撑了伞，走到运河饭店门口乘 11 路公交车到大戏院看电影。进大戏院旁边的副食店买些零食，然后，在黑暗而温暖的影院里，在某个温馨或激烈的故事中沉浸一番，出来，已是深夜。咣当咣当的夜间公交车厢里冷清少人，我们在行驶中安坐。积水的柏油街道中央映满城市的阑珊灯彩，汽车在街树荇藻交横的阴影里移动，四周一片寂静。这种时候，才发觉原来我们也是热爱这座城市的。

冬季的星期天下午，如果太阳好，我们会骑车到青山公园。青山公园在郊区河埒口，是一座外地旅游者少知的隐秘之园。它的地势很高，公园实际就是一座青山。园里高朗处有一座佛寺。寺前那株银杏已需数人才能合抱，荫蔽亩地。公园门票每位 1 元。在园门前停好自行车，进去。我们并不游园，只是找一处向阳的草坡地，取出带来的一本闲书，在暖融融的冬阳下躺读。一朵两朵的白云在蓝色晴空中静静滑行。没有风。偶尔的鸟在它们的乐园里飞来又飞去。这一刻，世界有一颗散淡而美丽的心。在公园里待够了，我们便下山。自行车用不着踩，就已直接冲到河埒口的商业之域。在某个小书店里翻看，或者在哪个商店里买东西吃。冬日红圆夕阳挂在路旁法桐的枝梢时，我们骑车返回那个 12 平方米的朝北小屋。

1996 年 10 月 8 日，在“双车沟 46 号”住了整整两年零一个月之后，我们搬家。

第二处租屋系朋友介绍所成，详细地址是“无锡市山明四村22号101室”。它不再是农民私宅，而是这座城市最最常见的那种格子楼房。山明四村位于无锡西南端，濒临太湖，属城乡接合部。一条连接312国道、横贯锡城东西的金匮路，从新村身后穿过。巍峨雄壮的新体育中心与山明四村隔路相望。

10月8日下着细雨，因与搬家公司事先预定好日子无法更改，也就不去管它。天刚蒙蒙亮，湿漉漉的“速达”搬家卡车就到了。半小时的风扫残云，小屋空了。

最后在背心袋里装了几本书，要走了。再看看活命了两年的这个地方，再看看又已空空荡荡冷冷清清的这个曾经充满我们温度和情感的小小空间，内心，是复杂的。

冒着雨，我们爬上了搬家卡车。

在山明租居，不论室内还是室外，我们获得了更为广阔的空间。室内，是两室一厅，厨房间、卫生间宽敞明亮，有约70平方米。室外，我们有了不受局限的活动范围。黄昏，有兴致时，我们便骑了车，经过两旁全是墨绿葡萄园的经二路，到长桥看太湖落日。鼋头渚大门外的浓密林荫道，在暮色，冷寂而孤清，是我们一致热爱的一道风景。

可惜，22号没有住长。半年之后，即1997年3月30日，我们第三次搬家，自己动手搬家。这次的房子，是在晚报上登了启事后找到的。仍在山明四村，只是 22 号变成了 19 号，“101 室”的横套变成了“302 室”的单间，但我们第一次拥有了可以眺望远处湖畔青山的阳台。

“渴望自由而尊严的生活”，这是谁曾说过的理想？一次又一次的搬家，我把它看作是生活一次又一次的飞翔。在这样的飞翔中，我们感受着困厄、挑战和所遭遇的生活的秘密。

1997 年

B

辑

春天汹涌

晶莹，以及发自内部的一种收敛的炫丽。盐……城。黄色大海边上用晶亮的白色盐块堆垒的迷宫之城。街道，橱窗，人家黑暗的卧室，尖耸塔楼，优雅浑圆的店堂廊柱，观光的露台，骑马的军人雕塑……在任何一个精致细小的部位，我品尝着神秘之盐。透明的城。方言（圆活、柔野特征）。盐的迷宫。盐的迷宫里，同时漫逸 4 月油菜和绿麦的化学分子。在这个晶莹的王国（黄海从远处努力拍撼着这个白色王国），夜晚也是光明而炫丽的。特别是春天夜晚的一个婚礼，尤其显得像一束绚烂火花，在这个貌似虚幻的世界里熠熠生辉。从结晶的盐（或说是玻璃）的光影里，伴随着一首外国乐曲，新郎和新娘出现在宾客们预先设置好的时间展台上。结实又激动的新郎。红色的新娘则使整个透明的盐城在夜晚 8 点掠过一道桃色的气韵。酒。

五彩荧屏上跳舞的脸和大腿。大海拍撼王国。麦和菜花的味道。扎满丝带和玫瑰的轿车藏着一对新人驶入盐的深处（揣着喜糖、满面油光的客人也已四散）。在白色晶体的另一空间，红色的新娘将会重新呈现。红色……新郎首先面临了吉祥，接下去遭遇的，便是彼此间奉献的，秘密、甜蜜而又消耗体能的……人类美餐。

无边无际的油菜和绿麦。充斥大海边起伏陆地的油菜和绿麦。4 月深夜的大雨覆盖发情植物的国度。浓郁、澎湃、压抑又旺盛四溢，那雨里金黄和翠绿的燃烧啊！他（她）们尽情拥抱，恣肆地生育数不清的孩子，呼啸合唱，像膏汁的铁水般涌来漾去——这其实是无人能知的秘密（因为发生在人类睡眠的深夜）。花朵和茎叶在雨夜喷吐香气。在雨水的鞭打之下，发情的海边土地，像一位心甘情愿的受虐者。

……乡村诗人庞余亮蜷睡在城里旅馆的床铺上。午后，疲惫的轻轻鼾声带来凉意。梦呓中他把一件外衣搭在身上。他正在做梦。醒后依然心有余悸：有好多人对他进行追杀。地点我没问，不知是否在他执教的那所几乎被油菜和绿麦淹没的偏僻乡村中学。菜花和麦子充满了他的诗歌（精神）和日常（物质）生活。我感动于他的一个比喻：麦子是男孩，油菜是女孩，他们两小无猜，亲密无间。后来，女孩发育早，油菜便早早地长高了，开花了，最后就——被人提前收割——出嫁了。所以，

5 月天空下成熟的麦子总是涌动难以言说的寂寞和忧伤。《菜薹在轻轻喊疼》，这是他新写的小说。一个精神受挫的女大学生被送返她的乡村，在菜花和麦子的平原上，她独自漫游。轻轻地，是这个蜷睡着的乡村诗人在为她，为寂静的春天的土地，喊疼。

带着菜花和麦子气息的风，在下午空荡荡的春天街道上来来回回。硕士教师、英文小说翻译者义海（现在他的话越来越少，每次见面，总是一个人埋头喝酒，然后脸红红地坐在那儿抽烟——之前孙昕晨这样介绍义海）在星期天师专的门口等待我们的到来。校园内部。陈旧教工家舍的某五楼朝南房间外有一狭小阳台，这是义海栽种大蒜、晾晒衣裳的不封闭阳台。站在阳台上，下午春天街道上的风（带有菜花和麦子的气息）会温暖地钻入你的袖管和衣领（这种感觉，是普鲁斯特站在巴黎里兹饭店的豪华阳台上所不会有的）。所以，即使入夜，义海也总有片刻会逃离房内的光明，站在凌空的此地，眺望属于他一个人的风景：操场上仍在奔跑踢球的学生；在阶梯教室曾经聆听过他的外国文学课而此时在草坪上亲密漫步的学生情侣；还有，就是闪烁声音和零散灯光的黑暗，以及，从黑暗中生出的邈远思绪。白昼的朝南房间（书房）零乱而拥挤。西墙被高矮不等的书橱占领，橱内当然爆满（多为 20 世纪 70 年代和 80 年代出版的中外文学书籍。也有搁在橱边的新书，是《傲慢与偏见》，封面印有这样的文字："简·奥斯汀著，义海译"），橱顶也堆着纸箱，一只是“椰汁酥饼干”纸箱，另一只是“豪华搓式鸿运扇”，里面大概也是书吧。东墙则留有他女儿的幼稚涂鸦。逼仄的空间上部，积满油腻和灰尘的绿色吊扇凝滞在天花板下（它要等到夏天才会复活并转动翅膀）。南窗旧书桌上，摊放他正在阅读的佛学著作（为考苏州大学的比较文学博士而苦读）。后来在书籍堆中的一块红布下发现了他的笔记本电脑（满是经年累月的手的痕迹），机器的速度很慢，但义海用起来似乎随心所欲，他站着给我们表演：用英文急雨般打出了半首卡朋特的《昔日重来》。键盘上起落的手指，像一个个跳舞的精灵。在阳台上进来的春天温暖的风中，这些跳舞的手指，给在场的每一个人留下了深刻印象。

结实、闪亮、沉甸甸的……雨。又回到夜雨酣畅的海边土地。近乎疯狂地覆拥、生长着的油菜和绿麦的呼吸，使得深夜大地的胸脯起伏不定。雨，结实、闪亮、沉甸甸的雨，一颗又一颗，亿万密集地聚于空中，想把世界照亮，但是，夜（强大的、无穷无尽的），仍然不动声色地蒙盖了它们。孤单、湿透了的长途汽车在酣雨的、被油菜和绿麦夹挤的海边乡村公路上继续行驶。这又黑又沉又亮的 4 月之夜啊。

1998 年

幽暗

水乡……我看见的是时间与人生的缓慢幽暗。一个虚弱老人，自歪斜雨渍的、具徽州风格的木头祖宅深处缓缓站起（缓缓），暗红色木椅，藏青衣裤，还有他的面容，在累累瓦片、裂缝梁椽和木格花窗围成的深重阴影里，模糊不清（乌镇）。倚门在矮竹椅上凝坐不动的老妇，午后飘拂的头发像雪；似雪的丝缕，被内屋陈年的深邃映衬，轻盈，并且呈现着沧桑过后的透明（西塘）——一种强烈的幽暗感觉，由这轻盈和透明提醒。在太湖周边的流域陆地生活、漫行，我思考过水乡的组成。多水之乡（《辞海》释“水乡”）最为基本的元素其实只有四种：河、桥、人家和天空。这四种元素及其纷繁无尽的变体搭配组合，就形成各有特色的具体水乡。“变体”在此十分重要，譬如，河元素，就有宽河、窄河、直河、曲河；两河相交，就有十字河或“×”字河；三河共生，就有川字河或“草头”河；四河汇聚，往往便诞生井字河。循河便可见湖，湖是河的安居之家。长荡湖、南湖、淀山湖、汾湖、莺湖、阳澄湖、尚湖、金鸡湖、独墅湖、梅梁湖、胥湖、菱湖……像摔破的镜子碎片，闪亮在太平洋西岸包围太湖的这块肥沃土地上。有河肯定少不了桥，桥是遍布水乡的呼唤与应答。桥的造型多变，有多孔大桥，独孔小桥，宽敞的拱形桥，狭窄的梁式桥，安装栏杆扶手的桥，赤膊光脊的桥，还有架在小浜之上的微型半步桥；按用材论，又可分为砖桥、石桥、铁桥、木桥（以出产陶器闻名的蜀山蠡河上，20世纪70年代那顶颤颤的、能够望见木板缝隙间汤汤河水的木头桥，至今让我忆及童年的种种；距蜀山不远的丁山，现在的一个地名——大木桥——仍然在方言中保留着过去年代那座木质大桥的身影）等。河与桥之间的过渡，是用麻条石叠砌而成的驳岸和河埠。驳岸上船家系缆的缆石，是突出的精美石雕，象形的缆石，有夔龙、狮子、猫眼、象鼻、莲花、立鹤、卧鹿、芝草等（角直），这些是凝固成石质的水乡百姓的心灵。世居的人家总是临水构屋，两排相望的家屋便夹挤出曲直不一的窄窄水街。阁楼、过街或过河的骑楼、挑楼、挑台、临水廊棚……参差错落的建筑，隐去了每一格逼仄空间内复杂的生活秘密。还有雕花的、常年关闭的木格窗户，还有木门板上被几代人的手摸细的生铁门环。最后的元素是天空，水乡人民头顶的一线或一方，以及像孤鹜一样飞舞的绚烂朝霞与燃烧晚云……

在卷册里，我目睹过这些小镇的明亮时代——这些散若星群，由河、桥、人家、天空四元素拼组而成的小镇的明亮时代——目光甚至被那逼人的“明亮”炫迷。综述：“数百年来，文章冠冕鼎隆踵继，其骚人墨士握管生花、染翰成雾。即一切游闲豪侠、击筑弹丝、斗鸡走狗……靡不各极其工。而又四方舟航所凑，水陆奇琛，异赆百物所环，廛市之徒摩肩……盖他境繁华所罕与俪。”（菱湖镇。光绪《菱湖镇志》卷十风俗引王继祀《重修永宁禅院碑记》）元宵节：“兹今元宵夕，群游不夜天。画灯娇步影，春烛粲流烟。”（塘栖镇。沈姓诗人《和徐野君元宵蹈灯西里诗》）万历《杭州府志》所载元宵节景可以“放大”此诗：“元旦前后张灯五夜，而十五夜为最盛。……此五夜箫鼓喧阗，往来游观者至二三鼓始罢。豪家开宴则装放烟火架以娱客。浪游子弟亦多造硝黄花筒，相对斗胜，谓之赛花，或粘藏头诗于灯上，谓之猜灯，揣知其意者揭而持去。……街巷歌行舞队竞为奇胜者种种。”神会：“结缀罗绮，攒簇珠翠，为抬阁数十座，阁上率用民间娟秀幼稚装扮故事人物，备极巧丽，迎于市中。远近士女走集，一国若狂。”（濮院镇。李日华《味水轩日记》）“碎剪锦绮，饰以金玉，穷极人间之巧，靡费各数千金，舣舟万计，男女咸集，费且无算。”（濮院镇。罗大经《鹤林玉露》）茶馆："在市镇的运转过程中，茶馆尤其值得注意，因为它不仅是一个饮茶聊天的处所，而兼具信息、娱乐、赌博的多种功能……璜泾并非大镇，东西二里，南北一里，镇民数千家，茶馆倒有近百家，是令人吃惊的……嘉兴的新塍镇有茶馆八十家，王店镇有茶馆六十五家，新篁镇有茶馆四十家。"（樊树志《明清江南市镇探微》）科第：小镇"书声与机杼声往往夜分相续"（道光《南浔镇志》卷六科第）。据统计，同里镇自宋代至清代中叶，出举人 80 人，进士 38 人，状元 1 人；菱湖镇自宋至清光绪年间，仅进士就出了 43 人；双林镇"愈极繁华，甲第连云"，明代有进士 6 人，举人 27 人，清代有进士 16 人，举人 66 人……

"始衰之年，忽焉已至"（张大复《梅花草堂笔谈》），随着河流文明被咆哮迅捷的陆空交通替代，"一堆白雪晃新丝"式的水镇光芒已如崩般黯淡。一个明亮的时代远了。外表散淡、内里却锋利饥渴的时间，像盐一样，吸干了木头内部的汁液。发黑疏松的老木头和驳蚀门墙所组成的深长巷子，是黑夜之神设在今天的一个往昔场景（乌镇东大街）。壁，已转灰黑的石灰无规则剥落，露出青白色紧紧叠挤的疲惫之砖。门槛朽了。一河道的灿烂阳光，只是愈加映衬了破败内屋与阁楼盛满的幽暗，生活的幽暗（屺亭镇老街）。是的，水乡的本质已经转为光线。幽暗的光线。木廊柱的细长投影，布在砖地上（西塘镇朝南埭街），白昼必须通过河水的波光，才能映送入有人寂坐的室内（南浔镇百间楼）。缓慢的暮年的人生。空旷厅堂内，是寂寞的、等待却无望的、闪射微光的木桌与木椅。中堂，陈旧的用湖笔写成的发黄梅花。“万卷诗书消永日，一窗昏晓送流年”（周庄镇松茂堂楹联），一个活着的身影……散发如此浓重的退隐与等待意味。掸去灰尘，我可以看到曾在水镇湿润的黎明行走的面容：顾恺之、萧统、陆龟蒙、范成大、唐伯虎；晚近，是我更为熟悉的你们：柳亚子、丰子恺、郁达夫、沈雁冰、徐悲鸿、叶圣陶。（即使是灰尘蒙盖，在南浔张静江宅，主人的赠人题句还是让我心跳不已：“杀气横千里，英风凌四豪”“铁肩担道义，辣手著文章”——“妙手”换成“辣手”，一字改而面目全出——江南的柔人之阴鸷。）“小楼一夜听春雨，深巷明朝卖杏花”，在20世纪90年代末空荡荡的西塘旅馆听到的半夜初春雨声，肯定已不同于陆游当年在临安宅邸的所闻——毕竟少了新鲜的洁净与纯媚。早上起来，站在有裂缝的砖石阳台上，前（下）面是一棵尚未吐出花蕾的粗老泡桐和一株早已凋零的雨意蜡梅。米粥是白烫的，晒干的咸菜也仍是百千年之前的黑褐。黑褐咸菜与白烫米粥（……黑瓦与白墙。黑发与白发。黑夜与白昼）缓缓进入鲜红的肉胃，空了的瓷碗，便又迎来新一天（也是陈旧一天）的太阳和时间。“乌镇食品厂是一家以生产传统糕点见长的市级先进企业。传统名点姑嫂饼为茅盾故乡特产，久负盛名，誉满江南，曾获浙江省名特优新产品玉兔奖；重麻酥糖系列风味独特，远近闻名，曾获浙江省最佳系列产品奖；广式、苏式月饼，各类蛋卷，中西糕点亦都质优味美，连年被评为市最佳产品。该厂宗旨：质量第一、信誉第一、客户至上。厂址：浙江桐乡市乌镇常春街98号；法人代表：张荣奎；电话：(0573）8712588、8711378；传真：8722718；电报挂号：4741；邮编：314501。"（"茅盾故居"参观门票反面所印文字）——新时代巨型嘴唇的呢喃处处可闻。响彻空旷市镇下午的，一般是寂冷河埠上汏衣的嘭嘭杵声（却永远震不醒巷檐下面隐在板壁里的红漆字影：大海航行靠舵手，万物生长靠太阳）。回响杵声的市镇下午，貌似光辉灿烂，但我，仍然深刻地感受到那无处不在的一种……幽暗。这种幽暗，安居于阴深嘉业堂黑色雕版的木头汉字间，躲藏在人家悬挂着风晒、被小竹棒撑开肚皮的鲢鱼空腮内……幽暗，是无数隐秘的白蚁和蠹虫，此刻的它们，正在忧伤而又凶狠地咬啮着南方市镇的基础、河桥与门梁，白天连接着黑夜，一代继续着一代，直到，世界最后的、全部的无声坍塌。

1999年2月

水乡

在一首诗里，我曾记述过童年时代做过的梦：一匹暴烈的高骏红马，从黑暗、湿淋淋的河边窄巷尽头，朝我疾奔而来，擦过我的身旁，又疾驰而逝，嗒嗒的马蹄在青石路上溅起火星。我弄不清楚，童年梦里为什么会出现如此惊心动魄的画面。现在每一想及，那梦中隐含的酣畅、酷烈之美，以及我理解的激劲水乡的气息，还是让我震撼不已。

流行绘画和摄影作品当中的水乡一派媚俗腔调，它们只展示形式感强烈的甜腻石桥、青瓦绿水，而本质水乡的真实肉骨，实际已毫不迟疑地，早就弃之而去了。

周庄、乌镇、柯桥和朱家角，这些世俗的水乡典型就不必去了，它们已被无情的手剥去灵气，成为展台上的呆板盆景。去真的水乡，你只要找来一张沪宁杭地区的地图，随便指点一粒偏僻的黑点，然后一个人乘上风尘的长途汽车，下车后，或者步行，或者再搭突突直响的乡下“三卡”，你就会到达宁静、破陋、厚重，又散发着新鲜萎味的向往之境。

童年的梦境支持了我目前对水乡的看法。南方水乡，绝不是纤柔轻巧的布尔乔亚的理想国，它清灵的外表之内，充满了缓慢滞重的历史和时间的张力，充满了凝实、惊异，甚至令人恐惧的生命意蕴。不过，所有这些，它全只是以缄默示人，它从不对那些花花绿绿自骄做作的观光客开口。

需要看一些我所理解的水乡的片段画面。

垂老的头颅和鲜艳的布。在幽暗湿润的青石窄街上，堆满陈旧烟酒、食糖、香烛和干饼的狭小杂货店随处可见。一大堆高低蒙尘的物品当中，坐着的人经常是位干枯的老者。脸似核桃，沉默不语，在流逝的时光里与烟糖酒烛饼融为一体。而杂货店隔壁，往往又是一排光滑的布柜台。鲜红或灼绿的绸布在持剪人的手中如风飘动，泛射出陌生又久远的光泽。衰颅与艳绸，年复一年，奇妙地紧挨一起。

厅堂与鱼骨。水乡民宅古老且多空旷厅堂。铺地的块块青砖，隐隐缕缕，透出河的凉寒。一次我坐在这样的厅堂里，主人外出未归，只有主人的孩子一人跪坐在稳重的红木八仙桌旁吃鱼。或许是为了好玩，孩子吃得特别小心，最后，一条完整的花白鱼骨架，展示在桌面之上。厅堂很空，孩子很静，我眼中的花白鱼骨幻化开来，晶莹异美，布满了整个神秘的空间。

河埠石与坟。貌不起眼的河埠石上布满一代又一代脚和手的凹陷之痕，它们是沧桑人世的见证。在乌镇的水街之外，我还见到一大片灿烂油菜花中的错落坟堆。河埠石上人最终安息在这里的土内。青色河水从镇中流出，菜花和坟堆的河岸边，一只废弃的木船在安详腐败。

…………

海明威在他的自传性著作《流动的盛宴》中说过：只有离开巴黎，才能写作巴黎。我深以为然。对于自诞生起就浸泡于南方水乡的我而言，上述所有的行文仅仅只是最浅的印象和观感，真实的以及我想诉说的水乡，依然存于心中；我目前的笔，还无法传达。

1993 年

夜晚的印痕

堆垒许国石坊的斑驳石块，在安徽南部的浓暮里，开始慢慢散出微湿的历史气味。胡适、陈独秀们离乡时曾经嗅过的气味。弥漫至今的、怀恋又伤心的气味。斑驳处的湿凉，拒绝般的粗糙与坚硬，这是我的触觉，手摸上石坊时的细致感觉。在此之前，是想象中的另一触觉。石坊旁一根被时间浸渍的晾衣竹竿，在老妇嶙峋的手中，被缓缓拿进房宅的古老黑暗之中。油亮蜡黄的竹竿在进入房宅之前闪着寂寞细光，这是另一种腻和滑的触觉。被青砖马头墙夹住的夜空狭窄、幽深。抬头时，看不见在城外白亮溪滩上的下弦月。那个被机器轧断手指的东北青年（长途汽车上偶遇的旅伴），在我身边的暗色里不声不响。他的断指在狭窄、幽深的夜里已经不再淌血。徽州旅馆结实地站在星空下，它的蜂巢样的房间内，住满了从乡下山间赶来考中学的幼小学子。流水样木纹柜台后的憨厚男服务员和我同名，他为我们找到了两条草席，“就只能睡在这走廊边上了”。冰凉的水泥地，绿漆斑驳的墙，沉沉的异乡之梦。黎明是在那些忙碌走动的小腿间到来的。童音吵嚷，脸盆和茶缸叮当。自席侧头旁匆匆往来的学童脚步间，我又一次嗅到了溪树和砖瓦的皖南气息。

临沂之夜的记忆属于时光回溯。开往泰安的长途客车毫无装饰，就一个锈迹斑斑的轮上铁架在尘土的齐鲁大地上向前颠簸跌宕。一只把手很高的陈旧竹篮也在不断跳跃。携带它的老汉坐在我前面。后脑勺和颈项之间的褐红色皮肤皱着，像泥地上呜咽的几条细河。孔子呢？在尘土飞扬的齐鲁大地上骑驴奔波过的孔子，他的颈项和后脑之间，是否也有几条这样呜咽的泥地细河？回溯。从“花园旅馆”出来的临沂之晨弥拂带有高粱秸秆味的白色气雾。几头骡马的嘴脸从白雾中冷不防突出，几乎就要撞上我的嘴脸。回溯。睡觉。回溯。蚊子斑马色的屁股饱满而有力，它们在昏黄的灯泡光线下饥饿巡航。白墙上满是它们同类已经干了的丑陋尸体和脏污血迹，飞行的它们无动于衷或怒火中烧。它们渴望人类的热血。银亮的吸针已经磨得锋利难耐。其中一只停落在靠窗赤膊的那个胖子背上（他肩搭毛巾正在偷偷数他的人民币）——斑马色的蚊子屁股顿时变成了饱满的血红色（这是危险的暴力与革命。而苏州人沈三白在帐内燃香放蚊以观“鹤舞”，已是多少的轻浮与可笑）。我将自己的钱和证件用塑料袋包好、带着，朝靠窗的胖子笑笑，拿了毛巾到隔壁的盥洗室。我需要哗哗的自来水冲刷身体。回溯。教室一般大小的杂乱房间是“花园旅馆”的厨房和就餐处。大葱汹涌。我要了大葱炒蛋和纯白馒头。它们一下子就坚实了我吼叫已久的胃。

脆白瓷器在暗城闪显青花的精细线纹。朦胧的苍山，矗立在火车站广场的不远处。景德镇的夜坚硬、含火，有着金属的腥味。有气无力的灯火下，隐去鲜艳的灰色姑娘在广场上四处游荡，“到我们饭店去吃饭吧，不远，服务肯定满意！”喷溅白汽的庞大火车在混杂深夜驶停身旁，黑铁烫人。像一个曾经的梦。

背着行囊一个人下完泰山，暮色就来了。被我双脚踩过了的这座东方大山，还是一座原始的岩石之山，那些诗词、文章之类的文化，终究只是浅薄的依附，如暮色里岩石上的苔藓或岩石间的小树。文化之于自然，等于蚍蜉之于大树。肚子饿了。在下坡的路旁摊铺上买半斤猪头肉大嚼。咸，且肥香。补充的能量源源达于四肢。泰安城人影幢幢，饮食店灶上的鲜艳炉火窜至门外。泰山，这块巨大的岩石此刻仍然蹲在身后的黑暗里。我推不动它。我只是它脚下像蚂蚁一样盲乱渺小的灯火和人群。口渴，想极了喝小米稀粥。寻不到。无奈吃完面条后又遭遇粥店。无奈。……挤上了火车。不知疲倦的长方体金属略微喘息后重新在夜间奔驰。我挤坐在车厢连接处狭小的空间内。奔驰的狭小金属空间内充溢腐酸浓郁的复杂气体。那对举动亲密的中年男女腰旁，是一把发亮的不锈钢把手。旅途中无数的手摸过它，我注意到即使是它的光芒，也是如此细腻。鼓胀的花花绿绿的包。臀部（男人的、女人的、正面的、侧面的、近的、远的、饱满的、瘪平的）。腿脚（或站、或蹲、或坐、或靠）。警惕又交替着昏昏欲睡的眼神。咣当咣当的夜。从火车内穿挤的小贩手中，我终于买到了一袋小苹果。这是刚从树上摘下远未成熟的青苹果，皮上带有微微的白霜。啃着，咬着，嚼着。植物果实的汁液和青渣，给了我珍贵的清凉和酸涩。

天之目是一颗发蓝的明亮星体，照着黑瓦下旅人的睡眠。白墙是这么干净。绿叶上滚落的硕大露珠，浸甜这山间的夜与黎明。润润的甜。绿意和夜意无声漫流，那是白昼大树间闪亮奔涌的清溪。梦，已被早起的山雀轻轻啄破。……天目山之夜，生活中遭逢的美好，在此我甚至已不愿过多吐露。

褊狭的弄堂夜雨噼里啪啦，檐下的雨水像粗大的白线。这是弄堂小厂开办的“招待所”。“刚刚退下一张铺。6元！”——很怪的杭州方言。小天井中，已经积满了水的白铁桶口沿，在窗口灯光的映射下，闪烁细微的点点光亮。真是奇怪，从下午3点开始，找遍了大街小巷的宾馆旅店，都告“客满”。直到急雨的夜晚七点半，才总算拥有了这弄堂小店的6元铺位。关紧门窗，倒一杯开水慢慢喝饮。被子是湿漉漉的感觉。随遇而安吧。拿出行囊中的薄书靠在床头闲翻。读着，继而在窗外急溅的雨声中朦朦胧胧地睡去。也许是半夜吧，房门被推开，我看清是一个精瘦的老者，带着一股潮气扑进空间不大的室内。……谈谈就熟起来。老者是钱塘江对面萧山的一家乡镇企业的推销员。落魄的推销员。“他妈的这个就是不公平，人家可以几百上千地住豪华酒店，你看，我们就只能住这鬼都不看的地方……”依然郁结不平的烦躁老者，这是他一夜所有谈话的主题。……雨在黎明前停了。我起得很早。轻轻带上房门出去时，那个推销员老者，还蒙着被子，依然沉浸在他疲惫的睡乡。

1998年11月

越中三笔

青藤书屋

古老，阴凉，纵横如蛇的碧青藤蔓，爬满寂寞而斑驳的素墙。砖地的简陋屋内隐散些微的湿意。泛黄的线装书堆叠或漫卷。那光亮木门口站着的，是一个孤独的长衫的背影。“青藤书屋”，多少次读到或写下这四个汉字，内心总是显示上面的一幅意象。

是在盛夏某日临近傍晚的时分，去看徐渭的青藤书屋的。

对照地图，问了一个当地人，从一条繁华商业街西拐，就进了前观巷。在这条巷中，我又嗅到真正绍兴城的气息。狭窄油腻的馄饨店。少年宫。装潢簇新的小书铺。厕所。卖绳子和塑料桶的杂货店。高低不平的石头路。晾晒的衣裳。垃圾房。

不时，有脚踩的张篷绿色三轮车，载着客人从身旁擦过。在前观巷的中段，有一条南北向的小弄，人家说，青藤书屋，就在这条大乘弄内。大乘弄。“大乘”？普度众生？徐渭？以一生的坎坷遭际启思于后人以为“普度”？我寻思着其间的关系。大乘弄又深又狭，一位穿旧白汗衫的老头骑自行车从对面行来，人就不得不贴墙避让。

一方镌刻着“青藤书屋”四个行楷的古朴石头，嵌在高高又黑黑的墙上。到了，现实中的这所书屋。

“几间东倒西歪屋，一个南腔北调人。”狂乱中杀妻。拿斧子砍自己的头盖骨。将三寸长的铁钉戳进耳窍。用铁器锤碎自己的睾丸。何其惊心动魄！然而，残虐身体的徐渭是清醒的。“半生落魄已成翁，独立书斋啸晚风。笔底明珠无处卖，闲抛闲掷野藤中。”超拔于俗世之上的清醒必然带来不同于俗世的异常痛苦，而郁积于内的浓重痛苦必须得到宣泄，生命才会勉强平衡，这种宣泄的外在形式，往往就是俗人难以理解的疯举。

由徐渭，我不禁想到400年后同诞此域的鲁迅，想到鉴湖女侠秋瑾，想到刺杀恩铭的徐锡麟，甚至想到了光复绍兴的王金发。宁绍地区的越人，跟苏锡一带的吴人相比，个人感觉除具有聪慧、精细等共同特点外，还另有自己的地域气质，这就是“狷”。“狷”的含义，我理解，大概就是性直、狂傲、异俗，以及满含刚性的韧吧。

在文长先生的书屋，印象最深的是后院一口深井。据书屋内的徐姓老者介绍，此井系明朝遗物。俯身而观，一泓清冽之中，挤满了碧青精致的桂叶。这才发觉，后院内还有两棵刚才被我忽视了的桂树。桂树干净、修茂，有一种他处没有的繁却静的风姿。可惜不是花季，不然，想来这儿的桂香也会是特别的吧。

在幽暗、阴湿的书屋内站着和老者闲聊，再没有其他的参观者。老者是会稽山麓兰亭人，应该和徐渭同支。在他方言极重的叙谈中，屋内白银般斑斓的花蚊子翔舞起劲。未几，臂上、腿上，已是红块处处。

从书屋出来，夏日夕阳里看皮肤上鲜红微肿的印记，我知道，这是徐渭所为。徐渭的一抹幽灵，400年了，仍然固执地在此潜居不移，翔舞不息。只是，他所递送与我的印记，是表示对寂寞中访客的欢迎，还是对破坏了他清孤独守之梦的来人的抗议和拒绝，这就终于不得而知了。

兰亭

曾经看过一部外国片子，其中的主人公有一种特异功能，当她潜心静气注视一件古代遗物时，能够通过遗物，感受到它被制作时的场景。影片中，当主人公深夜面对一只古代的蓝色瓷瓶时，她看到了遥远时代的瓷瓶生产环境，依稀看到了仿佛的制作者的脸容，甚至，她还听到了断续的当时讲话的声音。

在兰亭王右军祠的东侧回廊里，我坐在一张小小的黄旧竹椅上。身后墙上，刻满了古人书法。高敞的墨华亭就立在方形的池水之中。静静地歇养因旅途奔波而疲乏的身子，静静地，我看着此时的池水和亭子。回廊外面，7 月近午的阳光亮得发白。反射阳光的水影，投布在墨华亭檐下暗红的木质构件上，摇曳、晃漾，貌似单调却变化无穷。这些虚幻的池水的线条，渐渐带我走离现实生活。摇漾的水影奇异地变成了水墨的字迹，浓淡幻化，线条野逸。我似乎已经置身于我所熟悉的几百上千年前的古人之中。他们衣衫飘拂，俯仰清谈，吟诗挥管，纵酒放歌。他们所呼吸的纸与墨的透明空气中，含满了一种经久不散的淡淡酒香。我醉着，虽然，身子仍旧坐在那张小小的黄旧竹椅上。

我始终认为，中国书法，是中国文化真正的秘密信息体。它的形式非常简单：毛笔蘸了墨汁在素白宣纸上运行后遗留的变幻线条，但是，中国书法的内涵又是如此精微深邃：夜与昼，阴与阳，宇宙万物的消与长，乃至心灵的一切微动与剧动，都在无穷变化的墨线中得到喻示、寄托和表达。“言为心声”“字如其人”“胸中不平气，一任笔驰骋”，历代的中国书法，实在就是一部活生生的中国人的心灵历史。读王羲之、欧阳询、苏东坡或郑板桥的手迹文章，一点一横一捺之中，你能如此近距离地触摸到他们心灵的搏跳和生命的体温，而这些，在读他们印刷体的文章时，是绝少能够感知得这样亲切的。

王右军祠南、西、北三面均为石池，由古老水墨精华蕴育而成的满池碧荷，清气勃勃，几欲挤破池栏。翠绿的巨叶和未放的箭花，此时此地又强烈显示着南方文明的精髓：充盈饱满，又灵气往来。

鲜明。洁净。沉重。稳固。远远躲避于现时代生活，兰亭是一座贮存梦境与古老气息的博物馆。坐在王右军祠狭小冷清的后门门槛上，我拍了一张照。兰亭的这种梦境与古老气息，至今珍藏在我书桌的抽屉之中。

鲁迅故地

浓黑的悲凉者与决斗者。鲁迅。

鲁迅，在漆黑的铁屋内痛着清醒。悲凉，内心藏有极大的悲凉却依然决斗，鲁迅，有着“知其不可为而为之”的寒冷与硬骨。

鲁迅从不退隐。他最为典型的精神性表情，是“疾恶如仇”和“深恶痛绝”。“我总要上下四方寻求，得到一种最黑，最黑，最黑的咒文，先来诅咒一切反对白话，妨害白话者。”（《二十四孝图》）类似心情在先生的文字中俯拾皆是。香港有文学史作者据此判断，1936 年的鲁迅之死，是他自己气死了自己。这种说法，只是显示了说者本人在伟人面前理解力的浅俗和内心的卑微。鲁迅对中国漫长历史有着惊人的认识和概括：所谓“乱世”，实则是“想做奴隶而不得的时代”；所谓“太平盛世”，则是“暂时做稳了奴隶的时代”。(《灯下漫笔》) 鲁迅对于“漆黑铁屋”，即身处的、本质上与过去并无差异的“非人”时代，深刻痛恨，而对抽象时代之痛恨，只能落到现实中的某些人事——这就是我对鲁迅“骂人”的理解。从此种意义上讲，尽管被骂者身上可能有着“骂”之外的种种优点或长处，但是，鲁迅仍然是正确的，他无须原谅。

铮铮骨头，在浓黑的夜的液体中决意前行。这是鲁迅。

在绍兴鲁迅故地，我看见的却是一个天真透明的周姓儿童。鲁迅纪念馆的玻璃柜中，有许多这个儿童凝神玩过的玩具：那把有红穗子的微型大刀，是他手制的；各种粗糙却机巧的竹质器物，是闰土的善良父亲送的；还有他心爱的贝壳；还有漂亮的数枚羽毛。在百草园，这个儿童或屏息小心，或欢呼雀跃，这是他用竹筛在捕罩雪地上觅食的鸟雀；在三味书屋，他有时在“先生读书入神的时候”，偷偷地用“荆川纸”描小说上的绣像；有时则乘隙溜出课堂，在书屋后面的一个小园里，俯在地上，“捉了苍蝇喂蚂蚁，静悄悄地没有声音”。一切是如此亲切！这是一个天真的、姓周的透明儿童。

从晶莹纯洁的透明人，到沉重郁厚的社会人——人类社会中几乎所有个体无法避免的带有悲剧意味的宿命转变。然而，从周樟寿到鲁迅，他的这种转变，在我默默的理解中，更多的是一种难以尽言的悲壮与献身。

1997 年 8 月

片段的苏北大海

像是跌碎的长条形玻璃，这条发蓝的河流异常安静地躺在脚前。远处的瑞荣坐在又白又软的河边泥地上，已经支住画架，握起了他的油画大笔。他找到了好画面。河流对面，是几幢用红砖砌成的式样别致的参差小屋，更妙的是，还有一座高高的水塔耸立于后。我只是闲逛。8 月炎夏，上午八九点的阳光已经威猛烫人。四周旷无一人。软白的河边泥地上，长满了茂盛的野花野草。高过人腰的一大丛又一大丛的狗尾巴草，早被热辣辣的阳光烤干了早晨露水。不过，从逆光的角度看过去，沐浴在无边金色里的穗状外形，另有一种朴素的民间美意。大海就在我们身后。磅礴、涩腥、空阔的气息，顽强地透过那高峻堤坝，侵吞并感染着世间一切。我不由自主地披开刺痒的茅草，穿过浓密的小片杂树林，翻上了堤坝。伟大的黄海，一下子，便重新一览无遗地袒露在我的视野之中。

铁锈斑斑的古老吊扇，在低矮闷热光线昏黄的空间里旋响。这是我们住的乡村旅店，最靠近大海的草野中的一排平房。背心短裤的瑞荣已经把他的四张作品钉上了墙壁。《通向大海之路》和《大洋港船闸》是昨天在启东画的；还有就是今天在如东地界上所作的《水塔和红房子》及另一幅《待修或破败的船》。四幅崭新油画上墙，顿时给陈旧房内添了一抹说不出的光彩。把带来的小放音机的音量旋钮拧到最大，流出来的是日本浪漫音乐《海之诗》和随后卡伦·卡朋特的《世界之巅》。摆不脱的城市现代中毒症。关掉！享受自然！用开水把茶缸内早晨抓到的硕大海蟹烫红，蘸醋而分食之。步出门外，暮色已浸蓝海边广阔草地，浸蓝我们所居的平房。脚下草丛内准备饮露睡眠的众多蛤蟆，因我们的出现，纷纷惊跳爬走。

“大地撼动，摇篮里的夜晚哭泣不止。”这是后来自己所写诗歌中的一句。农历七月十五之夜，我们第一次领略到如此壮阔且令人惊恐的大海共鸣。我们成了声音狂风中的两片树叶，似乎随时都有被吹逝天外的可能。我们不自觉地踏紧堤上的土地。潮水开始时从遥远的海平线涌来，如密集的箭雨，勇往直前毫不犹豫没有一丝停顿或退缩。越来越近，越来越响，越来越猛。“轰！”它终于撞到筑成海坝的坚硬岩石了。浪花卷起千堆雪，声音响成万朵雷。是的，整座大海此时宛如一头疯狂的野兽，在浓重的夜色中，高高扬起白亮的巨唇和牙齿，它欲想咬啮、消灭着一切！人是多么渺小，面对这不可一世的大海；人又是多么伟大，因为人能君临、俯视、审察着大海咆哮的全部！“秋风萧瑟，洪波涌起。日月之行，若出其中；星汉灿烂，若出其里。”我怎么又想起了曹孟德的横空壮句？

第二天我们起得很早。潮水一退数千米。昨夜由冥冥力量牵引而至的巨量海水，重又躲到哪儿去了？神秘。大海，也由发怒暴跳的关东猛汉变成了现在清凉新鲜的南方少女。低洼处积满镜子般海水的滩涂上，歇满有细细长脚的各种涉禽。泥滩涂异常坚实。拖拉机像笨拙的甲虫，“突突突”地爬向泊在远处的渔船，在早晨初升的太阳下，发出古怪微薄的红光。堤坝高处的岩石上也满是深深的水渍。我们细细分辨着水痕与干燥处的分界线，仿佛是公正谨严的裁判，在为过去某一时刻大海跳高的迷人成绩做着记录。

雨后寂静的乡村柏油公路，在海边农田和大片浓绿的树林中间伸向远方。我们在等待离开这里的早班汽车。一个穿胶鞋的当地少年，提着一只沉重的黄色背包，站在闪烁潮湿、满是绿意的黑柏油路旁。少年也在等车。怀斯。目睹此境此人，我们看到了我们共同热爱的那位美国乡村画家曾经展示过的画面。缀挂晶莹水珠的蓝色长途汽车，终于从遥远的路尽头驶到身旁。我们和穿胶鞋、提黄色背包的少年一起，爬上了汽车。

1993 年 6 月

徽地

（皖南的色彩、记忆或幻象）

向伟大、灵痛的《楚辞》传统表达爱意

A

貌似凝固的红壤激流，在浊夜长江与蓝铁般东海所夹的狭长地带上，回旋，奔溅，沉默咆哮。像激越的低音，又像饱蘸浓彩的画笔的疯狂挥刷。红壤：山峦丘陵涧谷以及其间小块的平地，被旺盛无际的松杉、青竹、溪水和稻禾恣意覆拥柔情抚慰，但仍然止不住奔撞咆哮的激情本性——我倾听着——一种属于汉语世界的、来自底层的激烈声音。在旅行携带的简易地图册上，在我想象的视野里，东南中国的红壤激流已经形成了汹涌旋涡。红色的、土壤的、劲猛的旋流，搓揉着，翻卷着，如下物质被它粉碎、灭亡、融合或再次诞生：四蹄朝天的耕牛（像夏加尔的梦幻图画）。青亮的村落。扛着锄头吸着劣质纸烟的步行农民。巨大铁锅。马匹。各种科属碧绿闪光的植被。高高的灰白马头墙。大肚子的孕妇。费力驶过涧滩的喷烟手扶拖拉机。古老的雕花的床。短矮的砖砌烟囱。星群。猪。甚至，还有鲜红的日出……搓揉着，翻卷着，在红色的、土壤的、劲猛的、东南中国的旋流里。一种壮美，一种，无法抗拒的命运，你们，有没有目睹？

B

灰旧的县城之夜存在着提醒和象征。从黟县山坡上的旅馆，走到横贯县城的大河岸边，人有一种持续下坠的感觉。稀稀落落的纵横电线是无处不在的工业蜘蛛在空中结网。数根歪斜水泥电线杆的顶端，孤单地悬挂着低暗昏灯。山间的熄灭了的古老市声。无助。下坡的街道即使狭窄，但也因为此刻荒凉少人而显得如此空旷。有着斑驳色泽的沿街屋门（店门）大多紧闭。似乎只有一家私人烟酒店还在坚持朝外倾泼着含混的商业灯火——门口的竹片床上摆放着花花绿绿粗陋包装的各色食品，老板枯坐在小木凳上守株待兔（返回时我们在此买了两捆沾满灰土、用化学彩带包扎的1元2角一瓶的地产啤酒）。用白石灰刷在墙上的性病或农肥广告，像缺血的铁青人脸。一只狗耷拉着尾巴，穿过街道踱进阴影浓深的小巷。低暗的光线。吐散成雾状的夜的微黄粉尘。一间新造的骄傲平房灰头垢面，突兀于道旁（是整个南方地区最无个性的那种，完全丧失了徽派灵挺的气度），这将是又一家卖秤砣状酱褐干豆腐的生意平淡的饮食坊？坡街左侧的那家生面店也未插满门板，一家三口围在肮脏的灯泡下吃迟了的晚餐。桌子以及头上沾满白粉的年轻男主人旁边，是山丘般堆了半屋子的白口袋面粉。这是他们的面粉生涯，长年累月，热爱，或者是必须忍受。漫长空洞的坡街走完，一条有打灯汽车来往驶过的低地主干道横在眼前，与坡街正好形成一个“丁”字。近在咫尺，与此主干道平行的，就是我们走达的夜色里的黟县大河。平静，没有船队，只有些微的黑漆般的闪光。属于皖南的流经一个古老县城的疲惫夜河。初夏夜风带来干燥、暧昧和陌生的异乡气息。在岸边坐下，可以看见坡街与干道的“丁”字路口，那座招待所模样的建筑物正张开着黑洞洞的寂静大口（里面有隐约的暗红与幽蓝）。高高的门楣上，刻制粗糙的猩红（在灰尘夜色里像涂抹的血）工艺字庞大，呈现着某种力量无比强大的俗世的狰狞和召唤：“舞厅。卡拉OK。”

C

南唐后主李煜（937—978）深重幽远的金陵寝宫内，浸润着纸的巨大幻影和一阵阵由纸晃漾开来的柔和雪光。他所热爱的纸，“黟川雪”（一次酒后的得意命名），又名澄心堂纸，产自他的国度南部一个叫作“纸槽”的群山间的小小村落。宁寂洁白的纸，成叠成叠地静置于宽大精致的红木格子之中，使他朱颜华美的寝宫生出一种异样的凉寒（这种凉寒混杂着枫、竹、清绝女性和皖地溪涧的原生气味）。肉艳的盛宴之后，嗜于文艺的国主喜欢这种凉寒。如梦如幻脂拥酒溢的他需要偶尔的静醒作为调剂。欢歌酣饮通宵达旦，红日已透三丈高的时候，他总是不愿夜的离去，他拒绝现实白昼的耀眼降临。厚重彩绘的帷幕遮住了宫廷所有的铜门和画窗。去，美丽的炉内再去添进香兽（炭屑为末，杂以香料，形为各种兽状的特制燃料）。红锦织成的地毯凌乱不堪，娇喘的秦淮佳人们金钗滑落、醉拈花嗅，她们旋转近乎疯狂的舞步已经使珍贵的锦毯打满了散发酒味的皱褶。……李煜终于累了。他回到了晃漾着如雪纸影的安静寝宫。他依然不想睡去。在宽阔稳固、桌腿雕有虎头的光可鉴人的画案上，他铺出了一张柔韧细腻、光滑吸墨的“黟川雪”——此失传之纸以精选的皖南竹子、树皮为原料，经数十道工序精制而成。清同治《黟县志》载，自南唐始，“黟产多良纸，有澄心、凝霜之号。长者五十尺，自首至尾匀薄如一”。逸事：北宋诗人梅尧臣接到好友欧阳修所赠“黟川雪”时，曾喜极而赞曰：“滑如春冰密如茧。”——李煜依然回味着昨晚的恣情狂欢。摆好沉甸甸、冬温夏凉的琥珀镇纸，将手中的金管狼毫在祥云状的漆黑歙砚内微舔一舔，春冰密茧似的那张“黟川雪”上，便留下了如许含香的秀洁墨迹：“晚妆初了明肌雪，春殿嫔娥鱼贯列。笙箫吹断水云间，重按霓裳歌遍彻。临风谁更飘香屑，醉拍阑干情味切。归时休放烛花红，待踏马蹄清夜月。”

D

原木。粗大、新鲜，并且是呼吸着的百年或千年原木，通过锋利饥渴的金属器具（砍、锯、削、刨），成为符合意愿的柱、板、梁、檩；模子内的泥土压挤紧密，它们必须经由窑焰烧炙，再行水磨，才会变成敲之有声的沉青大砖；还有岩石，开采出山，同样承受着人类火星的叮当凿声。木头。青砖。岩石……当地的建筑材料……垒砌、构架、隔造、覆盖……南方独特的隐秘空间由此诞生（供人居住、贮物、生育、忍受或等待无法避免的死亡）。而数个、十数个、数十个、成百上千个这样的隐秘空间（挺立着高高的马头状的防火墙）参差聚集，便成为我在安徽南部的连绵青山和涧水（即使夜里也会潺潺发亮）间所目睹并且深入的迷宫村落。单独的隐秘空间首先是美的，南方人精致坚利的审美牙齿咬琢进而赋予了这些木头青砖岩石以酷肖的生命。建筑内部的躯体上，于是长满了花草，歇满了鸟兽。一根木头的表面，一百个童子嬉戏扑闹；一块青砖的内部，琴棋书画的古人彬彬有礼。然而，只要稍稍静立宅内，你就会深切地感到，这种喧腾的制造之美，仍然无法抑住整个隐秘空间所韧渗出来的对于岁月的忍等和某种妇女的内心绝望。高墙。厚门。暗室。沉重的包着铜皮的门闩。远行的商夫。凄凉的床。棺材样漏进天井的苍白之光。阴湿而又漫长的徽地雨季，四角注下的檐水像悲伤而又单调的弱亮音乐。中堂下暗漆长台上的瓷质祭盘里，一块粉红色的米糕，生出了白绿的霉丝。我仿佛见过、一再重显的还有这样一个场景：积雪未消的清晨，红袄已经变旧的那个 18 岁的病色少妇，从天井上空掠过的第一声燕子鸣叫中，恍然知道，一个新的，但不会有什么改变的春天，又已经来临了。

E

1.“黟县小桃源，烟霞百里间。地多灵草木，人尚古衣冠。”（李白《小桃源》）烟霞：清凉、甘甜，淡淡的微蓝和绯红是犹如仙幻之境的自然之气，在黎明低低的山谷和村庄间缭绕；草木是“灵”的，正午灵异草木的浓荫，像大地上一潭潭洁净的清泉。文字是这样神奇，因为一首 20 字小诗的存留，使我清楚地获悉“俊发豪放”的李白（701—762）——那个仗剑漫游过蜀中、峡江、中原、齐鲁、燕赵的白色身影，在 1200 多年前，也曾在这儿的山间闪现（白色身影的、速度缓慢的闪现）。捧一口山泉饮下继而濯洗手脸，这位“飘然思不群”的中国诗人在此遭遇过什么？一个扎着辫子、声音清脆的松下女童？一位身手敏捷着古衣冠的道骨樵翁（他们后来在星空下的茅屋就着村醪开怀痛饮）？ 2. 桐城人姚鼐（1732—1815）在古徽州海洋般起伏的山岭间行走时记下的一句感受，我认为是伟大的诗句——“雨歇群山响”——多么准确、淋漓而又含蕴丰富。我甚至愿意成为一回姚鼐的器官，以此来感受当时写下诗句时他的耳朵和耳朵边的大脑。一场春天的急雨刚刚停歇，原先寂静的群山新鲜地沸腾起来：数不清的或细或粗的石上亮水（闪着光），漫散着朝深绿的低处喧响奔泻；所有的鸟雀昆虫扑腾翅膀、伸展肢体，迫不及待地在雨后阳光的枝叶间穿梭飞行，吐溅出小小胸腔内积聚的滴翠声音；吸足了汁液的苍老藤蔓竞相攀缘；刚绽出嫩叶的亿万木竹，则在峰顶、谷间和坡上拥挤着“嚓嚓”向上生长；红色的山土也张开了蜂窝般的密集小嘴（“浸渗”），哦，那欢愉的抽饮之声，那甘凉似乳的春、天、雨、水……“雨歇群山响”，姚鼐行旅中记下的 5 个汉字，如此朴素，却潜藏了那么一场磅礴、清新的生命交响。

F

（西递）一块嘈杂的伤疤。

一块嘈杂的伤疤，红热、丑陋，异样在青山绿水间（西递）。

（西递）民居狭挤。阳光灿烂。人心激荡。

脆响的纸币诱舞，其影媚幻（西递）。

（西递）快点，将灵魂多余的纯朴割去，锋利的纸币！

到处是幌子和摊子，遍地在叫着和卖着（西递）。

（西递）“独一无二的歙砚，200 元！”

“举世无双的美玉，800 元！”（西递）

（西递）“先生，看看我家祖传的木雕，价钱好商量！”

“小姐，这么美的水牛角，送人正合适！”（西递）

（西递）孩子奔跑着（在巷内）拉住你的裤腿。

妇女冲出来（从家中）兜售她的玉链（西递）。

（西递）如煮、如沸，20 世纪的经济铁汁于睡梦里仍然啸叫。

嘈杂、灼腐，1999 的商业山村在旅游中美胜“三雕”（西递）。

（砖雕、木雕、石雕，并称为皖南著名的“三雕”。）

G

皖南若干地名的词语想象。【岩寺】岩石与寺。高筑于山岩之上的宗教建筑？用方整、粗糙的岩石砌成于山间平地的素朴之寺？或者，就是一个与实际之寺无关、无法考究其来源的普通地名？我愿意想象的是寺，山岩或平地之上的岩石之寺。庞大、坚固、深远，呈现为灰白色的古老质感（被年久的月光和日色冲刷而成）。洁净是它的首要属性：一瓣野艳的山间桃花，由风携带，歇落于寺内灰白的粗岩地面之上——红尘之外的美也是让人心跳；其次是沉静：4月阳光正午，一只孤独胡蜂的"嗡嗡"声，便成为弥漫全寺的宏大钟鼓。【茶行街】谷雨前后的陈旧街道溢满青涩激烈的茶的气息。成担成筐的鲜叶，在午夜和黎明的灼烫铁锅内，被无数的手翻炒（坚茧涩黑的工具之手）。翻卷、束紧……植物的新叶……黑暗与集体之中生命忍耐的舞蹈……火焰的铁锅之内。茶气青涩激烈。门罩的砖雕、幽暗的阁楼、碗橱、开裂的高大木柱、黑腻石础、空荡的卧室、竹刀、少女的面颊……被雨一样激烈青涩的旧街茶气熏浸。在塞满楼屋、尚未外运的纸袋和铁罐（装满了条索紧密的透香新茶）中间，暂歇的人们进食米饭，上辈人传下的瓷碗里，散发青涩茶香的雪白米饭。【十三间楼】曲折精致的狭巷；侧门与后门；或高或低过巷的凌空骑楼；很小的窗；无处不达的隐秘水圳；复杂延伸的楼梯……所有这些部件，将貌似独立的十三间木楼抱为整体，成为一处迷宫式的山间村落。阳光及其青色南屏（南面群山）的背景之上，漆刷桐油的木头村落向外界反射着金黄耀目的光泽。就近细观，那些褐黑的瘤痕和节疤，像停歇在金黄木头上的一只只异美蝴蝶。水圳，用精细石块砌成的或隐蔽或暴露的水渠，通向每一户人家阴凉的室内。灵活的渠水潺潺寂寞，一片写有文字的树叶，一只盛载纸条的浮碗，神秘的水圳又成为村落消息的输送器。雏桃和桑叶的巨大绿影，每天有规律地缓缓移过十三间楼的窗棂和楼脊——这是另一种时钟，低头生活的人一般不去目睹的一种时钟。

H

练江之上县城（远处俯观：火柴盒似的房舍集聚于碧青的群山之间）的燠热夏夜。离开花绿挤杂的商业中心，是石头僻巷中的“打箍井饭店”。朦胧暮色里，首先进入的是油腻并散着稀落桌椅的水泥厅堂。请上楼。请上楼。由曲折驳蚀的水泥楼梯上它的二楼。狭小的室。阴湿的体液之味，亮起的室内光线是极其暗淡、复杂的肮脏口红基调。打开窗，很小，根本无风进来。很闷很热。阴暗室角的木柜上搁着电视机。边上的电视柜上是影碟机。散乱的几张有裸胸封套的歌曲碟片，令人想起某种异样的不洁。可以扭动的木凳。临时架起的灰腻圆桌。暗红光线里白衬衫起皱的女性服务员忙碌地找杯子找餐巾纸添凳子拿热水瓶。狭小的室。突然来临的挤坐于此等待晚餐的我们。似乎越来越暗的夜室内，拙劣的墙色奇怪地增进着人等待的食欲。冒着热气的酱色猪肠。肉。乌黑的过熟的空心菜。大盆的汤。很辣的弥漫红色的什么菜。用生锈的扳头开瓶。啤酒爆起的白沫在幽暗红光中从瓶口溢至桌面，像极了一件达达的艺术品。堆着笑容的饭店老板前来敬烟（为他突然降临的生意）。免费奉送一盘蔬菜。不间断地举筷，举杯。模糊的光线正好掩盖了饥饿进食者在异性面前的瞬时狼狈。灯火光明的隔壁的墨林先生拎着酒瓶也加入进幽暗的我们，他与座中的每一位碰杯痛饮。迟缓的晚餐。争取着添酒。虚幻的夜。已然塞饱的肠胃不断灌进冰凉液体，这是与环境相符的某种昏暗里的热烈。夜。时代的一个夜晚。如此真实。

I

在歙县城外的鱼梁坝，我被脚底、眼前无数坝的元素——一块块长方体的粗重条石深深震撼。浑朴、雄野的鱼脊状石坝，始建于隋朝（581—618）。自隋至今，贯穿了唐、宋、元、明、清的滔滔山间滩水，依然在冲激着垒坝的万千石块。夏季的丰水期尚未到来，大片的白花花的互相勾连的粗重条石，此刻突兀地裸露于视野之中，令人有片刻的晕眩感觉。条石的古老或新鲜，全由流水（流水，在此等同于时间）留在其上的激刷印痕给予显示。筑于坝面的石块应该是属于后来添修的，石块表面，布满着低浅柔软的水流之痕；而在石坝底部见到的一块，则给了我极度震惊：那块原本是长方体的粗重条石，竟被百千年的流水拧成了很细很细的麻花形状！流水（时间）温柔细腻的表征之下，原来是如此的狰狞、无情与强大。我感到了内在的恐惧。目睹兴亡，经受冲刷，浑朴古老的石坝在宽阔的滩水之上仍然雄野矗立。“时间，多么伟大的雕刻家！”是的，尤瑟纳尔的这一由衷感慨，人们可以在鱼梁坝裸呈的一件件无与伦比惊心动魄的天然艺术品中，得到需要的例证。

J

在多产黑石的古徽地，我所遭遇的几个自然场景我觉得有必要记下。山顶的星空：露水里敲散的碎冰，旋转，纯蓝而洁净地燃烧，在夜的山顶，那宁静拥挤的光芒，夹杂不断坠落下来的甜蜜又清澈的碰撞之音。擦着村舍的白云：浓卷、悠闲，是三两轻盈若飘的绵羊，从南面青色山冈的那边翻过来，在房顶湛蓝的大海里缓慢饮水。红月亮：在溪滩上散坐的夜晚，偶然间回头，就看见了古朴石桥墩间静静的一轮红月，羞涩、内倾，却又不可避免地只好显现——大地山川那一刻强烈散发出的东方古典女性意味，美得令我心痛。还有废宅：庭院石板间疯长的绿草茎上的簇簇黄花，花色耀眼；尚未坍倒的庭中木柱之上筑有燕窠，两只新燕在其侧呢喃飞翔……20 世纪 90 年代的古徽地，像一尊倒卧的辉煌石像，正日迫一日地渐渐没于有形或无形的尘沙之内。而我所遭遇并在此记下的星空、云朵、红月亮以及有黄花新燕的徽式废宅，正是它尚未埋灭的若干局部和依稀轮廓。我想在我的纸上保存它们。也许，时代转迁，世象改变，今后的人们可以“完全舒适”地生活在全部封闭的物质环境之中，但是，应该总有不甘“舒适”的某部分人类在吧。我存有这样的奢想，通过我纸上的这些片段记录，未来的这部分人类也许能够想象并去追溯这片地域，甚至是我们居住的这个星球昔日曾经存在过的、另一类型的伟大的美。

1999 年 7 月

海子家乡：黄昏和夜晚

山坡上伏着安静的儿子

——海子（1964—1989）《给母亲·云》

亚欧大陆东部，太平洋西岸，属于中国南方农村的腹地。幼嫩的黑松林，稀疏地散站于低缓的丘冈之上，其间的空隙，填满了暮色，浓烈如血的中国南方的暮色。无声漫流的血暮，似乎已经凝固、冷却。世界一片静寂，遗忘并且肃穆的静寂。只在伸于空中的松枝梢端，凝神寂听，才会感到丝缕裂帛或断弦的邈远、激烈之音。生长黑松的朝南坡地上，你会发现石碑，以及石碑之后泥石砌筑的一圈圆坟——这里，就是海子的最后居所。

是有坡度的安庆城中的一条僻静小弄，西围墙 2 号，安徽安庆日报社所在地。安庆日报社似乎为建于 20 世纪 70 年代的低矮、灰青老楼。楼道不大敞亮，每层的厕所就建在楼梯的折弯处。楼梯口左拐的一个小房间内，是副刊部。铺天盖地的（感觉上）过期报纸和废旧来稿（待用或不用）几乎淹没房内的三张老式暗红办公木桌。主人沈天鸿从杂乱汉字和纸张逼人的氛围中站起来，热情欢迎我们的来到。20 世纪 50 年代出生的天鸿兄戴眼镜，身材魁梧，但头发间已夹有根根星雪。天鸿老家在长江边潮湿的望江县，他早年历过艰难，安徽师大毕业，诗、散文、理论三轮常转，目前主持报社的副刊。和天鸿兄通信经年，见面却是初次。在副刊部聊了一会儿，其间天鸿起身接打了几个电话（蒙尘的电话机放在门口的壁洞内）。午饭时间临近，大家遂到报社附近一家新开的火锅店吃饭。座中主人方面是天鸿以及安庆青年诗人李凯霆、冯进进和天鸿同事张明润，其余就是我们一行：墨林师、金山、昕晨和我。席间自然谈到海子。天鸿和海子相知甚深，他们同是安庆老乡，天鸿是望江人，海子是安庆下辖的怀宁县人；海子 16 岁考取北京大学后，在往返北京和故乡途中，经常在安庆城中的天鸿家“中转”。天鸿介绍，海子在乎别人对他诗的看法，某年从四川旅行回来，他非常痛苦，因为旅途中他所遇到的几位自傲的川中诗人对他的诗进行了贬损。尽管天鸿劝他，你的短诗的价值是没有人可以抹杀的，但海子还是痛苦不堪。海子还善饮，一次在天鸿家，海子一人喝光了一瓶白酒，陪着的天鸿问是否还喝，海子说，你又不喝，我一人喝有什么意思！天鸿最后一次收到的海子来信，极其简短，大意是：沈天鸿我还活着你呢？没有分行，连成一句。当时天鸿没有在意，因为手头事务忙杂，也未回信，过后思想，实际此信中已经透露了某些出事的丝缕信息，为此，天鸿自感憾恨。李凯霆则强调，海子之死的本质原因跟他特别浓重的自卑心理有关："这种自卑心理的形成，有着多种复杂的原因。"

安庆城郊。那辆从露天采石场和烟囱水泥厂共同制造的狰狞磅礴尘雾里（中国新文化运动开创者之一的陈独秀墓，就在这尘雾一侧）钻出的红色出租车，现在载着我们四人，吱吱嘎嘎地驶向海子家乡：安徽省怀宁县高河镇查湾。报废出租车所走的是连接安庆和合肥的干线公路，虽然宽阔，但由于半幅正在摊浇水泥，加之来往车辆众多，因此显得杂乱拥挤。穿越起伏的深秋田地和若干疏落的街市，约50分钟，到达高河。这是一座新旧店铺杂置、热闹而又粗放的农村型集镇，据说怀宁县城刚刚搬迁来此。停车，到路边烟酒食品店买东西，顺便问路。"请问到查湾怎么走？"店主是一位年轻女性，听问查湾，很是热情："我老家就是查湾的，你们去找谁？""查海生（海子原名）家，你知道吗？""查海生，知道，知道，他现在出名了……

往前再左拐，车子差不多10分钟就能到了。”“谢谢！”抱了东西，上车，蜗牛爬行一样移过一段摊贩林立的窄街，出镇——查湾的气息，海子诗篇中浓郁而又强烈的中国南方村庄的气息，便一下子浮满于我们的感觉器官。

狭窄、略微起伏的乡野柏油村路盛满寂寞。除了我们之外，再没有其他人车。村路两旁，已显高大的树木枝柯交接，将清亮的阴影投布下来。不规则的旷野田地里，稻子已经收割，只留下稀落的草垛，孤独地蹲立在深秋静极的天空下。“荒凉”，海子诗中这个一再出现的主题意象，这个汉语的词，在那一刻，我得到了理解：荒，这是极度疲惫的丰收之后大地呈现的内心容貌；凉，则是指温度，汹涌粮食的火焰被苦难的人类一一取走，奉献之后的大地，因此渐渐丧失原初的体温。此刻的天空，还有大地上低矮的村庄，是如此酷肖海子的诗句：“黄昏常存弧形的天空 / 让大地上布满哀伤的村庄。”（《五月的麦地》）深秋寂冷的黄昏，我们抵达了海子真实生活过的南方村庄——查湾。

正如李凯霆介绍的那样，在查湾村口，我们看见一座两层平顶的房子，底下一层，是开的小店。房子旁边长满枯干蒿草的荒地上，一位又瘦又小的老年妇女正拿一只缺口的红塑料桶，在收着晾晒在圆竹匾里的面粉。我们在房前站定，问从里面走出来的一位男性老者："这儿是查海生家吗？" 老者指着地里收面粉的老年妇女，非常热诚地告诉我们："她就是查海生的妈。"（这个老者是来小店买东西的村民。）海子母亲见状，顾不得手中的活计，有些慌乱地赶紧从低处的荒地爬上来，要我们进屋坐。房子的地基建得很高，踏几级台阶（水泥台阶旁散落一摊新鲜翠绿的雪里蕻菜），我们进屋。屋内的一半空间是由一截简陋的玻璃柜台隔出的烟酒杂货店区域，卖些肥皂粉、白糖、盐、卫生纸等村民日常用品以及包装粗糙的旺旺雪饼之类的孩子零食。这间堂屋最引人注目的，是正对大门靠墙处的两排满满的书架。走近一看，才知全部是海子遗留下来的藏书（这些由北方运回、被翻动阅读过的书籍间，一股剧烈的海子气息，扑面袭来）。我现在脑中有印象的有《川端康成小说选》、两本完全相同的《沈从文小说选》以及《外国文艺》《伟大的嘉宝》和古罗马塔西佗的历史学著作等。海子母亲极其瘦弱，深蓝衣裤的身上，沾满了白色面粉。不善言辞的她让我们坐下，要去倒水。没说几句，牵着一头黄牛的海子父亲回来了。背已微驼、头发斑白的海子父亲同样很瘦，不多说话，迟缓的动作显出业已来临的衰老。时候不早，我们提出能否到海子墓地去看看。海子父亲点头。叫查谋的海子小侄子，跟着大人们，不声不响也跑出了家门。

早在1986年以前的诗篇中，海子就给自己的艺术生涯编织了浓重的死亡阴影。有关死亡字眼的句子在他诗中比比皆是："我请求/在夜里死去/……/我请求在早上/你碰见/埋我的人"（《我请求：雨》）；"迎着墓地/肉体美丽"（《肉体》）；"伏在一具斧子上/像伏在一具琴上"（《自杀者之歌》）；"黎明以前的深水杀死了我"（《黎明》）；"你凋零的棺木像一盘美丽的/棋局"（《给萨福》）；"一切死于中途，在远离故乡的小镇上"（《泪水》）；"在七月我总能突然回到荒凉/……/我戴上帽子　穿上泳衣　安静地死亡"（《七月的大海》）；"黄昏我梦见我的死亡"（《给B的生日》）；"当我没有希望/坐在一束麦子上回家/请整理好我那零乱的骨头/放入那暗红色的小木柜，带回它/像带回你们富裕的嫁妆"（《莫扎特在〈安魂曲〉中说》）……艺术领域的倾诉最终竟然成了现实生活的谶语，令人痛惜！海子虽然已经不在，但我仍然要说，纵然有一千个一万个理由，但因为父母，你还是不应该选择"伏在一具斧子上"！见海子的父母（就像所有默默忍受、默默生活的底层父母一样），内心禁不住涌起阵阵难以言说的悲伤。尤其是这对失去了儿子的父母的眼神，烙痛人心。一生田野繁重劳碌而显混浊的目光里，现在是绝望，是长久剧痛之后反而显露出的一种麻木和绝望的平静，他们似乎已经无所祈求，只是在默默等待着自己未完的余生。

隐约弥漫“树木损伤的香味”的天色，模糊了秋天村庄的屋顶。海子墓在村外的“自留山”上，步行需 10 多分钟。这儿系低缓的丘陵地貌，跨过一条很深的沟渠，便出了村子，眼前展现的是宛若盆地的一大片低处的空旷稻田，而稻田对面，又是起伏的长满松林的丘冈。浓暮里，脖间套了弹弓的小查谋，在海子父亲沉默的身前身后，像一只欢快的小狗，来回奔走。走过散落草垛的稻田，我们重又爬上高处的圩埂。遗有新鲜牛粪的圩埂两旁，是簇簇茂盛的黄色野菊花和丛丛高大茁壮的岸荻。松林丘冈的边沿，有两个很大的水塘，清澈、安详、灵异，在反射着最后的天光。红壤冈上遍种的黑松虽然高矮不一，但棵棵生机盎然。海子父亲在前头引路，穿行于松林之间，没有人说话。到了。在面向水塘、稻田和故乡村庄的高处坡上，我们看见了海子的墓地。松林间空地上的墓十分简陋，水泥涂缝的黄石砌成一圈，中间，是用土堆起的弧形坟顶，上面，已经长起了稀疏的山草；坟前石碑的两侧，各栽有一棵塔形的柏树（据说为安庆师范的师生所植）；引人注意的，是海子生前从西藏带回的两块佛像石，也被砌进了墓石——这是海子父亲的意见。1989 年海子骨灰从北京运回后，按照家乡风俗，先裸置 5 年，到 1994 年落葬入土。在墓碑前，我们还看到一束枯干的野菊，海子父亲说，这是一个多月前，几个外地来的女孩送的。郑重地点燃一支香烟，祭上，代表我们自己，也代表未能来到墓前的热爱海子诗歌的朋友，深深鞠躬：长眠于故乡的海子，现在你可以安息。

亮起的日光灯将乡村的黑暗驱赶在门外。我们重又回到室内。海子母亲已经在白茶杯里给我们倒上了水。海子的三个侄子，安静地在开小店的堂屋里起劲嬉玩。海子父亲查正全，今年68岁，母亲操彩竹，也已66岁。他们介绍，海子兄弟4人，二弟查曙明，三弟查舜臣，四弟查舜君，他们现在已经全部成家生子，所以海子有三个侄子（都已是上小学的年龄）、一个侄女（四弟夫妇所生，4个月大）；开小店的这间平顶两层房为四弟夫妇所居，系用海子诗集的稿费建成，二弟、三弟家在村中另有住处；目前二弟、三弟两对夫妇在广东打工，孩子留在家里，由他们负责帮带；……正说着，屋外出现摩托车的灯光和声响，是海子的四弟查舜君回来了。原来这几天他妻子领女儿住娘家，趁着空，他便每天骑摩托车（海子父亲告诉我们，这车是结婚时女方陪过来的嫁妆）出去，用自制的霰弹猎枪打野味，卖出以贴补家用。查舜君是一个善良但又干练的小伙子，跟我们热情地打过招呼后，悄悄地、喜滋滋地从挎在身上的包里向父母掏出猎物，说今天打到了10只野鸽子。海子父母和舜君一定要留我们在他们家过夜，说曙明、舜臣家的房子都空着，是肯定能住的。但为了不添麻烦，也为了避免过多谈论海子而搅动老人们已经平息的伤痛（舜君无意中说到，每次外面有人来，他母亲都要头晕好几天），我们婉谢了他们的好意，准备回高河镇住旅店。

舜君送我们。乡村寒意的秋夜没有星星，所以看不到海子诗中曾描述过的“把星空烧成粗糙的河流”那样的凡·高式画面。颠簸的“三卡”在秋夜里游泳，深秋乡村无边的夜气，夹带着稻草、露水、远处零星灯火和“又苦又香”的百姓屋顶的味道，向我们袭来——这是海子曾经和现在嗅着的气息。高河很快就到了。我们找旅店住下之后，便寻一家尚未关门的饭铺，和舜君一起吃晚饭（其间，他将今天的猎物送去了他熟悉的买家，10 只野鸽子卖了 20 多块钱）。吃饭的时候，舜君向我们谈了许多有关他哥海子的事。1. 海子虚岁 6 岁上查湾小学，初、高中均在镇上的高河中学就读。在高河读书是寄宿，因为个子小，每次天冷要带被子时，总是将被子顶在头顶走去学校。2. 小学、中学时代的海子是地方上闻名的神童，16 岁高考时以安庆地区最优秀的成绩，被北大录取。3. 在北大就读时寒暑假都回家，毕业到中国政法大学工作后，暑假基本不回家，只在寒假时回来过春节。4. 冬天在家时，喜欢坐在被窝里埋头写东西。5. 有一次过年哥俩到亲戚家喝酒，都喝醉了，回家时双双跌入村边的深沟里（“故乡的夜晚醉倒在地 / 在蓝色的月光下 / 飞翔

的是我 / 感觉到心脏，一颗光芒四射的星辰”——《醉卧故乡》）。6. 没有寄多少钱回家。“因为我哥他要买书，又经常要出去。”舜君说。7. 海子对父母很孝顺。（海子有许多诗写到母亲，朴素又非常动人：“村庄里住着 / 母亲和儿子 / 儿子静静地长大 / 母亲静静地注视”“你的母亲是樱桃 / 我的母亲是血泪”“母亲 / 老了，垂下白发 / 母亲你去休息吧”“妈妈又坐在家乡的矮凳子上想我 / 那一只凳子仿佛是我积雪的屋顶”等等。）工作之后，特地带母亲到北京玩过一次。8. 舜君亲眼看到他哥写的一首诗是《怅望祁连》。……夜已渐深，在高河的街头，告别之后，舜君的身影渐渐没入远处的黑暗。

千古黑夜。痛苦死亡连接着艰难生育的底层南方，又一次沉入大海般浓重但是寂寞的黑夜之中。“百姓一万倍痛感黑夜来临”——是如此锥入骨髓的中国乡村感受！但是，人们必须忍耐和坚持，因为在神示的梦境中，我们目睹到希望，我们看见，那位如绚烂熔岩般喷吐诗篇的天才少年诗人正在诉说并且呈示：

“我全身的黑暗因太阳升起而解除”（海子《日出》）。

2000 年 11 月—12 月

私人金陵

【质感】冰凉光滑。四周遥不可及的深渊布满妩媚和诱惑，但实际，仍是拒绝的冰凉和光滑。银色金属的笼子，在夜色璀璨楼厦的隐秘胃管内升降，停顿一刻，吞入或吐出闭紧嘴唇的衣冠动物。方格金属的银色壁面。互不相识的男女。瘦削模糊的脸或花瓣似的口形杳隐在妩媚、诱惑的深渊更深处。虚无主义的空间其实逼仄。她。他。她们。他们。偶聚者总在不自觉地避开对方热热的呼吸和复杂体气，谨慎地注视自己短暂浮上的片段心事（谁在渴望热辣辣的目光？）。银色笼子在午夜多半空荡，那时她就如焦躁的母豹或虎，在摩擦星空的胃管顶部与寂静无声的地下车库之间来回逡巡，她迫切地寻求着填充。她饿。冰凉光滑的肌肤，激情难抑的内里。封闭、诱惑。这是多么难得的故事发生地。剃刀边缘的锋芒脆雪一样闪亮。喷血。

诱惑深渊内法国女人的疯狂喘息。索尔·贝娄甚至把洪堡的死也安排在了这银色笼子："他打算下楼去倒垃圾，就在电梯上心脏病猝然发作，全身靠在配电盘上，身子压到所有的电钮上，报警按钮也触动了，电梯门开了，于是他栽倒在走廊上。"（《洪堡的礼物》第19页到20页）

【宁海路浓暮】沉暗历史积淀下来的浮艳奢华此刻在浓暮宁海路旁的一只大铁锅内翻炒。空气内爆满浓烈的民间饮食气息。"金陵王气黯然收"。黯然。所有的一切在时间漫漫的旅程中重又复归黯然。蒙尘、驳杂却生欲极盛极浓的底层。南货铺。金黄面包房。热气腾腾的馒头店。低头臃肿的中年妇女在红焰的炭火前，正用一把生锈的铁剪在麻利地剪她的红辣椒。鲜红的辣皮、白色的椒籽像雨一样落下，被剪断的辣椒已经积至焦黑色铝锅的口沿。这些作为调味的灼烈果实将拌着红汤的面条或酱褐的米线鸭血汤，最终进入这座古老都城居民的胃部。它们将是庸常岁月中真正的火，是洗脚后冰冷睡床上滚烫的梦。水果摊平常而拥挤。锅贴则是艺术，与浅平锅底接触的部位焦黄，在夜暮中滋滋响着热油的声音，我懂得它们会带给舌头的美好感觉。被两侧店铺灯光泼洒的狭窄路上人脸匆忙而模糊。蜗牛似的出租车顶着前面的一只肥胖屁股无法动弹。一个光头穿皮夹克的汉子（"山上"下来的？），肆无忌惮地站在人车昏暗的路心，指挥着两个民工模样的小伙将一张丑陋风干的狗熊皮挂上灯光雪亮的橱窗内侧；熊皮边上，是美女，一张风情万种性感无比的三点美女的招贴画——这是明天又将开张的一爿个体妇女用品商店？沿街音响店的电声仍然滚动不歇。这些，就是曾经的六朝金陵？胭脂井的金陵？朱家的金陵？锅贴弥漫的葱香里，在一处即将歇夜的露天报摊上，我花 30 元人民币向戴帽子的摊主买了一张 IC 卡。在此刻浓暮尘色的宁海路上，我将用它来聆听另一座城市的声音。

【落木之秋】是谁在我的耳边，不停敲击着这座古老皇城的黄瓦屋顶和发蓝炫目的玻璃幕墙？飒响的落木，不分昼夜。萧萧而下的落木声响充满低陷江滨老宅的每一所隐秘房间。在南京师范大学随园校区，法国梧桐（悬铃木）的落叶一刻不停地在风中飘舞。空中、屋顶、地上，全是五角形的、带有美丽叶脉的枯干火焰。固态的火焰持续地在我的鞋底脆裂。干燥、洁净的脆裂，细致纵横的叶脉像粉末一样展开。红房子边上的银杏金冠如云如盖，走过的少女，她早晨的面庞和皮肤被映得透明皎洁。我在落叶的急雨中曾走进坡上文科楼某一间空荡的阶梯教室。黑板上残存昨日潦草的粉笔字迹：“万夏。李亚伟。《中文系》。”——20 世纪 80 年代的诗歌之影，事件和名字如这季节一样快速缩水，进入了历史。祝福你们。仍是金黄焦干的落叶。

颓废或浪漫主义的落叶敲击着旧城锃亮的商业之光。而城郊九华山三藏塔周围的深秋落木，主观感觉中则是暮色的黛青，像长满瓦松的那种房子的青砖之色。市井江影、旋转商钱在现时代虽总是不歇，但因为有此季深远的落木烘托，朱元璋遥远的夯城之音，较之平时，似乎传得更清晰了些。

【夜书店】大概是在广州路上吧。于闹哄哄的集体用餐场所和阿福填饱了肚子出来，两个乱逛的身影便融入金陵夜色。夜色很黑，但温温的，不凉。深渊般居民区人家的灯光都警惕地由窗户紧闭着，他们都不愿透露自己的梦。在某个理发店还是饮食店（可能都记错了）旁边一个昏暗的门廊上，我们看见模糊的灯迹：先锋书店。哦，是书店。进入昏暗门廊。拐弯上楼。再是敞开的能望见外面星空和灯影的半露天楼梯。推开门。“以一种几乎是肉体的方式，我感到了书籍的重力。”光线苍白，铺天盖地的书册垒到四壁的天花板顶上（主观感觉）。那么多蠢蠢欲动却被冷漠挤压的思想。不，是那么多的肉体。屠宰场——我为什么在此刻强烈地想到了这个词？然而一切寂静而又苍白。在我们进入之前和之后，两个年轻的书虫一直在不紧不慢地整理着刚到的纸包里的新书。画册古籍西方新潮美术理论三联书店商务印书馆帕斯曼德尔施塔姆史前艺术天涯杂志。先我们而在的那个顾客，抱了一大摞书到收银台上，对小个子的年轻书虫说："这些书我写论文有用，你打点折吧。"他们最终在苍白的光线和纸墨的味道中交换了钱书。我买的爱伦堡没有享受到打折优惠，"刚才的是经常来买书的"，书虫接钱时，脸上有一种奇怪的白色。——爱伦堡不打折，应该是一件好事。重又回到黑暗的阿福和我，从南京大学生活区的南门穿进去，北门出来。对着南大教学区的北门旁原先好像也有书店，只是这次满目杂乱的饮食摊点，已无法看见书影。正是夜自修结束的繁忙时分，竖起衣领的大学生们三五成群，在暗夜油炸豆腐干和路摊小馄饨的馥郁气息中，他们从我们的身边连续擦过。

【故事】那个中午光辉兄在房间内偶尔讲述的，是我所遭逢的珍贵的金陵故事。说的是张承志。张承志独自一人到常州。晚上，光辉要为他安排宾馆。坚辞："你睡哪儿，我睡哪儿！"光辉家在常州郊县，城中只有一间单人宿舍。"今天就让它成为双人宿舍吧。"张承志幽默。第二天，光辉陪着张承志在常州城里逛。午饭时，在一清真饭店较为集中的区域，张承志逛"丢"了。光辉遂大喊："承志——张承志——"此时，就有一名小伙子闻声从附近一清真饭店跑出来，拉着光辉问道："你喊的是哪一个'承志'？是不是写《心灵史》的张承志？"光辉点头："就是！"小伙子激动了。后来张承志来了，两人进去吃饭，清真饭店席中的大部分人向张承志表示了敬意——这是在常州，20 世纪90年代江南物域之地的常州，张承志也激动了。第三天中午，张承志又去那个饭店吃了饭。离开常州后，张承志给光辉所在的杂志写过两次文章，发表后两次都将稿费退了回来："在常州给你们添了麻烦，稿费不能要了。"

【一句解说词】是在紫金山顶一间偏僻的小展览室里。那是一块坠落于江苏如皋县的陨石，鸡蛋大小，褐色、冷硬、粗糙，被陈列在小玻璃框内。石前略已泛黄的小纸片上，我注意到这样一行说明："毛主席摸过的陨石"——这行汉字真是普通却又奇异，使我的想象一下子越过庸常现实。一颗璀璨的、有着灼热温度的天宇流星，一个嗜吃辣椒的、由农民儿子成长为一国领袖的伟大人物，因为这行汉字，我知道了它和他的真切接触。奇妙的、令人浮想联翩的偶然。美丽的流星坠落如皋大地。冷却。被毛主席的手摸过。最后被放置在这狭小的玻璃框内。我静静注视着眼前的这块石头，在偏僻的、光线幽暗的小展览室里，它褐色、冷硬、粗糙，已经蒙有人间细微的岁月灰尘。然而，我明白，"冷硬"和"粗糙"终究只是我的主观感觉——我也想真实地触摸这颗包含有复杂信息的曾经的流星，但冰凉玻璃，不动声色地阻住了我这片刻的欲望。

【火车与雨】日夜兼程的南下火车在继续南下。飞驰的窗外暮色袭合，车厢内则灯光雪亮，灌满闷郁热涩的况味。我和阿福对面坐着，各自头后的车座罩布图案，是大朵大朵脏污的银灰郁金香。……金陵秒甚一秒地退去。你的小说。我的诗歌。重要的是实力和行动！藐视他们！……陌生的雨，不知什么时刻就来了，击上车窗，珠绽玉裂。破碎的雨，猛烈的南国的冬夜气息。火车毫无倦意地在大地灼亮飞奔。

1998 年 12 月

大海拍撼近旁的世俗生活

1

“杭白菊”，这三个汉字所隐藏的植物之光，闪烁在自嘉兴到杭州的公路两侧。杭州。汽车东站旁闷热油腻快餐店的位置很高。恶俗彩色的坚硬座位周围，复杂的气味狰狞袭人。我和阿福在吃清汤寡水的“杭州牛肉面”。开往浙江各地的各种汽车迟疑着、鸣叫着、拥塞着，在脚下不间断地放气、移动。磅礴的水泥钢筋立交桥凌空压迫在不远处。城市空间被粗暴吞噬并宰割。桥洞内是一个世界。水果摊杂乱流动；盛茶叶蛋的酱色面盆内蒸腾热气；空空的三轮车夫倚伏于车把在渴盼生意；还有无数的人，那些衣蓝着褐的外来者，目光茫然沉郁，在这个异乡都市寻找着生存的明天。吃面。离开。然后继续上车。

古老的曹娥江在漫长时间里早已流逝了悲伤。夜色中耀晃的粼粼波光，此刻含满的，是20世纪90年代末膨胀的低浅欲望和遍街洗头房门口转动的暗红霓影。坐在高高的防洪堤上，无数灯火的上虞县城，就陷在一侧低地。江上的夜风擦洗着稀疏碎星，我们专心注视的，是身旁黑暗里钢铁纵横的过江铁路大桥。一头身材奇长的钢铁怪兽，心脏燃着红焰，嘴里喷吐小山样浓烈的白色气雾，尖叫着撞进了脆弱高矮的密集民居——这只是幻象，现实中黑影纵横的跨江铁桥仍是空空荡荡。真实刺耳的火车尖叫在午夜来临，它首先击醒了五层楼上简陋旅馆内两个外乡人恣肆的眠梦，并且，使曹娥江边这座深渊县城在显示虚无的同时，又带上了某种金属意味的逼真与灼切。

2

灵异却又沉睡的一处地方。寒冷的6点钟的夏晨，如烟似雾的雨丝，隐在浓密河道与树木阴影中的旧时代风格的砖木楼房，枯黄潮湿的草间落叶，一只野猫，长廊，水池边上灿烂欲腐的红绿美人蕉，白光（白马湖偶尔漾闪过来的荒凉白光）……时间在这里已经完全失去前趋的惯性，春晖中学北端校区现在所存留的，仍然是20世纪20年代的图景与声音。一个住校的过去年代的男人，穿着白背心，睡眼惺忪地在有暗旧红栏的二楼走廊上，往铁皮漏斗里倾倒昨夜的剩菜。通往破败河埠的甬道上空，飘舞的雨丝使夏晨寒冷；美人蕉持续肆虐地盛开……令人怀旧的强烈氛围。

被群山与湖包围——春晖——灵异却又沉睡的地方，像有巨大的引力（源于美好、洁净而又神秀的浙东山水——我认为），将中国现代文学史上如此之多的精英（夏丏尊、朱自清、丰子恺、朱光潜、俞平伯、叶圣陶、弘一等）聚来此处，在闪着菱香的白马湖的昼夜光影中，他们教书、写作、喝酒、散步，或者短暂闲居着，享受湖山翠色的沐洗。1924 年 3 月 9 日，应老朋友、春晖中学青年教师朱自清（27 岁）的邀请，人在杭州的俞平伯（25 岁，“穿了一件紫红的缎袍，上面罩了一件黑绒马褂，颇有贾宝玉的样子”——当时一位学生的描述）到白马湖做客。那天晚上，当时主持春晖校务的夏丏尊（39 岁，他的《白马湖之冬》在中国散文史上应该是不朽的经典之一）就盛情请朱、俞二位到他家，著名的“平屋”——1999 年 8 月 3 日早晨我在紧闭的屋门前留影——吃饭。那是白马湖边一处普通却“雅洁”的住宅，屋内摆着瓷器、铜佛和名人字画，还有栽在小白盆中的青竹，“上灯时，影子写在壁上，尤其清隽可亲”（朱自清语）。那晚是一场畅饮欢谈，应该新开了一坛绍酒。俞平伯回忆，“丏佩二君皆知酒善饮，我只勉力追陪耳”。一个“追”字，于谦虚之中，俞平伯实际也透出了自己的酒底。（白马湖作家似乎都有酒囊，上海开明书店时期，他们曾创办“开明酒会”，酒会每周一次，入会条件之一便是一次要能喝5斤绍兴加饭酒。）畅饮之后，辞别夏家返回时的情景，在俞平伯的笔下现出至今仍浓烈的诗意：“饭后偕佩弦笼烛而归。长风引波，微辉耀之。踯躅郊野间，纸伞上沙沙作繁响，趣味殊佳，惟苦冷与湿耳。归寓畅谈至夜午始睡。”……现实8月的春晖丧失了生动的声音，苔藓爬上裂坼的墙壁，绿得发黑的植物在暑假的校园内寂寞疯长。从北校门出去，过春晖桥，平屋、小杨柳屋（丰子恺住宅）、晚晴山房（白马湖诸君为弘一法师集资所筑的住所）等昔日住屋，皆锈锁闭门，以拒绝与沉醉的姿态，继续浸在自己酣眠已久的梦中。那条蜿蜒在白马湖边的，通往甬绍铁路驿亭站的窄长煤渣路，现在已经换铺成水泥小道。像朱自清当年在这条小道上往来于春晖与宁波四中一样，我们步行前往驿亭。阳光这时从淡墨的雨云间射出来，水稻田上清脆的鸟语与满眼波动的旧日湖光，令人在绿色的恍惚中觉得，一步步，我们现在走入并置身的，正是过去曾经存在过的某段时间。

3

虽然近海，但陌生章镇世代所拥有的，仍是我熟悉的那种喧杂自足、色味斑驳的内陆式生活。因为，连绵苍翠的四明山为它挡住了从东方吹涌过来的咸涩海风。从浊闷的中巴车内下来，满视线所呼吸的，便是突然涌现的、8月上午的……章镇气息。空旷的偏于镇尾的小车站，一面旧墙上已被风雨漫漶的演出海报，臂弯里的篮中装了柏枝米糕的蓝衫老太……我们向镇中走去……旧街布店前的法桐树荫下，两个男子在凳面被磨光的小方凳旁坐着喝茶；狭小音像出租店内的那位少女，在巨幅"还珠格格"的印刷图片下，正埋头读一本花花绿绿的杂志……到达的丁字路口应该是章镇沸腾俗世生活的中心。载人的机动黄包车挤成一团；"华联超市"将彩电、落地电风扇、塑料浴盆、散发油味的新自行车、糖果、制作八宝饭的小包装原料等几乎所有商品都搬上了街道（因此幽暗的店堂里——为省电而关灯——显得格外空空荡荡）；庞大熙攘的农贸市场就在近旁，透过瓜菜肉蛋的繁忙交易，我看见的，是黑暗里当地居民鲜红强劲的蠕动之胃。章镇还是葡萄之乡，结实的、紫色的、沉甸甸的硕大雨珠子成捧成堆地积聚、滚落在小镇各处。收获的汁液在空间激射。激射的、舌尖的……汁液，如此甜蜜。章镇，跟中国文章有关的这个古老小镇，我们来此寻访的1900多年前在此疾写文章的寒门王充，如今何在？

王充（27—约97）含满茶香。浓厚的白云，无边无际起伏茶树的青色群山，断续而悠远的鸟鸣，正午寂静却强烈的阳光底下，墓地清凉，王充和他线装的《论衡》含满茶香。这里是自然世界的偏僻一隅，风向着遍植茶树的无人山凹轻轻走去，一只蜻蜓的翅膀，在蟋蟀草的叶尖，变幻银梦似的斑斓细辉。章镇的喧腾已在遥远的另一个地方。在此之前，从章镇出来，烈日下沿发烫的104国道步行，再拐进山里，穿过一个破败的国营茶场（团团浓荫下碉堡状的青砖建筑很是奇特），终于，我们找到了在此长眠的前辈王充。大地所喷吐的清淡茶香包围并浸润着这个生前“贫无一亩庇身”的哲学家的轻细睡息。……就是前世的孟轲和荀卿，近世的扬雄、刘向和司马迁，都不及他的才识和德行——同乡挚友谢夷吾曾这样上书朝廷力荐王充，然而，这位在中国哲学史上具有里程碑意义的人物，还是贫病交加，于垂暮之年凄凉地病逝于家中。“文章憎命达”？！又一个多么让人悲伤的典型！但是，尽管身处寒微艰难的环境，他的脊梁始终骄傲地挺直着，无论面对世俗或意识形态领域的权重者，王充所表现的，始终是“我与你平等”的无畏果毅的任侠姿态。孔孟在西汉时已渐渐被神化为“圣”，而王充在他的《问孔》《刺孟》等光辉篇章中，以明快犀利的言辞，揭露了孔孟著作中所存在的自相矛盾的论点，显示了他卓尔不群的伟大学术人格（儒家经典，并非“万世之至论”——祖国历史中我所尊敬的李贽，则已是王充1400年之后的优秀学生了）。充溢故乡之音的山冈上，一生进击的身姿终于可以安享长眠（美好的地方，令谒者安慰）；而费20余年心血著成的不朽《论衡》，则将永恒地，在世界各地各式各样的书籍建筑内，闪射东方式的战斗的精神光华。正午寂静、强烈的阳光，在茶树的墓地奇异地变得清凉。白云下的墓道上荒草茂盛。用手触摸黑色的粗糙墓石，我感受着温度——无边无际涌过来的清淡茶香里，由冰凉黑石所传递的、我懂得的一种内在温度。

4

明月的深夜，即使睡在附近老乡家中，仍能强烈地感到国清寺四周千年老树汹涌过来的夹杂微淡香火的黑绿清气。波涛般的、浓劲的、无声的……黑绿清气。较之俗界，交错如云的深色树冠，使古刹每天总是提前进入它所热爱的黑夜。有少许落叶的寺旁山道洁净，涧水在深沟里溅响。我们下去。树的夜。浑圆的大小岩石，像山中的白色奇兽，蹲立在挤泻的冰凉涧水之上。……盘结虬曲的老树根桩在夜半总要将这座黄颜色的隋寺抬高几分。诵经时闪烁若星的磬音早已停歇。依然汹涌的黑绿清气——酣眠时难以辨别的寺或树的沉醉呼吸。

【天台的想象图景】天上的神安放的一张台子，巨大的石头台子，用近旁的东海海水擦洗过一遍的石头台子。台面上，杂乱堆放着砍伐的森林、梦、斑斓的南方矿产、白袍诗人和数不清的疼痛青竹——是谁，用正午的毒太阳将它们轰响点燃，大海边南国的大火瞬息熊熊。天台，巨大的石头台子，昼夜激燃着南国大火的石头台子……

【天台的现实图景】黎明即起，于青色的群山万壑间乘农用中巴上山。在山顶龙皇堂小吃店等吃早餐时，测绘专业出身的自由撰稿人阿福指着地图对我说，从图上的水流分布情况看，这里确实是一处面积极大的平台。龙皇堂是天台山上石梁小镇的行政机构所在地。我们到得很早，挂着破牌子的镇政府边上，两个肉墩头上的鲜肉尚未卖出多少。一个山民，支好两头弯起的竹扁担，正往铺在地面的塑料纸上倾倒茄子，蛇皮袋中塞满的沾着露水的紫郁茄子。剃头店刚开门，一脸盆的脏水泼出来，令一只正在门前徘徊觅食的老黑狗（一条前腿短了一截）惊慌奔跳。地面凹凸不平，装满石料的拖拉机冒着黑烟左摆右扭，跟在人家挂着竹篮的载重自行车后吃力蜗行。两家烟酒铺前的炉子已经生好，端碗喝粥头发未梳的妇女向下山的熟人高声说着笑话。太阳升起来，潮湿的、有公鸡散步的灰尘地上蒸腾起微微水汽。在拐腿女人的小吃店吃早饭时，我看见光着上身的黑男孩啃着棒冰，拿着一包香烟正从坡上的那个石头房子商店里走下来——天台山动人的晨光，在那一刻，将他微小的轮廓描上了灿烂金色。

蝴蝶像黑色的鸟掠过头顶，给人的额角带来一羽突然的微小凉风。“群山万壑赴荆门”，从龙皇堂步行前往天台的最高峰华顶，随便在盘曲的山道上一站，眼前就是此景。不过这里应该用“赴东海”才算准确。天空下身处的群山万壑，其实也是波涛起伏的青碧大海——起伏，然而凝固的大海。“天台四万八千丈，对此欲倒东南倾”，人在这凝固的海浪海谷里移动，宛若飘浮的草屑或蝼蚁。华顶到了。青碧山岳的波浪之顶。僧影往来。破旧的门楣上读到悼联：证果已全，音容先到莲座侧；事功未竟，心迹长留白云间——悼正海法师圆寂。流云擦着山石树草越过山脊，被密硕的紫藤、山楂、柳杉、野核桃和杜鹃树（灵奇的树种在此竞生）簇拥的若干寺房，让人无法拒绝地感受到华顶深邃的佛气，以及难以见底的、正透露着勃勃生机的，古老。

5

邮政大厅狭小的电话间。未见过面的台州青年诗人、专营筛网滤布的个体老板余跃华在电话里大声对我说：你们在旅馆等我，我马上从黄岩赶回椒江。椒江。曾被台风中的海水冲刷、浸泡过的这座崭新现代小城，现在漫拂黄昏前的清爽海风。商店闪耀。袒胸露臂眼影很深并且对着手机大讲方言的海滨女郎，正在走逝于玻璃的巨幅深渊。街头的快餐店已经摆出了色彩艳丽的美味海虾。大海的声音隐约可闻。……夜晚 8 点，风尘仆仆的余跃华在椒江大酒店请我们吃饭。《台州文学》编辑、老家在天台山深处的胡明刚也一起见面喝酒。美好的谈话、啤酒和海鲜。他们的生存心态和对自身所处位置的自觉以及虽不张扬却明显凸现的勃勃野心，给人刻下很深印象。话题中谈到“人与地域”，细细检点一下，确实令人大吃一惊，在狭长的浙江东部沿海一带，仅限 20 世纪，随口之间便可举出一长串闪射光芒的人物名字：俞樾（德清）、夏曾佑（杭州）、章太炎（余杭）、王国维（海宁）、秋瑾（绍兴）、刘大白（绍兴）、鲁迅（绍兴）、周作人（绍兴）、夏丏尊（上虞）、徐志摩（海宁）、郁达夫（富阳）、茅盾（乌镇）、丰子恺（石门）、应修人（慈溪）、夏承焘（温州）、夏衍（余杭）、许杰（天台）、柔石（宁海）、王以仁（天台）、陆蠡（天台）、金庸（海宁）等等。又一个崭新的世纪就要来临，作为这片“人文之域”的后来者，于奔波尘色的底层谋生中，他们在内心，已经默默领受了一份承继的责任。

从吃饭的地方出来，入夜的椒江似乎突然挤满了媚艳的灯彩、嚣杂的车流和纷拥的人群（而黄昏时还是空阔而寂静的）。通往海边码头的街道两旁摆满商摊。冷饮摊内座无虚席，冰激凌和激旋的可乐在夜色里散发甜味；一长溜行军床上的港台和外国碟片被翻得乱七八糟；在旧书摊上我们找到老版本的《都柏林人》；街头练歌铺最具特色，大屏幕彩电中正在放着《想和你去吹吹风》，那个头发染黄的青年唱得投入又极具专业水准，但他的声音对于在服装摊丛林内游弋的人来说，宛如无数车轮在人流中的某次急刹一样无动于“耳”……站在浮动的码头上，昏黄光线下的海水褐黄而浑浊。身后的城市，此刻，正在走向它所迷恋的、夜的璀璨巅峰。

6

黄皮肤陆地的一处尽头，海湾山旮旯里密挤石屋的小小渔镇，石塘。码头腥臭——在国家版图东端的、微若水滴的渔镇石塘，我们始终遭逢的，是惩罚，大海对于人类肆意掠夺的内心痛苦的惩罚。所有的屋瓦上都恐惧地压着沉重石块——显示过去或将来从海上刮来的飓风的痕迹。揭开盖的船舱中，银光熠熠的成堆死鱼，连同岸上角落里乱七八糟的塑料筐中的发白细虾，正一起散出浓烈的腐烂气息。飞舞的黑色蝇群近旁，破败制冰厂似乎日夜繁忙，呼啸闪亮的碎冰通过黄锈驳蚀的铁质管道泻进即将出海的渔船。披红带彩、刷有“以马内利”的新船在港湾下水，船上站满的古铜色人正为即将增添的钱额而热烈燃放鞭炮。纸屑与死物的水面荡漾。——无法避免的现实与生活？……海洋开始摇晃，两舷挂满黑色车胎的木船升起继而坠落，我们离开岸地，向大海的深处前进。“青春和海洋……愉快而强大的海，咸湿而苦涩的海，它能够在你耳旁窃窃私语，它能够对你怒吼咆哮，它也能够使你精疲力尽……这就是海的奇妙之处。是海本身就是这样，还是人们的青春使它这样，谁又说得清楚呢？”康拉德。我所热爱的表述。渐渐地，暗蓝大海瞬息激溅继而堆起的絮沫，和天上翻卷的云山开始呈现为同一纯粹的颜色。真正属于大海的、一种伟大而磅礴的清新，也突然来临并深深浸彻了身躯。……但是，大海仍然摇晃。寂劲、难以诉说的海洋的巨大力量，仍然在拍撼着近旁的陆地，拍撼着陆上代继一代埋首人类的世俗生活。我知道，这是提醒，海洋对于人类尚未放弃的最后的提醒。只要仔细观察，谁都会发现，这种善意、迫切并渐生郁闷的巨大内心情感，在 20 世纪就要结束的今天，已是如此焦灼。

1999 年 9 月

西园八章

滨湖地

像浓厚碧云，坡上和坳里的茂密橘林，因为挂满数不清的墨青新橘而越发显得沉重。颜色实在很深，深得几近发黑，不管是叶树，还是枝头密挤的果实。但于深浓之中，仔细的聆听者却能够感觉到它们内在激烈和欢叫的生命：涩甜（想象的齿颊间的味觉）的汁液周流，正奔涌着趋赴将至的成熟。太阳下缓慢移动的橘林阴影低暗。而温柔湖涛的声响呈现雪白。浩渺中晕染隐约蓝影的万顷太湖水，在不远处漾拍草木繁杂的岩泥缓坡。那雪白涛声，由湿润拂动的湖风传递，在浓云般橘林的上空寂静炫耀。一个瘦瘦高高的蓝衫男子从橘林内钻出，手中的竹篮里，装了半篮刚刚剪下、带着墨叶的青黄新橘。买他的橘子。剥皮时丰沛挤射的汁水弄辣眼睛。青涩、灼烈的弥漫橘香（雾一般），随即包围住吃橘之人。牙齿慢慢适应着多汁的凉甜（竟然不涩！）。

在林边蟋蟀草地上，请蓝衣的橘农抽烟。听他一句两句淡淡的橘经。“这里再往北走，就没有橘子吃了。”——太湖北岸已是中国栽橘的北缘？《晏子春秋》曾载：“橘生淮南则为橘，生于淮北则为枳，叶徒相似，其实味不同。”较之，橘农的指称已经偏南。由此，我生出一种武断想法：汉字染否橘香，是否可成为划分文学南北两方的一道分界？屈原的“橘颂”、苏东坡的“橘颂帖”、毛泽东的“橘子洲头”、沈从文的“洞庭多橘柚”——大脑中蝉翅般闪现的南方文学之影。山芋淡紫的喇叭花在橘林中空出的地垄上摇曳。偶尔见到的高高地姜花则艳黄无比。

上下曲绕的橘间山路上，憩息已久的自行车又开始滚动。在滨湖的某间乡村“湖鲜馆”午餐。啤酒仍然是“太湖水”，吃家常红烧的湖中“昂刺鱼”（笨拙的烧法仍掩盖不了鱼肉的鲜嫩）。从馆楼的窗户眺望出去，满目是正午阳光下伸入野旷湖中的秋日坡陵。坡陵上所有的植物以及成熟或正在成熟的果实此时都茂密异常，竞作最后的喷吐和绚烂。在湖光和草木交会熔成的浓烈秋色中，我们谈话……享受着沉醉……喝尽了瓶中的酒。（1999 年 10 月）

长卷

明清鳞次栉比的砖窑以及熏眼窑火已经散入时间，狭窄古运河东侧，低矮幽暗的阁楼上此刻回漾的，只是仲春紫花泡桐的浓香和嫩叶樟树的淡青气息。混堂弄。大码头弄。利民弄。午后的阳光终于触摸到了长长细弄内的砖地绿藓。临河参差楼上的木格窗户打开，歪斜窗台上，是一盆两盆的山茶、野兰和葱蒜。暗绿的水波只有片刻是安静的（水里夹杂漂浮着果皮、塑料袋和扔弃的矿泉水瓶），更多时候，钉有“浙桐乡挂”“苏吴县挂”的铁船，满载或空驶，鸣着笛犁开运河暗绿的肌肤。河水随之剧烈荡漾起来，咬湿原先处于河面之上的斑驳岸石。潮湿了的石头，只得又一次耐心等待着，在暖融融的春阳照射下重新回到它的干燥之乡。南下塘和大窑路，绵延数里的河街和民居，散发陈年气味的、昼与夜的现实雕塑。那个趿着拖鞋的女人从阴凉门内端出了泛黄竹匾。匾内，是煮熟的干净黄豆和笋丁（“笋黄豆”，暮春或初夏，一道江南多么寻常却又味美的家庭小菜）。古河汤汤，支流如线。窄窄的河街、民居间，或大或小、或高或平的石桥是如此之多。这里桥塊底下的两层旧楼，是居委图书室和一个书场。灰白砖壁上，贴着用红、蓝墨水写成的新鲜海报：“热烈欢迎常熟评弹团陈燕燕开讲《彭公案》。日场：1：15。”许多老者，打着招呼，捧着茶壶，闲闲地踱进用一把巨幅折扇做布景的书场（在场外能够看见）。清名桥到了。始建于明的单孔圆拱桥，依然年轻、俊简。桥下，进深很长、内有木柱的饮食店，因为时间已过，显得冷清，但门口仍摆着没有撤去的点心摊。在竹制的摊子上，你可以看到没有热气的小笼包（酱油肉馅，有苏锡一带特别的甜味）、金黄的玉兰饼以及上面撒着白糖的一只只“油老鼠”（童年乡村美食）。古运河到了清名桥，水面稍稍宽起来，一条名叫“伯渎”的东西向河流与运河形成“丁”字结构。伯渎，轻轻念着这两个字，是如此遥远的一个名称。我想象着3000多年前，泰伯挥锄挖掘时肌肉闪烁的油汗之光。是这位“荆蛮”的外来客，与说着入声字的吴地先民一起，开凿了这条历史与时间之河。下了高高的伯渎桥，便可见600年前河畔旺盛窑业的累累遗迹。一个个庞大的窑墩，散落于青瓦屋脊的芸芸民居之间。砖石护壁的窑墩覆满开着细小白花的绿草，更有几株合抱的泡桐，扎根其上，在数户人家的瓦屋顶上，投下叠叠花影。紫花泡桐，应是运河人家的春天圣物。满枝满树的淡紫铜铃，在偶尔的微风中舞坠，便会敲响人家的天窗、木门和井台。粗壮的树躯，让人相信，它有力的根系，肯定已经伸过小河，盘绕在对河房中的老式雕花木床底下。那些长着绿草和泡桐的窑墩，其实中空。登上去，可见草丛之中方方的孔，里面漆黑一团，充满年代久远的危险和遐想。手拿藤质拍子在暖阳下收被子的没牙老人喃喃细诉，这里的窑墩有 180 多个，过去烧出的青砖，会“当当”作响呢。他的满头银发的妻子插话，窑墩里堆砖头，大着呢。“文化大革命”时窑还烧着，一个中学老师义务劳动被压死在里面。那个老师可好呢。河味的风散着微云、树香和记忆，照不到明亮阳光的、幽暗午后运河民居内，正走着时间清晰的声音。（1998 年 4 月 15 日）

古代

又是 4 月。又，写下这个汉字，潜隐的时间便一下子清晰出来。雨水江南在 20 世纪末的“厄尔尼诺”现象中（因人类发达工业而导致的地球气候失调）似乎雨水更甚。我在雨水中上班。自然的春天有着强大力量，芬芳的化学气息里，她每年依然如期而至。初春落光了叶子的香樟（富有个性的树种！）已经绽了“荑”——词典上解释是植物新生的叶芽。雨水里的嫩黄叶芽，显示叽叽喳喳又羞羞怯怯的透明。路旁香樟中，还间种着有苍老铁黑枝干的新鲜紫荆。一夜风雨，紫色的碎花铺了圆圆一地。《葬花词》？黛玉？在汽车排放的银色尾气内黛玉只是一个更加孱弱的弱女子。4 月的雨中我喜欢的花朵只是玉兰。洁白、单纯，带着点说不出的凄美与孤单。她们长在没有一片叶子的树冠部分，像外国小说插图里那种枝形烛台上的白色蜡烛。

她们确乎是一种神异灯光，能够照亮花朵，照亮黑暗春天的深远内部，照亮这个世界上各种颜色的血，甚至是死去亲人所在的冥界——我从来不认为冥界的灯火是李贺所说的“漆炬”。在这种雨水的早晨出行，更多的人和我一样穿着红或黄的塑料雨披。而在古代，我想象祖先该穿着蓑衣，或者是撑着那种遮雨面积很大、有着坚韧竹子骨架的油纸伞。远行的读书人，他们干燥的布囊内躺着木刻的《楚辞》或《庄子》。他们看不到如我现在所见的雨中驳蚀的水泥灰楼，看不到鲜艳的广告牌，也看不到奔驰中不时溅起积水的“夏利”“桑塔纳”和载客大巴。在往昔的春天，自他们身边经过的交通工具，也许是瘦骏偶嘶的玉骢，也许是高敞华丽的马车，当然，更多的也许是古老的肩舆。雨水弥漫 4 月，骑在自行车上的我奇怪地坚信，即使是再遥远的古人，他们和我的呼吸、血液和发音时喉结的蠕动也是一样的，我们都是历史长链中的一链。那么，古人和我眼前所见的不同又是为何？唯一可通的解释，我想，是否应是这样：垂老但永无尽头的时间为了解除寂寞，在每一段的孤独路程上，他想看到新鲜风景。（1998 年 4 月 8 日）

明琴

琴曰“雪夜钟声”，为明朝遗物——这让我怦然心动。物老有灵。介绍上说，“该琴为仲尼式，周身黑色髹漆，大流水断纹”。琴底所刻“雪夜钟声”四字，系隶体，与琴名相似，阴柔中含注刚韧、洒脱之机。琴虽历数百年，但“声音松透纯正，音色恬美和静”。不过，即使于想象中，仍是不敢轻拨，因为，哪怕一弦动漾，静逸而出的——我深知——也是高启、祝允明或唐寅们的声音。需要洗手。

操琴者为吴兆基，八旬异翁，湘人，善太极，苏州大学数学教授。雪髯微拂，静心凝虑。左手食指和拇指向内拨奏双弦；右手掌微坐，貌似离弦，却真气依连。琴是人的经络，人是琴的精魂。人琴本来无二，浑然已经忘我。

《潇湘水云》。

《阳关三叠》。

《石上流泉》。

操琴，饮茶，访兰，习字，中国文人的镇静剂，欲望之后的颀顶凉雪。野鹤孤云，幡然禅悟。明《杏庄太音续谱》载《渔樵问答》曲谱，题解说：“古今兴废有若反掌，青山绿水则固无恙。千载得失是非，尽付渔樵一话而已。”

80 年代东吴园四载求学，无缘拜识怀藏琴剑的吴兆基先生。直到今天，缘分才来——虽然，仍仅仅是一份印刷的 CD 说明。翻阅《吴门琴韵》，十指拂拂有热气流注。（1998 年 4 月 25 日）

阖闾城

我清晰地记得那几乎令我震惊的声音：公元前一块灰陶片内隐藏的无数锐利细嘴，在拼命吮吸20世纪末工业时代自来水的密集声音。这块灰色的印纹陶片，被我从阖闾城麦地的土埂上捡回。在灯光下，就着自来水，我用一把毛刷在刷洗它身上粘附的干泥。从冲淌着的水流下拿开，凑近灯光看它是否干净的一刹那，我听到并目睹（强调一下，目睹）了声音："呲，呲，呲——"灰陶表面的水迅速渗透，感觉中就好像灰陶内部有无数张锐利的细嘴，在拼命吮吸——局部甚至鼓起继而破灭极其微小的气泡。瞬间，陶片表面的水干了，并且，泛出白色。这是一块依然活着的陶片。一个生命。它渴了太久！

我还和2000多年前的古人之手间接触碰。这是阖闾城油菜花侧河滩上捡回的另一块陶片，较大，器表有非常精美的编织花纹。它原先也许是属盛储器中瓮或罐的一部分。陶片的内壁凹凸不平，凹陷处，手摸上去，能够如此真切地感受到古人的手痕。这件陶器应该是用原始的泥条盘筑法制成。那个吴国古人，将拌制好的黏土搓成泥条，从器底起依次将泥条盘筑成器壁直至器口，再用泥浆胶合成全器，最后，他用手抹平了盘筑时留下的沟缝。此时并没完成，那个古人拿来了刻有精美编织花纹的木拍，一手抵住器壁，一手在器外持木拍拍打。这是件硬陶，经历过千度火焰的烧炼。火焰保留了那个吴国古人的手痕。2000 多年后，我们触碰了。

“麦秀渐渐兮，禾黍油油。”往昔周长 12 里、高有 4 丈余的泥土城墙已经在漫长岁月中倾圮，偶尔只见高起的土墩。其上，现在长满了碧青麦子、旺盛油菜和绿郁的蚕豆。“城”内，村舍杂置，绿木参天，那个纯朴的老者掮锄走过时朝我微笑。

阖闾城，始建于周敬王六年（公元前 514 年），时称“小城”。位于现今无锡市郊区胡埭镇与常州市武进雪堰桥的交界处。16 岁离乡求学起与其结缘（锡宜公路穿阖闾城而过，每次回宜兴老家必经此城），31 岁时首次专门拜谒。

阖闾城归来的第三个晚上。半夜，发热，欲呕，一件汗衫在瞬间被全身爆出的汗珠沉重湿透。次日上午去医院，验血，验尿液，毫无问题。女医生最后说，那就吃点消炎片吧。三粒“悉复欢”后，身体完好如初。此症来得突然，去得疾速，我颇感奇怪。若干天后的某一刻，猛然醒悟：这是阖闾城和我的一次亲切交流。（1998 年 5 月 23 日）

吴越：词和句的两个片段

吴越是我的生存地域。我还没有能力真实地写下她。下面这些，是一段时期以来围绕吴越阅读或亲历时随手记（抄）录的句子或“关键词”（套用文件术语），也可以说是这个生存地域精神和物质两方面的若干元素。我借巴塞尔姆的办法（实际是一种偷懒办法），将它们“拼贴”出来，以求最大限度地表达出吴越的某种真实。它们所呈现的是“原生态”，蕴含巨大能量或“张力”的“原生态”。它们的存在，使我动笔前总感到冲动，我知道，这种冲动来自诱惑，一种源于吴越、永远无法填满的深渊诱惑。

练湖。金坛。州。用黑影（月色）灌溉。丹阳。丹徒。溧阳。熟稻。丝织。橘子。漆。竹。木器。纸。刀剪。船。糯米甜酒。枫桥镇。码头。橹。嘉兴。南宋：“苏湖熟，天下足。”网。垂虹。银。“前街后市”式的水乡城市。船从家中过。河水入宅。河水入宅中的床下。粮仓。木刻蟠龙。万家灯火转河塘。稻粒—火星—星光。亚洲的粮食。繁衍。伏羲、神农曾在太湖边传播百谷。7月熟。红莲。鹅脂。酿酒。酿造。磨。铁锄的刃口（古老农具）。稻与暗阁。铁耙。《南浔镇志》。扬稻：向风而掷之。石臼。稻灯会，游于田垄间。念“太阳经”。方为糕，圆为团，扁为饼，尖为粽。古琴。琵琶。笛。箫。筝。茶馆。水乡泽国之神。蚕。水仙庙。青桐之乡（桐乡）。谷雨（稻谷之雨）。孕穗。铜匠。铁匠。箍桶匠。泥瓦匠。木匠。裁缝。郎中。姑苏台。灰瓦。桑。盛水陶罐。井。雀暮桥。银色绸缎。锡北古有芙蓉湖——古湖今废（时间）。吴国：“不能一日而废舟楫之用。”

铜器。鸟崇拜。新石器时代，长江中下游太湖周围分布着河姆渡、马家浜、崧泽以及良渚等一系列文化。陶器。石器。玉器。玉琮：“深碧绿色泛深浅赭斑，光润美丽。”饭稻羹鱼。稻作文化。建筑：干栏式，它一般是指房屋建于平台（托架）之上，其下以木柱构成底架。其特点有三：一是底部悬空；二是正脊的两头翘起，并长于屋檐；三是屋顶的结构作两面坡式。这与多雨地区的环境相适应。有高干栏和低干栏之分。商末周初相继出现吴、越国家。而该地在夏、商之际进入青铜时代。兵器有钺、戈、矛、镞等。刺兵铜矛。顾颉刚先生考证我国铜剑起源于吴越。到吴越晚期，约为春秋中、晚期，青铜冶铸业达鼎盛，兵器制造水平跌居诸国前列。鸟是空中神秘的动物，是介乎人天之间的神使。新石器时代：石器时代晚期，开始于8000—9000年以前。此时人类已能磨制石器，制造陶器，已有农牧业。鬲：古代炊具，足部中空。璜：半璧形的玉。钺：形状像板斧而较大。圭：玉器，上尖下方。琮：古代玉器，方柱形，中有圆孔。《战国策》赵奢惊叹：“夫吴干之剑，肉试则断牛马，金试则截盘……”屈原：操吴戈兮披犀甲。李贺：男儿何不带吴钩，收取关山五十州。辛弃疾：把吴钩看了，栏杆拍遍，无人会，登临意。瘦俊锐利之器。吴越特点。簋：食器，圆口，两耳。2000 多年前，中国著名典籍《吕氏春秋》始称中国南方文化面貌基本相同的许多少数民族为“百越”。百者，全也。百越文化，被称为“水的文化”“海洋文化”。东南地区，大抵涵盖现今中国大陆的浙江、安徽、江苏三省区的地理空间，新石器晚期，这一地区的良渚文化、薛家岗文化构成了与黄河中游的中原文化圈、黄河下游的东方文化圈、辽河流域的东北文化圈等并列的东南文化圈。陈剩勇认为，夏文化大抵有以下几项基本内涵，即作为礼器的鼎、玉器（包括圭、钺、璜）、社祀祭坛、夏历夏时、埋藏习俗，以及稻作文化、养蚕织丝、舟楫习水和华彩飞扬的衣冠文化等。《礼记·檀弓上》说：“夏后氏尚黑”，“殷人尚白”，“周人尚赤”。《韩非子·十过》说：“禹作为祭器，墨柒其外而朱画其内。”新石器时代，中原地区以彩陶或红陶为其特征；而东南地区则以黑陶为特色。东南地区是盛行黑陶时代最早的地区。早在河姆渡遗址（约 7000 年前）中，夹炭黑陶就已成为当时制陶的一个特色，虽然此时黑陶尚与红陶并列。崧泽文化时期，开始大量盛行手制轮修的灰黑陶。到了良渚文化时期（公元前 3300—前 2200），东南地区几乎普遍流行黑陶。长江下游是世界上最早栽培水稻的地区之一。绍兴坡塘出土战国铜房子上有鸟。玉琮，男性生殖崇拜。良渚文化时期，“凿井而饮”已普遍。日本史前文化的诸多因素如稻作文化、干栏式建筑、石器、玉器、漆器等以及日本现代文化的某些因素，

如语言、宗教、风俗等，均受吴越文化的深刻影响。（1998 年 4 月 18 日）

粽子

我崇拜民间和底层。粽子和家乡的乌饭、青团子一样，有我特别喜爱的民间之香。太湖之水和渎边泥土的清香。在我看来，它强烈散发着古老恒久的民间和底层色彩。作为区别于一般饭粥的食物，又朴素地显示出人民天性中的艺术趣味。粽子的形状我认为极其现代，就像尖端物理学中被解析后的物质结构。春末夏初，枇杷黄熟，杨梅挂树，乡下空旷幽凉的房子里便到处散逸粽子的淡香气息。早晨上班途中，见到一位中年男子自行车篮里的新鲜粽叶，顿然醒悟：又到了粽子季节。日本歌曲《北国之春》（少年时在家中农村有线喇叭里非常喜欢听这首歌）中唱道，“城里不知季节已变换”，确实，工业化的城市正在消解、拒绝或伪造着季节，愈来愈盛。物化的人也日渐麻木。看到满把满把的新鲜粽叶，我一下子神清气爽，于车流人丛的街道，盯住粽叶，又唯心主义地嗅到了来自民间的粽叶和糯米的清甜。于是，一路上满脑子堵也堵不住地涌显有关粽子的画面和想法，现在我坐下来，把它们记在这里。这些文字也许是杂乱、零碎的，但我不想循规蹈矩地理顺它们了，因为我需要表达的轻松和自由。请有缘读此的你们宽容。

1. 放学回家，肚子已饿。书包一扔，从悬在木梁上的竹篮里摸出一个冷粽，剥开，用一根筷子戳好，再舀一小勺白糖在瓷碗，将粽子的尖头蘸了，咬。白糖在齿间产生“喳啦喳拉”的细响，甜。还有冷熟糯米特别的香。大人们那时这样说唱：“五月里来是端阳，麦田翻身插黄秧，雄黄烧酒喷喷香，糯米粽子蘸白糖。”

2. 亲自摘过粽叶。真正的粽叶实际就是芦苇叶子。太湖边芦苇丛生（秋天的白芦花特别漂亮，他们形容是飞舞的絮雪），像电影《渡江侦察记》中的某些场景。让自行车倒伏于高高湖堤，涉足水里，采摘碧青湿润的苇叶。叶子总选阔的，长的，这样，回家后母亲和姐好裹。

3. 扎粽子的线，麻为上，棉线次之。现今彩色的化学带子最为“恶俗”，令人望而食意顿消。

4. 裹粽子场面。将一张竹匾搁在两三张方凳上，裹粽人围坐其边。匾内，有碧青的新鲜粽叶，有淘净的雪白糯米，有鲜艳晶莹的赤豆，有陶盆里一小块一小块浸在酱油里的肉。裹粽子最典型的姿势，我想大概就是最后成型时的动作：母亲用牙齿咬住麻线的一头，线的另一头，正由右手拼命拽紧。裹好的粽子，像结实的、碧青的植物石头。

5. 少时吃过三种粽子。最普遍的是白米粽——纯粹用糯米制成。然后是赤豆粽子，雪白的粽身嵌满艳红豆子，很美。但乡人不管这种美，夏天被蚊虫叮得厉害，他们就说，你这人浑身像只“赤豆粽子”。肉粽或称火腿粽最精贵，每次家里裹得最少（家境艰难时有好几年一只都没有），最让人馋涎欲滴。我喜欢有一点点肥肉的那种，这样咬起来有油。

6. 用清香苇叶、韧劲麻线包裹的碧青粽子，挤满柴灶上的黑铁大锅。晚上烧滚。焐一夜。明晨烧把柴后再吃。粽子的民间之香弥漫。

7. 咸鸡蛋。咸鸭蛋。咸鹅蛋。共同放在粽子锅里煮。煮过的蛋壳青中带粽叶的黑汁。蛋黄特别鲜黄——现代化养鸡场出产的蛋已经见不到这种纯粹的黄了。那时乡下还流行用五颜六色的丝线做成小兜，放一只熟蛋在其内，挂在胸前——当然，这是女孩所为，男孩则从来不屑。

8. 吃粽子以纪念一个中国诗人，这种风俗让我感到骄傲。文化的源远流长。故国的文明程度。趾高气扬的美利坚合众国就不会有此。他们毕竟浅了。一个中国诗人如此深入民心、民生、民俗，令我骄傲！蓝墨水的上游是汨罗江。是的。

9. 民谚曰：“吃了端午粽，再把寒衣送。”食物与民俗的时间之感。粽子吃过了，经冬的寒衣便可正式进箱纳柜，粽子的余香里，你和我，便又老了一岁。（1998 年 5 月 14 日）

黑麦：自诉

这是一支古老却永远锐利的民间之箭。

箭尾的麦芒又坚又挺，像身怀绝技的匠人仔细打造的无数银针；穗中的谷粒排列细实、紧密，它们充满汁液的梦幻，它们现在还只是未成形的奇异珍珠。箭秆节节有力，微微透明，像有一台功率强大的运输机躲藏其间，生命的血气在年轻的秆中呼啸往来。它的箭头则无法看见，雄性的箭头深扎地底，蔓延为汲取大地力量与大地之气的发达根系。它自信、桀骜、深情，旺盛生长又无所顾忌——它有着母性大地的袒护和支撑。众生之间，这株植物又是如此独特，它拥有原始、诚实而又高贵的一种颜色：黑色。

一株黑麦，一株大地上生长的黑麦，这，就是我所理解的诗人形象。

他埋首于人民磅礴的汗气之中，脊背油亮。
他还不想飞。在 5 月的清晨寻找他，
那是一株健壮的、缀满露珠的黑硕麦穗。

（1997 年 11 月）

1997 年—1999 年

倾斜并且尖锐的阴影

璀璨

夜。楼厦间陷满峡谷的城。闪彩并寂静叫嚣的玻璃糖果，在倾斜的、不锈钢似的光滑峡谷街道上成堆成吨地疾速滑行。像雨。像瀑。虚幻的，透明灯火、人车和数不清死去灵魂的玻璃糖果。甜的。危渊似的甜意。远离华灯的粗圆大理石柱显得阴郁。斑斓细腻的石纹，冰凉，微微透吐陈旧奶油的芬芳。等待者，将单薄变形的身影隐约打在石柱上。飘忽的影子，似乎就要溺死于幻彩的玻璃糖果之河。危渊似的甜夜。等待。粗圆并且阴郁的冰凉大理石柱。建筑物的食管，上升的炽白电梯存聚局促又刺眼的温暖。如镜梯壁内部的身影和呼吸。穿过保龄球乱滚乱撞的喧吵大厅，在城夜建筑物的临风高处，他们重又进入一处封闭的，完全充填声、光、色的甜蜜盒子。缓慢亮起来的硕大屏幕瞬间震动盒内的空气。破碎、激越，有着巨大的牵引力量，重金属声音，在肮脏城市的秽暗后街。是美国那个著名的叫作“10000个疯子”的乐队（1981—1993）？低跪着倒在精致杯中的旋动红液、绿液和白液。电脑点歌器的小屏纯蓝，那里有着无数媒体明星的名字在妩媚闪烁。一个落寞女性在没有尽头的旋梯上不停向上。她的记忆总是淡伤的黑衣。旋律像轻烟，又似涌去的潮水。变幻的色彩在封闭闷盒内是绚烂漫溢的礼花。电台深夜节目主持人的歌声像她的名字一般悦耳。撞击。眼睛和耳朵持续地接受撞击。用嘴唇触及斜过来的红液、绿液或白液。他出去找“洗手间”。无数玻璃内晃动的艳影。无数的充填声、光、色的甜蜜盒子。握话筒者：彩扩店老板、酒店领班、失恋人、吸毒和献身者、暴发户。穆时英写过《白金的女体塑像》，写过《上海的狐步舞》。在他的肉欲之城中挤满了“腿”：绅士的腿、吧台的腿、裸露电线杆的腿、酒杯的腿、交叉舞动的莹亮鞋子的丰颀之腿。……一切都在继续。夜。由无数充填声、光、色的甜蜜盒子所拼成的幻彩魔方在夜的宫殿旋转。一个制造的、物质的秋夜。

脏与蜜

浓暮。西园弄。“呵，昏暗的尘世，肮脏与甜蜜”——天上的俯视者的声音。（车辆前灯。迫切的叫卖声。红色尾灯。喇叭声。店铺雪亮或脏黄的照明灯。孩子的尖喊声。露天炉子的激跳火舌。旧百货店带电的破歌声……）北京时间 18 点，乱七八糟的灯光和噪声，在局促的空中扭结、耀射并沸腾。卸空了装载物的三辆卡车，像饥饿而又坚硬的庞然大物，被堵在这城郊接合部狭窄的十字商街。它们气喘吁吁、迫不及待又无可奈何。巨大并积满干泥的卡车黑色轮胎旁，陆续赶至的喷涂黄漆的“夏利”或“桑塔纳”出租车，像快要昏厥的只只甲虫，挤作一团。而车厢内滚动已经失水的橘子、梨、苹果以及一两个小脸斑污的孩子的蓝色（在深浓的暮色里显示灰暗）“时风”轻型农卡（做水果生意的外地人总是一家数口以车为家），则如莽撞的蚱蜢，仍在死命地左冲右突。助力车放出的黑烟钻进来。自行车风尘的铃响涌过来。昏暗大海的热浊之浪。满心喜悦的大小店铺在这样的黄金时刻使劲张大各自的口腔。卤菜店的白色日光灯亮得就像一颗硕大的赝品钻石，它甚至在门口也支起了烫红铁锅。切断的肥肠瀑布般被泻进饥渴的滚油之中，矮小厨师在弥漫的油雾中进而潇洒地扔进大把的艳红辣椒。（在这样恢宏气势的映衬下，那些推着自制的玻璃小车摊开三两只红烧猪头挤进来卖的小贩，就显得那么卑微。）早晨炸油条的饮食店现在更加热气腾腾，用柴油桶做的旺焰炉子上，竹制的蒸笼层层累叠，如巍然宝塔，里面藏满了白胖鼓起的松软馒头。香烟店一片红光，柜台和几乎所有空余墙面全部被红色的烟壳覆盖。涂满口红的老板娘正用戴了三只大戒指的手指沾了唾沫聚精会神地数她一天不菲的利润。花圈店的粗壮蜡烛特别显眼，室内灯光下盛绽的那些或金或紫或绿的纸花，不停闪射着某种金属样的刻薄笑意。铝合金店从来没有停止过它的忙碌，防盗门，防盗窗，防盗的……人类自囚的笼子，机器切割管材的飞溅火星与近旁臭豆腐和茶叶蛋摊的无边气息交相辉映。（唯一落寞的可能是灯泡悬挂人头攒动的菜场对面的牙科诊所。虽然写在白漆木板上的“牙科”两字血红如盆，但诊所内此刻空荡，那个高度近视的驼背牙医不知去向，只留下那么多奇形怪状的钢铁刑具，暂时静躺在浅浅的方形搪瓷器皿之内。）涌动的模糊的人头。蒸腾的光线、气息与噪声。灰蓝。铁。黑轮胎。香蕉皮。理发店旋转的彩柱。鲜红的碎骨。女人散发异味的短裙。挣脱的未斩的鸡。大片鱼鳞。被践踏的水煮花生。骂声。废气。越来越暗下来的时间。

——我沉浸其间。浓暮。西园弄。1999 年 10 月 26 日的瞬间中国。

时间

（法）雅克·阿达利在《智慧之路——论迷宫》（商务印书

馆 1999 年 4 月版）一书里，曾记述过一座古老的埃及迷宫：“在一个围墙里包容了 3000 间套房和 12 座宫殿。整个建筑物用大理石饰面。只有一条下坡道，但里面却有无数条道路……人们在兜了一大圈之后常常又回到原地……而不知如何离开那儿。”这座古老而又充满神秘和诱惑的宏伟建筑，后来衰败，成为采石场（白耀阳光下蚂蚁似的工人爬在它的上面拆卸石头），而今已荡然无存。

转身之间三个人的突然消失，引起我对时间的思考。那天正午，我在这座城市一个著名商厦前面的花坛广场等人。因为天热，除一两处撑了蓝色广告遮阳伞的冷饮摊点外，正午广场上空荡荡的。身后不远处站着一男一女两个中年人，从那男子不停抬腕看表的样子来看，他们也是等待者。果真，不久一辆红色出租车在广场前停下，一个脖间系了小纱巾满脸通红的女人急急地笑着朝两个中年男女跑去。在花坛广场的中心，他们兴奋地谈着什么。看到他们相聚，我便也扭过头来，注意我所等待的人是否来临。只一刻，再回过头，正午寂静的花坛广场空了，刚才还在广场中心热烈交谈的一男二女，已经不知去向。我扭头再回头的时间很短，如此之短的时间内他们不可能走远。我费力搜寻，然而，不管是广场四处的边角，还是车辆往来的商街，确实已经不见了他们的踪影。非常奇怪。这件事发生以后，我一直在寻找答案。后来，终于找到一种自己认可的解答。商厦前面的花坛广场，在那天正午的某一刻所拥有的并不是同一种时间。当时我所在的那部分广场是现在时间，而广场中心所拥有的则是过去或未来的一段时间。一男二女的相聚实际是过去或未来的一个图景，但在不同时间共存于广场的那一刻，他们被置身于“现在”的我目睹。而当我扭头再回头时，广场上已经重又恢复了统一的现在时间，因此，他们“突然”消失。（对于时间，我总是不可自拔地迷恋于那个因患卢伽雷氏症而一直坐轮椅的史蒂芬·霍金的一段话：“时间会不会有朝一日倒流，并因此导致果先于因？……为何我们记住过去而不是将来？”——《时间简史》。）

（闪显）。生育、死亡、国家、婚姻、阴谋、战争、革命——地球上的人类史，是缓慢、滞重的一部历史。但如果我们用现代电子机器的“高速快进”方式来“幻看”一下这部历史，就会发现，缓慢、滞重的人类发展史，原来具有如此强烈的喜剧效果！——当然，这种喜剧的本质，是宿命的、无法躲避的巨大悲剧。（闪显）。

1999 年 12 月

戕害史

窗外是一场破碎的冬雨。高耸吊车、待拆旧房和未结顶的水泥怪物挤压间的破碎冬雨。鲜艳男女嘴嚼冒热气的烤肠，从琳琅辉煌的商厦浮出，又迅速潜进工业的塑料或奔跑的钢铁。隔着冷漠的巨幅玻璃，沉闷而持久的机器声中，我感到让人难受的湿热。这是谁，启示我的一刻焦虑？泥土与人类，地球上自然和文明的两个最基本元素。泥土庞大的子宫，诞生了森林、河流、山岳、草原和各种各样的动物，最后，她疼痛着生育了人类。后来居上的这种直立行走、能够劳动和制造工具的动物，泥土上的“万物之灵长”，随即开始改变泥土和泥土上的一切。他们在泥土上垒城、进行战争、砍伐树木、贸易、比赛核武器、用创造的各种文字记录他们所谓的思想。人类迄今为止的文明史，静下来想想，实际就是一部对泥土肆意戕害的历史。现在，自然地球正向人工地球过渡，自然的人也正向人工的人转变——某种不可阻挡无法逆转的巨大惯性使然。满脸幸福的人类此刻挤坐在一只做自由落体运动的车厢内，还有多久，他们将触及深渊处那坚硬的岩石？

1999 年 1 月

拆

阳光轰的一下，就迫不及待地灌满被揭去屋顶的那幢街边两层砖楼。临街一面的半堵墙也已敲掉，因此，此刻的它就完全裸露在明亮的白昼之中。原本普通的房子，残破之后，竟让人如此强烈地感受到它的表情：羞涩、难堪以及暴力控制下的屈辱忍受。……残酷一点的比喻，甚至可说是一个善良女子，被剥光了衣服由人强迫着站在光天化日之下。——我明白，房子的表情或我的感受，全部源于这砖楼隐私空间的被动裸露。二楼的房间应该是卧室，现在它已失去遮掩，响亮的阳光灌满尘土飞扬的角落（阳光，在此更像是一位隐私的窥视狂和饕餮者）。墙上女影星的年画一角已经无力耷拉，有着细碎蓝花的墙纸在大块大块泛着岁月的暗黄。观察得更仔细一些的话，断砖废瓦之间，还可以发现一只即将散架的抽屉，几块原先是陈旧镜子的破碎玻璃，也许，还有一把缺了若干牙齿的黄杨木梳。卧室，一间往昔夜晚都要拉上花布窗帘的卧室，曾经盛满主人的恩爱、争吵、鼾声、梦呓和午夜搪瓷痰盂内的清脆尿音。他们在拉上窗帘的这个绝对私有的空间内，生儿育女，享受甜蜜的幸福黑夜或忍受平庸的漫漫生活。

……临空的工人持续舞动铁锤，飞扬溅落的尘石中，过去生活的气息被无情击碎。只有长久被四壁和屋顶围住的隐私空间是欣喜的，我想铁锤声中，它大口大口地呼吸着，回归了久违的广大集体。梁、椽、门框、窗框，它们现在又被叫作了木头，老木头。但是树，新鲜生长的树，已经是这些老木头漫漶不清的遥远记忆。数十载甚至上百年的负重支撑，使得它们面容憔悴，身躯衰败。死亡的阴影在严重腐蚀的木纹深处徘徊不去，暮年的它们现在被乱七八糟地堆叠着（已经无力挣扎）。雨和光的夹击最终将一一消解这些极度疲乏的面容和躯体；或者，经由美丽的火焰，获得它们期待的再生？一堵又一堵的墙接连着轰隆倒下，市井的大地微颤，烟尘爆炸般漫起。寂静月下，遍地的碎石和瓦砾多像闪着青色微芒的美丽图案。但是，这是废墟。未来巍峨发亮大厦之前的废墟。在这样的废墟当中，有一幢灰墙的老宅尚未拆除——太湖北岸这座发达商业城市的新街巷 30 号，钱锺书和杨绛两位先生的故居——它依旧立在光秃秃的碎砖和瓦砾的“美丽图案”中，孤单、无援，然而倔强，就像精神的某种境遇，在当代。

1999 年 1 月

清凉

之一

深蓝中山装经由漫长岁月的日晒和洗涤，已显灰白。但衣裳总是洁净，纽扣总是扣严。28 寸的载重自行车古老却依然灵活。一个无锡土著，一个年逾“知天命”的男子，一个热爱美术和中国古典文学的下放者、浪迹异乡者和中学内退者。同样是吃饭、出行、活着，同样是置身于这个喧嚣社会的无形齿轮中，但他的身上，始终弥散有一种干净、简朴、平静的古老气息，他有自己认定的传统和生活法则。烦躁的时候，在红尘旋涡里晕眩疲惫的时候，我总要去他位于郊区的那间百年老屋。荣君豪，他是我尊敬的忘年交。

那是城郊接合部繁忙大道之侧一片陈旧的居民区域。从一株桃树旁小小的正门进去，就是一个被东西两堵歪斜青砖墙夹住的狭长园圃。市声即刻远了，心安静下来。立着，仰头可见一块长方形的蓝天，偶尔有一群鸽子低低飞过，翅膀扑动的声音如此清晰。园圃中间是一条砖石窄路，两边则挤满了花草。桂花、蜡梅、月季、绣球、牡丹、芍药、一串红、菊花、迎春条、大青叶等等，有的盆栽，更多是地长，虽然野乱，却四季不断生机。穿过园圃，就是他家的住所。东西同样狭窄，南北进深很长。建于清末的这所民居，曾经遭受过太平天国的战火。细致乌瓦铺成的屋面现在大部分已经向下凹陷，使得这座老宅看上去更加低矮。屋内幽暗，贴东壁的南北走道尤甚。他的书房兼卧室却明亮，因为朝南的朱漆木格窗户开着，外面是一方小小天井。初秋已经变软的午后阳光映进室内，一两只野蜂，嗡嗡飞着，时来寻找窗格上的旧巢。绿的茶芽在白瓷杯的开水里舒卷，我坐着的老旧结实的藤椅后面，是两只庞大的褐木书橱，书、杂志杂乱堆放，最引人注目的是众多已略显发黄的书册，自先秦至清，中国古代文学史中提到的总集、别集，在这里几乎都能找到。这些书大多是 20 世纪 60 年代或 70 年代的出版物，主人介绍，主要在当年的下放地——苏北一个偏僻小县城的新华书店中陆续购得。“那时做完生活，晚上冷清，所以有一点点余钱就买书来读。”我还看到他当年为消磨寂寞的苏北冬夜而自制的线装书：用小楷将古书端正地抄录在稿纸上（竖排），然后将稿纸一折为二，取牛皮纸做封面，竖写书名，再盖上他鲜红的篆章，非常雅致。

坐在他散逸久远年代书籍和杂物气息的室内，内心真的非常干净，拥挤竞技的世界那么遥远，似有润润的雪，擦去了心上的焦躁和灰尘。他坐着吸烟的姿势很像周恩来或鲁迅，经常有人对他这么说时，他总会笑笑："他们也像我。"苏北之后，他又在浙江雁荡山区浪迹过数年，干活，吃饭，与当地山民结下了深厚友情。再后来，回到了太湖边的这座中等商业城市，他的老家，在一所中学当教师。他的正直、学问和平易待人的态度，赢得了师生的普遍尊敬。教师生涯中，他做了一件至今不悔却使他的人生历程充满难言坎坷的事，他的确很"傻"：他坚持揭发了校办工厂厂长的犯罪事实。尽管在揭发过程中，与厂长关系密切的校负责人一再利诱威逼他不要多事，但他倔强地坚持。"厂长"锒铛入狱。数年后，"厂长"出狱，依然是校办工厂厂长，校负责人还是校负责人，他还是这所学校的教师。他坦然处之。如今，他终于如愿提前内退。一个人在家里，孝敬老母，饮茶，有感受时写一两篇文章（他曾经与人合出过两本散文集），偶尔也出去帮人家干些他所擅长的美工活。吃简单的饭，过古老的生活，他一如既往。此时此刻我非常想与他喝酒，像以往一样，在他的那所百年老宅，就着木格窗外的阳光和寂静，在书籍、杂物和稍远处花卉野草的气息中，向他敬酒。尽管，他一两的白酒量多少让人有些遗憾。

之二

浩野寂寞的东海之侧，松门，一个小镇，一个地图上太小太小的黑点，仿佛一滴水就能将它淹没，一阵风就能将它吹逝。彭一田，他是浩野寂寞大海之侧的居住者。天各一方，我们没有见过面，是诗歌之缘，才使彼此在纸上得以相识。他长我9岁，生于浙江，祖籍江西。童年和少年在江西山区生活10年，20岁时返浙。从此，开始过“市井与读书、写作的生活”。松门，不是他的诞生地，因为妻子是当地土著，他在松门已生活了10多年。“这些年来，我与妻同心同德，一个家从无到有，终于混迹于万家灯火中。在连绵不断的上升的炊烟中，我们的女儿也渐渐长大，今年已是12岁了。”他说，他并不想出远门，“年复一年，我只是在松门的小巷里看看太阳，间或从街上的风雨边走过，日子平静得无话可说。有时独自去看大海，想起人生就像一滴水，在命运的大海上东奔西忙”。他们家靠做小生意存活，但他内心却始终有与“提篮小卖”不相容的一面。他追求着内心的纯洁与进步。吴中桂子飘香的季节，他从遥远的松门，给我寄来了他的第一本简洁、朴素而美好的诗集。“诗歌是一份关于人类精神和情感历程的收藏。收藏是一种艰难，也是一种冒险，还是一种责任承担。——尽管意义如此，但我自己已不能说，因为这是个诗人只有沉默的年代。”他告诉说，“只为了让我的朋友们更爱我，我才决定出版这本诗集。”黑夜漫临，大地寂静。翻读这本珍贵的诗集，想象着在古老大陆的东端，茫茫人世的渺小一角，在咸湿夜晚海风的吹覆之下，某一间小屋亮着灯火，妻子和女儿已经沉沉入睡，而他，却正在灯下，凝视自己的心灵与桌上的白纸。于此，我深深感受到了“同道”，并在外人不知的感动与温暖中，又一次勉励自己前行。

1997 年 10 月

窥视者

（借罗伯—格里耶之题）

【雨】复杂的梦般的结构。发烫或已然冷却的巍峨钢铁纵横恣肆。未关紧阀门而泄溅的白色蒸汽。荒凉废弃的堆货场。披发醉酒的午夜独行人。轻浮的音乐在早晨狭陋的居室内溢出了肮脏奶锅。雨。带美丽油花的黑色冬雨来临，细微却是尖锐地——渗浸——浇湿活动的骨头、关节和生锈齿轮。南方星空下的人。是谁的伞，遗弃在潮湿的僻静街头？

【火锅店和加缪】首先是热。硕大铁锅内的红油汤汁在激烈的火焰上沸腾（狗肉底料、甲鱼底料或山珍底料。火焰则来自桌下的液化气罐）。你必须脱掉外套。一只又一只长方形的白色搪瓷盆（里面盛满了颜色、品种庞杂的生料），摆满在店堂中间用无数张桌子拼起的巨桌之上（后现代主义的浅浮雕？）。旁边，是叠成小山的干净瓷盘，供食客取食。仍在扭动的黄鳝身段。弯腰的鲫鱼。雪白的呈半圆形的生猪脑（该店特色名菜）。切断的鸭脖子。剁碎再凝结的肉圆。腰片。蹦跳恐惧的河虾。沸腾的红油汤汁内杂物煎熬（“人民等待的牙齿已经闪烁雨似的白光”）……啤酒的泡沫汹涌。我需要啤酒，冰凉的啤酒。1938年发表《婚礼》的阿尔贝·加缪（1913—1960）认为，荒谬感会袭上街头巷尾每一个人的心头。这种感觉的突如其来一般不外是以下四种情况中的一种（或许是其中的数种）：1. 众人生活的机械性，可能使他们对其存在的价值和目的产生疑问，这是荒谬的暗示。2. 对时光流逝的敏感，或者说对时间是一种毁灭性力量的认识。3. 被遗弃于一个异己世界的感觉，人感到自己是外来者，这种疏离感在其最强烈的时候可达到恶心的地步。4. 与他人的隔离感。

【新闻】《北约追查内部间谍》：“本报综合消息　德国报纸《南德意志报》周三报道，北约正展开追捕一名间谍。北约相信该名间谍将联盟空袭的情报交给贝尔格莱德。报道指出，联盟中有一名间谍将未来的空袭目标情报交给贝尔格莱德。报道指出，在北约3日（1999年4月3日——笔者注）晚的空袭前，贝尔格莱德已将南联盟内政大楼‘清场’。报道又指出，塞尔维亚警察在北约发射导弹前，已将该次成为目标的大桥封闭，而且军队也在轰炸前撤出军营。报道指出事前只有少数人知道北约的作战计划。在去年10月，法国陆军上校邦内便被法国军事情报组拘捕，指控他向塞军泄露：假如塞军不肯停止对科索沃平民袭击，北约将会攻击。”

【场景】清晨公共汽车站台，打哈欠的少妇（昨夜没有睡好？长发，拎闪亮手袋）。她使劲扩张人类头部唯一能够主观扩张的空洞：涂满油膏的嘴唇、猩红的舌、白色的齿一一展现。神秘的人类的空洞。灰尘和慵懒阳光的午后弄堂口烟酒店。隔壁美容厅的按摩女趴在烟酒店的玻璃柜台上看里面的人在围打麻将。她的臀部撅起，燥热的风不时过来撩起那薄短的裙子，露出隐约的黑狭内裤。麦当娜不厌其烦地在电流中高歌:《宛如处女》《物质女孩》。

【米兰·昆德拉语录】“有一次，姊妹俩一起逛内衣商店，阿格尼丝注意到劳拉轻轻抚摸售货员给她的胸罩。此刻往往是阿格尼丝发现妹妹与自己不同的时刻：对阿格尼丝来说，胸罩属于为纠正某种身体缺陷而设计的一类物品，例如绷带、义齿、眼镜，以及脖子受伤后使用的硬领等；胸罩的作用是为了托住什么东西，由于设计差错，那东西分量超重，因而需要支撑，好像蹩脚建筑的阳台必须加几根支柱才能不坍倒一样。换句话说，胸罩透露了女性身体的技术性特征。”（米兰·昆德拉《不朽》片段）

【水泥和钢筋】水泥。钢筋。水泥。

【“鲜肉”告示】连锁“百业超市”的玻璃门面内里，贴着这样的“鲜肉”告示（用彩色水笔精心写就）：“大排：4.50元，肋排：5.30元，肉糜：4.80元，猪肝：3.50元，草排：4.00元，肉丝：7.00 元，剥皮前肘：4.20 元，前腿精肉：7.00 元。”（实用主义者的肢解或称精细的人类分类学。采集地点：无锡；采集时间：1999 年 4 月 17 日。）

【开会现场的色彩】黄：室内，土黄的、印有模糊花纹的窗帘阻住太阳光；绿：长条桌（供发言人用）上铺垫墨绿的厚丝绒布；黑：黑椅，穿黑皮衣的细腻讲话者；红：发言桌后上方的红色横幅；白：红色横幅上的白色字体；青：青翠挺拔的两盆塑料植物；黑：黑而且沉重（视觉上的）的庞大音箱；白：台下桌上的白桌布。

【搞笑】“搞”是个用途非常广泛的动词。从关系国计民生的“搞生产”到满足肉欲的“搞女（男）人”，从正儿八经地“搞”，到不入流的乱“搞”、瞎“搞”、胡“搞”，“搞”成为被人们运用得极为熟溜的一个热门动词。街上冷不丁窜出一个人，一询身份，他会说自己是“搞广告的”“搞推销的”“搞电视的”“搞写作的”等等，应有尽有。什么似乎都可以“搞”出来。“笑”于是便也可以靠“搞”来生产，并且成为一种赚钱赢利的手段，成为一种职业，成为一种时尚。既赚你的“笑”又掏你的钱，两全其美，不亦乐乎。“搞笑”不仅仅是小品、相声的特长，影、视、书、刊更是不甘落后。“搞笑影视”“搞笑书”

一时蜂拥而出，不会“搞笑”、不懂“搞笑”，便大有落伍之嫌。坦率地说，能让人开怀大笑，甚至“让你一次笑个够”，没有什么不好，哪怕是“搞”出来的。那种紧绷着脸，一脸“政治”相的面孔实在让中国人受够了。从“载道”的沉重中，能释放出一点“笑”的轻松，这是一种文化解放的标志。只是大陆的文化人，确切地说应该是文艺人，他们的“搞笑”总是不地道。要么放不开，既想“搞笑”又想说教；要么本身就缺了“搞笑”本事，让人笑不起来；更有没招者，干脆以轻浮流滑、恶俗不堪为能事，末流都挨不上。所以，这样的“搞笑”多少还是一种初级水平。比起台湾“师傅”们的“搞笑”来，他们还需不断地进修。而且，“搞笑”怎么着也是一种快餐，快餐怎么着也不能代替正餐，即使“搞快餐”可能赚上一笔钱。（作者：晨父，原载《东方文化周刊》1999 年 3 月 26 日。）

【塔顶】狭紧空间，旋转磨损的木头梯阶，黑腻起锈的铁扶手，通往深夜的塔顶。……风经过你的膝盖，底下是万家灯火。一个位置，在古老的时空里打量这个繁密时代。

【商厦之光】万家灯火中的一个具体“灯火”。置身其间，在视觉范畴内的味觉与嗅觉，是奶甜和飘香的。类似于奶酪、黑朱古力和彩色冰激凌。轻盈、光滑质地的衣饰丛林，浩瀚的、散发动物表皮气味的女鞋展厅，辛迪·克劳馥的欧米茄手表，精致奇特容器（小就是美）内的各色化妆品乳液，大幅纯蓝和玫红的人面广告……都市的这个透明结晶强烈呈现着女性体征，即使是澎湃着激越火爆音画的电子卖区——我以为——也是恰好展示了当代女性在都市生活中某个侧面的风貌。透明的巨大结晶，都市，就像好莱坞影片中的那个半蹲的女性巨人，妩媚、富于力量而又欲壑无尽（“我常常从一部无聊的美国电影中学到知识，”维特根斯坦这样说过）。自动电梯雄性勃勃地热爱升降，维持每一天每一小时每一分钟的亢奋（应该算是物质商厦的唯一男性？），他送优雅的购物者进出每一层迷幻的甜蜜空间，让脆响的纸币进行移动。一个有着美好胸脯的小姐在内衣柜的进口被你不小心撞了一下，“对不起！”她仍然微笑，并且心甘情愿地欢迎着你的微小撞击（假的，她是塑料模特）。饿了？透明的晶体内部拥有美食广场（广场！），龙虾金红、田螺乌油、生菜碧绿，来吧，蠕动的、跃跃欲试的胃。离开的时候，你还必须穿过游戏机房的喧腾阵地。闪烁的画面上，是拳击，是疯狂赛车，是比赛脱衣的靓仔和俊妞，是击剑并会口吐火焰的古代武士……你陷入了蛋糕，巨大的、溢满奶油和缀满红樱桃的、一点点吞没你的灯火蛋糕。

【冰箱】至少2000年前，谷物的发现使人类不必逐水草而居，因为它有一大优点：可储藏性，储藏方式就这样与人类生活方式息息相关。1834 年冰箱问世，人们告别了冰窖储存食物的历史。如今，在拥有一亿台冰箱的美国，平均每台冰箱每天要被光顾 45 次。

【医院内部】尖锐、闪亮、细致，消过毒的无数针头充满了迫切渴意。被拍打后的手臂血管鼓起，像一个优雅的（本质是迫不及待的、残忍的）嗜血者，尖锐、细致的不锈钢针头闪亮着进入了肉体。一线鲜红灼热的液体开始迅捷流溢。……还有气味，来自药物、污损墙壁、白大褂、红十字门帘和处方纸张的气味，漫逸渗透于医院内部每一个最为隐秘的空间。步入更年期的女医生在桌子对面不苟言笑（苍白面容开始松弛，眼神却变得更加苛厉和淡漠）：……脱下裤子……抬头……张大嘴巴……站远点……我说好了你听见没有……下一个……声音的感觉就像有棱角的金属在玻璃上划过一样（为她晚餐时的丈夫悲哀）。倒挂的瓶中的药水，如古老的滴漏，缓缓滴进躺倒在阴暗走廊长条凳上的老者体内；那个乡下姑娘在背人的角落，羞怯地卷起内衣，一只不知性别的手正仔细盘查着她处女的乳房；父亲怀中的婴儿，如此敏感于白衣人移来的阴影，乱扭着在哇哇大哭。这里的空间飘浮银光蓝光黄光红光但是隔绝阳光。分析。疼痛。会诊。割除。消炎。过敏。溃疡。移植。死亡。出生。……配好药物的人们慢慢走出医院。明亮虚荣的大街随即掩藏了他们内在的疾病。

【案】他们是在 1997 年圣诞节的狂欢之夜相识的。当时，李晓光当领班的那家夜总会迎来了如潮的狂欢人群。人群中，只有一个年轻、长相帅气的男子孤身一人，他引起了李晓光的注意。由于气氛感染，也为了不扫客人的兴致，李晓光不由自主地走了过去。燃着红烛的餐桌上，一道道精美的菜肴伴着红酒染醉了李晓光的脸颊。谈话中，李晓光了解到男子名叫张力，无职业。李晓光，经历坎坷，凭着俊美长相，在一家夜总会当上坐台小姐，用挣来的钱养活老母和女儿。后来，钱赚多了，她成了“大姐大”，就拉上 10 多个小姐“移师”到这家五星级大酒店，她很快当上了夜总会的领班。张力端起酒杯感谢李晓光的陪伴。此后，张力隔三岔五来夜总会，送各种礼物讨她欢心。一次，张力邀请李晓光去附近一家酒吧庆贺自己的生日。酒吧里，柔曼的音乐在幽暗处飘荡。张力适时地拥起李晓光，在舞池里似梦似幻地挪动……两人感情进展很快，1998 年 2 月，开始同居。接触时间久了，张力的本来面目逐渐暴露，他曾因诈骗罪入狱 3 年，出来后每天与一帮人吃喝玩乐。他拿李晓光的钱就像从他自己口袋里拿钱一样。提出分手，张力便凶相毕露，对李一顿拳打脚踢。这时，李晓光才意识到，她已经摆脱不掉他了。1998 年 3 月的一天，张力白天没能找到李晓光，晚上便追到夜总会，挥拳即朝李晓光的脸上打去……李的鼻梁立时骨折。据李晓光讲，张力打她，不分地点场合，只要她提出分手就遭毒打。在每日担惊受怕的状态下李晓光度日如年。7 月 2 日晚，李晓光 11 点多下班时，张力来夜总会接她，说要上李晓光家。李买了盒饭和啤酒，领张回家。吃完饭，李晓光又一次提到分手，张力顿时反目，扑上去又是一顿拳打脚踢，用手枪猛敲李的膝盖，还用弹簧刀划李的手，鲜血从李晓光的手上滴滴答答地流下来。发泄完后，张力倒头便睡。李晓光行动了。她知道张力晚上经常起来喝水，便悄悄将安眠药放进了易拉罐的饮料里。……张力睡了一觉醒来后，喝了饮料就又睡了。李晓光顺手从床头把张力扔下的刀抄了起来，猛地捅进他的前胸。一下、两下……张力挣扎了几下，就不动了。

【《楼层》】瓦西里 · 康定斯基（1866—1944）作于 1929 年。5 根长度一致的水平白线间距相等地排列在纸上，另有一根明显粗大的白线粗暴而又斩钉截铁地垂直中分了它们（画面像是一棵呆板枯死的白色树干）。这样，画面上就产生了 12 格相对独立的空间。每格空间内，康定斯基布置了杂乱的、叠加的、大小不一的圆形、三角形、长方形、半圆形或牛角形；设色为橘红或土黄（这些形状、大小不一的色块像是白色树干上悬挂着的可怜果实)。“人类将自己封锁在叠造的、阴冷的水泥格子中，生命虽然还鲜亮，但理性却封杀着激情和浪漫。”

【文化传播公司经理】5楼？ 8楼？ 12楼？ 25楼？在热焰腾腾刀牙并举的“坚尼烧烤”顶上，我们找到了这间隐藏很深的“文化传播公司”。电话巨大的阴影里，矮壮的黑衣人疲倦却又兴致勃勃地正和电线那端的某个女孩聊天。他朝我们点头，一边继续和电话讲话（语调优雅起伏，调侃又灌满磁性的暧昧），一边非常客气地示意我们坐下（“一边”“一边”——两种不同的状态几乎在同一时间被他游刃有余地调理得和谐无缝）。印刷精美矫揉作态的明星彩像参差贴满了差不多全部墙壁，杂乱堆放的港台刊物报纸，杂乱的办公桌，已经关闭的电脑……暮色里变得越来越暗的室内空间很挤。矮壮的黑衣经理仍在握着电话变换表情和声音。一个我们来时就在的、将蓝色小包背在背上的小姐这时起身，朝经理轻轻挥手先走了（后来经理说，她是他们杂志的专栏撰稿人，现在是南京大学作家班的学生）。……漫长的电话终于结束，黑衣经理从可以转动的皮质椅子上连忙（？）欠起身子，“对不起，实在对不起！我们有多长时间没见了？！”……发名片：“杂志策划。演出经纪。广告代理。CI设计。”“走吧，吃晚饭去。我们边吃边聊。”下降的、黄昏时冷清的电梯。横穿过车灯已然成河的闹街，进入一家悬挂的电视里正在播放丰乳广告的个体饭店。憔悴但假装艳丽的老板娘显然跟黑衣经理很熟。“前两天刚跟孙悦和那英通电话，准备替一个单位搞一场庆典演出。”黑衣经理胃口很好，他爱好蚌肉、咸肉煲豆腐中的丰满蚌肉（一个单身的乡村闯城者“乡村特征”的最后留痕？）。我们再一次举杯致谢，“一边”让金黄的啤酒液体充溢自己体内，“一边”真诚祝他：事业发达！情人多多！

1999 年 4 月

C

辑

漆园吏哲学

有什么能够明确证实：1. 白昼繁华的一切不是夜晚酣睡者的梦境？ 2. 20 世纪末密集交错的网络、载人宇航器、局部战争和好莱坞分级电影，不是一个中国唐朝人在午饭酒醉后倒在床上的漫思？ 3. 甚至，我们这个世界为什么不就是一粒昆虫的梦？

——“梦”与“现实”的区别，究竟是在何处？

由于上述问题的提出，我对某些习惯上被认为是“梦”的事件，产生了怀疑——它们到底是属于虚幻还是属于真实？譬如，一个年岁已大的善良农民，雇用三个外来青年，用残暴的手段（凶器为斧头）杀死了同村他的仇人。这个老年农民与我的关系，在于他是我曾经一个新闻上司的父亲。我见过老人，高个，黑瘦，背微驼，见人就露出褐黄的牙齿朝你笑。他的儿子——我曾经的新闻上司则在数年前就已弃新闻从商业，一走便无消息，只有一次，在城市的某个路口，他从自己驾驶的“奥迪”牌轿车窗口探出头来，向我打过一个满是成功者骄傲的谦虚招呼。又如，在积满落叶的惠山寺阴暗宽敞的庭院内，读中等师范时的班主任，身材魁梧的国文老师陆振丰先生，在迟缓却气劲实足地打着杨式 103 式太极拳。（他的以杀猪为业的兄弟的推手功夫，在沪宁沿线遐迩闻名。）再如，于黎明前湿黑的麻石窄街内，一匹赤烈的红马，从那个男孩的眼前燃烧冲过——这个带有奇异南方特征的情景，在我的叙述中将一再涉及，因为我至今尚未领悟到它所要给予我的特殊启示或暗喻。

一般人总是认为，现实大于梦幻，梦幻是现实的投影。而博尔赫斯则逆众人而言，他独自的声音固执而又倔强：现实，只是梦的表象之一。我梦蝴蝶，还是蝴蝶梦我？两个音乐家之死的逸事，在此十分具有探讨的价值。约翰·列侬（1940—1980），英国甲壳虫乐队节奏吉他手兼主唱。1980 年，列侬在他纽约寓所的门前被一位精神病患者杀害。当然，具体的细节可以想象：列侬刚刚出门，去录音棚录他将出的新专辑；或是往 41 大街拐角的咖啡店去见他的不是大野洋子的某位日裔情人。然后，那位精神病患者出现，疯狂或是冷静地，用精致的手枪或刀子或其他钝器，杀害了他。伊安·柯蒂斯（1956—1980），英国快乐部乐队（乐队名来源于集中营的卖淫机构）的灵魂。他自闭、孤独、不擅交往，承受着常人难以想象的癫痫病的折磨。

“舞台上柯蒂斯令人惊悸的神经质的舞蹈，就如同一个非生命的、失去控制的提线木偶。”1980年去美国巡演期间，柯蒂斯在房间上吊自杀。——两位同是英籍的现代摇滚音乐家，同在1980年，在同一个异乡（美国）死去，这么多的巧合，是如此符合梦的特征，而记载这两桩逸事的书本，却明确地告诉阅读者：它们是真实的。

1998年

幻见录

之一。唐寅（字伯虎，1470—1523）一日与吴中诸友浪游大醉。时酒兴未阑却阮囊已尽，唐伯虎乃大呼酒家悉数抱去座中客所穿之外衣，典当以佐酒资。于是诸友继续豪饮，竟夕忘归。醉中，唐伯虎索来纸笔，乘兴淋漓涂抹山水画数幅。次晨，卖画得钱若干，尽赎所典之衣而返。

之二。伯虎与客出游，看见一果园枝繁果盛，于是戏谑着首先翻墙盗果。不料从墙上跳下后，竟落在园内一露天厕坑中。伯虎静寂不言。园外诸人等了一会儿，见无动静，便思忖：唐寅于内饱啖果子，已经忘了我们。文征明遂说，我们也进去吧。于是他翻墙入园，同样，他也落在了厕坑之中。伯虎就在其侧，说："君亦来享此耶？幸勿言，当与诸君共之。"不一刻，同游之客纷纷落坑，伯虎与之相顾，大笑不已。

之三。“不炼金丹不坐禅，不为商贾不耕田；闲来就写青山卖，不使人间造孽钱。”这是晚年深居寡出的唐寅。年轻时代，伯虎则最喜扮乞丐以自娱、搞钱。某年除夕，他与狂生祝允明、张梦晋于吴中大雪天扮作唱莲花落的流浪艺人，沿户乞讨。得钱后便于市中沽酒，再一路吟啸咏唱奔出姑苏城外，随意找一野寺，燃火痛饮。三人举杯感叹：“此乐惜不令太白知之！”

夜晚的废名（冯文炳，1901—1967）十分透明，清洁的器官在皮肤里面安宁搏动。内在地照亮废名的，是如此纯粹的儿童与女性之光。废名很异，完善融合的儿童和女性在精神领域的美，天然地，成为一个中国男性作家的内质，尽管“废名之貌奇古，其额如螳螂”（周作人语）。具有女性情怀的男性很多，如川端康成，如曹雪芹，如茨威格，如现代散文作家丽尼，但与废名相比，他们都缺少了独特的“儿童”之美。除了绵细温柔，废名还是孩子，强烈的稚简，像极致的中国白描，笔淡而情炽。在鄂皖赣交界的黄梅小城，宽敞阴暗的砖宅内充满的，是砍刀劈开鲜竹的脆响以及瞬间散出的青激浓香。数不清的竹。劈开后如花绽放的鲜竹。脆响与浓香。清癯的祖父年复一年地在编制竹器，摇篮里的废名甜甜酣眠。……长江的涛声拍打着一个楚地作家的成长。语言里的废名那么干净，甚至到近乎洁癖的程度。他总是用清水反复洗手，整好衣冠，然后握着竹笔，在晴窗之侧纤尘不染的白纸上以精致小楷，写下《桃园》，写下《桥》。废名向往寒冬。他不厌其烦地叙写“鹤讶今年之雪”的典故：晋太康二年冬大雪，南州人听、见二白鹤语于桥下，“今兹寒不减尧崩年也”。于是飞去。——白鹤，白雪，绝尘而隔世的淡言，飞去——一种废名。除去寒冬，秋，也是废名的热爱。“清早开门，满地枣红。”废名一生追求的，是人生这样的最高幸福（或是忧伤？）：在异乡的枕上，倾听8月的枣落之声。“畸行独往，斯世所罕”，俞平伯的意思我懂，那是说，废名即鹤，废名，即是晋冬大雪语于桥下的那一只白鹤。

我喜欢郁达夫（1896—1945）的字。尽管在杭州的“风雨茅庐”内，他隔三岔五地和杭市市长、公安局长等地方高级官员诗词唱和，甚至借了市长的“一号车”，风风光光地到老家富阳给母亲拜寿，他的字落拓、潇洒、斜斜地不羁，笔画间透出的，仍是傲岸的民间名士气息。“群盲竭尽蚍蜉力，不废江河万古流”——这是郁达夫的字，写给鲁迅（1881—1936）的句子。由衷的敬意、友谊、义无反顾的感情，通过特别的郁氏书法，表现得淋漓强烈。关于郁达夫，我的碎片式的印象是：1.缓慢迂回的节奏；2.浪漫主义的感伤；3.南方气息，亚热带湿润季风气候的南方气息；4.古典中国文化的浸淫者；5.世俗的享乐主义者；6.才子；7.颓废的猎艳者；8.慢速度。喜好“骂人”的鲁迅和“沉沦”的郁达夫，两个风格似乎殊异的浙人间维系一生的坚实友谊令我深感兴趣。1927—1933年间，浙江口音的话语和郁、鲁一高一矮的两个身影，在上海的各处饭店闪显。他们在辛勤编织或拆解着一张张文学、政治、人事的复杂之网。两人的活动，从一个侧面，呈现了当年沪上餐饮业（“餐饮业”，一个泛着油光的20世纪90年代词语，在此借用）的极度繁盛。根据不完全统计，鲁迅和郁达夫到过并吃过的饭店就有：六合居、全家福、中有天、悦宾楼、万云楼、川久料理店、陶乐春、南云楼、川味饭店、功德林、致美楼、知味观、聚丰园等（他们不断地换店，看来他们并不墨守成“味”，而是热情地渴望品尝新的味道）。纯粹的店名展示当然冷寂而没有质感，但我们可以继续“打开”，以获视生动细节。譬如，打开“中有天”这个“站点（店）”——1927年12月31日，岁末之夜在“中有天”，由北新书局的李小峰请客，座中有鲁迅、郁达夫、林语堂、章衣萍等。可能是新年将临，大家喝得十分畅快，气氛热烈，于是赛酒。郁达夫：“和鲁迅等赌酒，喝了微醉”；鲁迅：“饮后大醉，回寓呕吐”。郁、鲁酒量，于此可知伯仲。再如，打开“南云楼”——1929年8月28日晚。在这次炎夏饭局的临终时，鲁迅和林语堂因事起了争执。鲁迅当晚的日记说林“彼亦争持，鄙相悉现”。晚年的林语堂也曾回忆此事：在宴席上，“两人对视像一对雄鸡一样，对了足足一两分钟。幸亏郁达夫作和事佬……这样一场小风波，也就安然渡过了。”我尤为注重的，还有总被文学史家们略掉不载或完全不去注意的生活小节。譬如互送物品。鲁迅赠送郁达夫的东西（书以外）有（举要）：有八九年陈色的绍兴美酒（1928年6月3日）；佳酿酒一瓶（1929年10月10日下午）；绒衫、围领各一事，“贺其得子”（时间不详）；越酒两瓶（1930年2月20日晚）。郁达夫赠送鲁迅的东西（同样除书）有（举要）：杨梅酒一瓶（1928年8月2日）；打粟干一把（时间不详）；10只粽子（时间不详）；干鱼、风鸡、腊鸭（1932年2月29日下午）。——沿着这些细致微小的痕迹进行想象，我以为可以还原一种生活。我甚至能够感到鲁迅和郁达夫当年谈话、告别时的神情以及衣裳擦动的清晰声音。

31岁的马塞尔·杜尚（Marcel Duchamp, 1887—1968）在早餐后忽然起了散步的念头。纽约的晨风很凉，但很舒服，似乎一下子吹去脑中积聚的昨晚酒吧中那些先锋艺术家充斥酒气烟雾的争辩之声。晨风里的纽约，杜尚发觉自己已经慢慢爱上了这座居住了两年的异国都市。漫无目的地走。这儿是偏僻街区，一家专营卫生间设备的小店刚刚拉起它沉重的金属卷帘门。杜尚点燃一支烟，同样漫无目的地转了进去。不知为什么，他一眼就看中货架上那只闪烁莹光的白瓷小便池。在那位满脸雀斑的女店员惺忪又加狐疑的目光中，杜尚付钱，并把它扛上了肩头。他没有喊车。纽约的晨风里，肩扛白瓷小便池的杜尚迎着人们的目光，穿过一个又一个偏僻或繁华的街区，最后到达了美国独立艺术家展览会的馆舍门前。尚未开门。大理石台阶上布满杜尚的疲惫喘息。后来，在交纳了 6 美元的手续费之后，杜尚拥有了“美国独立艺术家展览会”上的一个展位。他将白瓷小便池倒置，并用酣畅的彩笔在小便池的白瓷边缘上签下：“R.Mutt, 1917”（签写时杜尚嘴角含着笑意想到传媒中那个频频出现大腹便便的全美著名的卫生设备生产商 J.I.Mott）。一切结束，杜尚退后两步：不动声色的便池，（用于装接管子或流泄液体的）若干空洞口子，整体像梨，也像街上姑娘的耸挺乳房——白瓷便池——很好，是自己的东西。那……就叫《泉》吧。20 世纪西方美术史上一件无法抹去的艺术作品，于是诞生。

1887 年 7 月 28 日出生于法国勃兰韦勒一个中产阶级家庭的杜尚，他一生所保持的文雅气质和绅士风度与他那些嘲弄、不羁、放浪的作品形成了一对非常奇特的矛盾。我喜欢他几乎所有作品的题名：

《从处女到新娘的经过》

《下楼梯的裸女》

《新娘》

《火车上忧郁的年轻人》

《被快速飞旋的裸体包围的国王和王后》

《咖啡磨》

《大玻璃画——新娘甚至被光棍们剥光了衣服》

《绿盒子》

《自行车轮》

《瓶子搬运工》

《断臂》

1920年，34岁的杜尚又有了创作作品的激情。他买来《蒙娜丽莎》的彩色复制品，在自己的卧室里，用铅笔给这个沉静微笑的女人画上了胡须——《带胡须的蒙娜丽莎》，“杜尚的达达主义作品”，评论家们冷热褒贬的文章又一次滚滚涌来。抽着烟、喝着咖啡的杜尚对着镜头说：艺术可以随便是什么东西，它并不崇高，不值得我们对之有太多的推崇，美与丑之间没有界限，更没有所谓的欣赏趣味（转述语引自《世界美术》1999年第2期第84页）。

1999年7月

固执地持之以恒

罗曼·罗兰在给女友的一封信中，有如下一段话，值得注意的是，他还把这段话抄在了自己的日记里：

> 在您的流浪生活中，努力给您自己，保留每天几个半小时……这几个半小时，您要固执地持之以恒，为了继续某种思想，或者读某一本书，或者和您自己继续讨论某个问题。用了这样的代价，您才能够保全您的人格，而且使之成长。不然的话，即使您有坚强的人格，它也会毫无连贯地碎成粉末。

我感到警醒，以及，这段话在当代的价值。中国古人的“宁可食无肉，不可居无竹”之“竹”，“一日不读书，便觉面目可憎”之“书”——我武断地将它们等同于罗兰提到的“几个半小时”。“竹”“书”以及“半小时”，本质上，就是无论在何种境遇下，于内心能够坚持着给自己辟一块私有的精神空间。

拥有并保留这样的空间，重要而且珍贵，它就像带有神性的内在之灯，能够将你的身体照得透明又干净；而失去这样的灯是极其容易的——罗兰由此要求女友，也勉励自己“要固执地持之以恒”——因为他深知，日常生活中，“我们大部分人只让外表的、很短暂的事情成为我们所从事的工作”（梭罗语），而一旦让这种“外表的、很短暂的事情”充斥了我们的心灵，“灯”便会熄灭，一种你也许浑然不觉的窒息，便潜在并且彻底地笼罩于你。失了“灯”的身体，晦暗，受污，无法避免地会日渐显现出人那麻木隘陋的单一物质性。

“精神嘛，等赚足了以后再说。”这是现时代随处可闻的声音。对此，我所尊敬的、写过伟大《约翰·克里斯多夫》的法国人的回答如此肯定：这样的话，“即使您有坚强的人格，它也会毫无连贯地碎成粉末”。

1999 年 1 月

从未飘逝的灵魂

向深入人世并最终获得自我的灵魂致敬

肖像：川端康成

这是一张饱经了内心沧桑的脸。岁月与情感的风暴已经沉潜，向后梳着、松松蓬起的零乱白发，像深秋经霜的衰草，吐露生命和思想的某种疲惫。面部皮肤与骨头之间那层血润的青春饱满，已被时间深深消蚀。嘴唇瘪了。额间、眉侧、眼下、颊上、嘴角，稀疏却满布了属于老人的大小斑点。三分之一的头颅、脸颊和颈项沉陷在暗色内，灰蓝低调中的暮年川端，像一位平和又淡淡哀伤的日本老妇。只有“9 贯多一点”（1 贯合 3.75 公斤）的川端是羸瘦的，但他依然清亮甚至“童真”的眼睛，似含静静的千钧之气，镇定了他轻弱的物质躯体。风吹不动川端。川端文字，留在我脑海中的直观意象是：洁净瓷器。瓷器之上描画精致繁复却又纤尘不染的映花。鹤。寂静而丰腴的夜雪。还有就是，刀。细致、精美的古典之刀和东方之刀。锋刃的宁寂毫光映出手纹。但它宁寂中的片刻凌厉，是如此暴烈。灼血溅射白绫，一幅锐痛、清洁、绝艳的樱花图卷。“探求日本的美”，我惊异于这个岛国的艺术家对于自己民族、祖国之美的那种执着近乎赴死的热爱和钻研。川端康成如此，东山魁夷、德富芦花、三岛由纪夫，都是如此。日本的东方之美，深含中国古典文化的影子却又独特地“异”了，融合成了“日本”。调子是阴柔的（不知是否跟日本文学由紫式部与清少纳言这两位女性开创有关？），但阴柔的面饰之下，隐含杀机；内向的表征之内，充满着被压抑的残烈。菊与刀，准确而又本质的概括。不过锋利的刀，总被丝绸一样脆弱、凄美的含露鲜花掩盖。“自己的骨头被日本故乡的秋雨浸湿”“我的作品里也蕴藏着一种对清晨或傍晚千只鹤在空中起舞的情景的向往”，川端总是这样静静地说。

（川端康成，1899—1972，日本作家，曾获诺贝尔文学奖。照片见《川端康成文集·独影自命》，中国社会科学出版社 1996 年 4 月第 1 版。）

肖像：波德莱尔

斗士、叛逆、不屈者、无畏者——这是初次见到波德莱尔，用铅笔在他照片旁边写下的四个词。波德莱尔很“凶”，微侧着头，眼睛与鼻子组成的三角区深陷于脸部，一绺头发，不羁地搭在已然荒凉的颅顶前部。他死劲地忍着，但满腔满腹的敌视与仇恨之火，仍从他那紧锁着的眉间与眼中喷出。他所敌视并欲撕裂的，是所有的伦理、习俗、规矩，是19世纪在以巴黎为代表的城市中已经显示出来的人类之“恶”。对于蔑视的事物，他从不逃避，只是迎上。这是另一类诗人，他所要求于诗篇的，不是心灵的平和与精神的栖所，而仅仅只是宣泄，敌视与仇恨之火的宣泄，不然，腾溢并不断涌现的火会烧痛他的。但是，这火最终还是过早地烧毁了他。“生活在邪恶中而热爱着善良”（高尔基语），波德莱尔在肉欲、酒精和巴黎昏暗的灯红酒绿中搏斗一生，他以极度的世俗沉陷的姿态，表达着他孤独的清醒和不屈的反抗。“我觉得，从恶中提出美，对我乃是愉快的事情。”波德莱尔的清醒和反抗，由他那些“仿佛星辰”（雨果语）的诗篇，一一得到了证明。

（波德莱尔，1821—1867，法国诗人。照片见《恶之花·巴黎的忧郁》，人民文学出版社1991年4月第1版。）

肖像：弘一大师

君子之交，其淡如水。

执象而求，咫尺千里。

问余何适，廓尔忘言。

华枝春满，天心月圆。

我所看见的，是1942年农历九月初四大师于泉州温陵养老院圆寂后的照片。简易搁成的单人木板床，床前砖地上空空置放着一双芒鞋——环境朴素得惊人。单人木板床上，大师右胁侧卧，双腿微曲相叠，左手自然置于腹前，右手曲肘被枕在右侧脸颊之下，一派谐和、安详之态。我特别注意到圆寂后大师的脸部，恬静、圆润，有一层神性的光晕。大师双目阖闭，嘴唇饱满，如正处于一个妙美的悟境之中。我吃惊于大师对于自身世俗躯体结束之时的准确预感。1942年农历九月初四那天，大师首先委请随侍身边的妙莲法师将预立遗嘱寄刘质平，接着又委托妙莲向夏丏尊、刘质平、性愿法师分寄预先书写的诀别信，即文首所录二偈。当晚8时，在妙莲法师的助念声中，大师于泉州温陵养老院安详圆寂。我醒悟，俗人眼里具霄壤之别的生与死，对于觉者而言，实则并无阻隔。于大师的圆寂之照，我对深邃、广大的未知事物，有了更深一层的敬畏。

（弘一大师，1880—1942，俗名李叔同，浙人。艺术家，律宗第十一代世祖。照片见《弘一大师文集·讲演卷》，内蒙古人民出版社 1996 年 9 月第 1 版。）

肖像：布罗茨基

“她之所以继续写作，因为诗歌吸收了死亡，还因为她为自己还活着感到内疚。”“她在努力应付一种无意义的生活，它的意义遭到突然毁灭而因此变得空虚。”“此外，同死者交谈是防止话语滑为号叫的唯一途径。”布罗茨基在《哀泣的缪斯》中对阿赫玛托娃的深刻理解，使我激动地认定：我懂得并且应该尊敬布罗茨基。尤其是最后那句话，节制着的巨大悲伤让人惊心动魄。理解应该源自相类的感受。布罗茨基同样“历经苦难”（获诺贝尔文学奖时授奖词中语）：15 岁退学浪迹社会。烧炉。运尸。地质探测。以“寄生虫”罪名遭受审判。入狱。国内流放。流亡异土。如斯坎坷的生存遭际不知是否有利于我们感受他的内心精神和外在面貌？在自传体散文《小于一》中，布罗茨基为我们描述过战后列宁格勒（他更喜欢称之为“彼得”）的一幅肖像：“这张脸瘦削、冷峻，深深凹陷的窗眼反射着涅瓦河面那看不见的波光。”我觉得，列宁格勒城的这幅肖像，正好可以用之于布罗茨基本人，因为，这个人和饱经摧残却依然宏伟的这座城市一样，都有着深深的“战后”痕迹。人事和写作生涯的风霜已经磨去他脸上的热情，取而代之的，是漠然和冷峻——应该加定语“坚定”“孤傲”的漠然和冷峻。流亡美国后，照片上的这个人对于语言的自觉给人以突出印象。虽然他已经能用英语写作，但对于哺育了他的母语——俄语，始终一往情深。“俄语可能是寓居灵魂的最佳场所：它的词形变化异常丰富灵活。名词可以极方便地置于句末，这个名词（或形容词或动词）的词尾又依据性、数、格的不同发生相应的变化。它使描述的任何事物获得立体摄影的观察效果，（有时）还能使人的观察更敏锐更全面。”（《文明之子》）语言成了布罗茨基的信仰，但此信仰不等同于膜拜，而是拆解、搏斗、创新，努力挖掘其中所蕴含的无限可能性。语言是布罗茨基所依赖的“毒品和烈酒”。他甚至认为诗人只是语言的“工具”：“诗人，我再重复一遍，是语言赖以生存的工具。”（布罗茨基 1987 年 11 月在瑞典祝贺诺贝尔奖颁发集会上的讲演）无论表情是如何漠然和冷峻，我深知，这个疏发微霜的中年人的内心，依然烫人。“一个阅读诗歌的人比不阅读诗歌的人更难战胜。”（诺贝尔文学奖受奖演说）写作着诗歌、“过自己生活”的布罗茨基，就是这样一个很难战胜的人。

（布罗茨基，1940—1996，美籍俄人，诗人，1987 年度诺贝尔文学奖获得者。照片见《从彼得堡到斯德哥尔摩》，漓江出版社 1990 年出版。）

肖像：海子

这是我目前见你的唯一照片。唯一。是节制的、茫茫人世里的一次闪显。你不属于人世。长江边农民的瘦小儿子，中国麦地的露水灵魂，你诞生，给人类喷吐完血肉诗篇，然后离开。你是中国麦地的诗歌之神。多么年轻而朴素的眼睛。你完成了使命，因此，你的唯一照片，你在茫茫人世里的唯一闪显，也呈现了飞翔的姿势。飞翔，并且离开。一手拿着帽子，一手摊开，双臂尽量尽量地伸展着。手臂的翅膀之上，是一颗黑发蓬乱的青春头颅。背景深邃、广大而神秘，是太阳和血的颜色。在太阳和血的颜色里，你飞翔，并且离开。我还注意到你物质的衣衫。廉价的“西服”因双臂的伸展而敞开着，里面穿的是地摊上常见的那种化学织物的薄毛衣，蓝色与白色，箭纹或水纹。“物质的短暂情人”——也许，这些就是你有关“物质”的唯一（又是“唯一”）凭据。

（海子，1964—1989，中国诗人。照片见《土地》，春风文艺出版社 1990 年 11 月第 1 版。）

肖像：沈从文

在黄永玉记述他表叔沈从文的文字中（《太阳下的风景》），有一段情景让我如此真实地感受到了“沧桑”。晚年的沈从文家中，经常有一些老人来访。如朱光潜，如李健吾，如曹禺、卞之琳。“印象较深的是巴老伯（家里总那么称呼巴金先生），他带了鸡蛋糕来，两个老人面对面坐着吃这些东西，缺了牙的腮帮动得很滑稽，一面低声地品评这东西不如另一家的好。”黄永玉接着补充道，其时“巴先生住在上海，好些时候才能来北京一次，看这位在文学上早已敛羽的老朋友。”“敛羽”，多么感性又令人感伤的一个词。在此，我愿意使用电影蒙太奇手法，使时光与场景首先回到20世纪初的“《楚辞》发生地”、地图册上这样介绍的一个地方：“著名土特产有湘绣、夏布、瓷器、白沙液、君山银针、玉兰片、花炮等。”其时其地，这个缺了牙嚼蛋糕的老人是个野孩子，逃学、游荡，在美丽的溪滩上看兵士用明晃晃的大刀砍人头颅。然后是30年代，一个已在繁华都市初试锋芒的文学青年这样桀骜不驯地宣布着他的文学态度：“写作时要独断，要彻底地独断！”“不特读者如何不能引起我的注意，便是任何一种批评和意见，目前似乎也都不需要。”“我至少还应当保留这种孤立态度十年。”（1936年《从文小说习作选集》代序）独断并且拒绝——我强烈赞同着沈从文的这个观点。

然后，然后就是沧桑历尽的晚年——“会当凌绝顶，一览众山小”“亲朋无一字，老病有孤舟”，这是杜甫的少年与晚年——我凝视着沈从文先生晚年的照片，雪发、圆润、微笑，衬衫的领子翻在灰毛衣的外面，像一位我从来就没有陌生过的慈祥老妇。

（沈从文，1902—1988，中国作家。照片见《从文自传》，人民文学出版社 1981 年 12 月第 1 版。）

肖像：阿赫玛托娃和帕斯捷尔纳克

依然“雍容华贵”（科・楚科夫斯基语），却已是一座破碎的雕像。“她有着惊人的美貌。身长五英尺十一英寸，乌黑秀发，白皙的皮肤，雪豹似的浅灰蓝色的眼睛，身材苗条，体态令人难以置信的柔软轻盈。”（布罗茨基语）——这雕像往昔的身影，已经只能从风蚀的碎片间去寻觅和追寻。

他还是那张典型的长脸。忧郁、深沉，像孤独的马一般不愿诉说的狭长瘦脸。他侧着身子将头转过来，脸上，写满了他所经历过的生活的全部秘密。

饥饿与战争。丧失亲人。似乎没有止境的政治迫害。写作时身心两方面极度的消耗。情感煎熬。极端的疲惫。——太多苦难之后，是平静、不屈、麻木和深刻的蔑视。眼神与表情是承受的器皿，岁月的刻度尽在其上。

1946 年，阿赫玛托娃和帕斯捷尔纳克在莫斯科某处房间内的合影，以其复杂的内蕴，震撼着我的心灵。

（阿赫玛托娃，1889—1966，俄罗斯诗人；帕斯捷尔纳克，1890—1960，俄罗斯诗人。照片见《万象》杂志第 1 卷第 4 期。）

1998 年—1999 年

恒星札记

屈原

屈原，中国南方诗人的父亲。秭归，长江与山地围夹的灵异小城。用瑰丽想象，铸造恢宏主观楼宇的伟大建筑师。梦想与富有力量的虚幻。具有万物兼为我所备的气度。作为中国文学史上第一个留下光辉名字的诗人，中国诗歌的众多母题，如忠诚、报国、爱情、思乡、怀才不遇、热爱自然等，在他有力的手中，已得到开创。这是后世写作者必须到达并且必须游览的一个胜地。它那越过千载、强劲发射的不朽光芒，永远使后世真正的写作者必会谦逊地埋下头来，握紧己笔，于鞭策中汲取前行的力量。

从技术方面学习屈原，首先是诗歌写作中的想象。大胆的、从特定土地、风俗和气候里生长出来的想象。用想象构造自己的个性艺术空间。想象如此重要，博尔赫斯甚至认为散文和诗歌的唯一区别就在于，散文“诉诸理念”，诗歌“诉诸想象”。学习屈原，还要学习他善于从民间文学（传说、歌谣、神话、谚语等）中寻找并吸收营养。民间文学在文化心灵和精神气质方面，总存有一个民族的本质意蕴。

里尔克

里尔克是一生过着严肃精神生活的完美例子之一。“寂寞”“忍耐”和“爱”，在《给一个青年诗人的十封信》中，这三个命题交叉回旋，凝成了书的主旨。将近漫漫一个世纪过去，今天我读到这三个语词，依然感到它沉默中潜存的锋利。对于现时代，里尔克的提醒依然是如此迫切，如此必须！

“寂寞”“忍耐”和“爱”，除了当下的现实意义，它还具备永恒性。人类生活的本质属性和本质要求，其实就是这三点。“寂寞”是个体清醒剂和思想生长剂，抛弃了“寂寞”的人类将是可怕的，狂乱、旋转、浮躁、肉欲，其坠落的最后承托地，是原始的动物世界。“忍耐”等同于人类的纯正理性，它积极地同时又是克制地，推动人类踏实前行。而“爱”，则是我们行为和精神的最高理想。

艺术要旨和人类生活在最高处达到一致。从形而下角度看，“寂寞”“忍耐”和“爱”，对艺术创造同样具有切实的指导意义。

里尔克热爱着寂寞，他说：“我们最需要却只是：寂寞，广大的内心的寂寞。‘走向内心’，长时期不遇一人——这我们必须能够做到。”他喜欢的住处是这样的：“但是在几星期后我将迁入一个寂静而简单的地方，是一座老的望楼，它深深地消失在一片大园林里，足以躲避城市的喧嚣与纷扰。我将要在那里住一冬，享受那无边的寂静，从这寂静中我期待着良好而丰盛的时间的赠品……”里尔克向青年卡卜斯诉说着自己的理解：“艺术品都是源于无穷的寂寞。”诗人的声音如此真诚：“你要爱你的寂寞……你说，你身边的都同你疏远了，其实这就是你周围扩大的开始。如果你的亲近都离远了，那么你的旷远已经在星空下开展得很广大。”里尔克要卡卜斯“忍耐”：“艺术家是：不算，不数；像树木似的成熟，不勉强挤它的汁液，满怀信心地立在春日的暴风雨中，也不担心后边没有夏天到来。”“好好地忍耐，不要沮丧，你想，如果春天要来，大地就使它一点点地完成。”对于“爱”，里尔克说：“这也许是给予我们的最艰难、最重大的事，是最后的实验与考试，是最高的工作。”“爱”涵盖一切艺术创作，只是这种“爱”中，当然还包括对于丑恶的“恨”

与“怒”。

“寂寞”“忍耐”和“爱”——诗人书简在沉浸于执笔的许多瞬间实际已是纯个人的倾诉。这三个主题，正是里尔克一生的性格写证。他的名言“挺住，便意味着一切”，包含的就是这三种思想:“挺住”在时间上的延续是“寂寞”;“挺住”本身即为“忍耐”；而“挺住”的动力，则直接来源于“爱”。

索德格朗

孤独

没有多少大海的沙砾知道，
我是独自而来的，将独自而去。
我这自由的心没有兄弟。
基督教的幽灵占据所有的心，伸出贫困的手。
从四面八方涌向我的芳香，你们很难接近。
那是王位的奇妙的孤独，
那是财富，屈膝跪着的财富。

小老头

小老头坐着数鸡蛋。

每回数都少一个。

别向他显示你的黄金我的朋友。

就俗世生活的遭遇来看，狄金森和索德格朗多少有些相似。但狄金森的诗对我有一种排斥性，尽管中外评论文字对她赞誉热烈，我总是“进入”不了，也可说是喜欢不起来。后来偶尔读到毛姆的书，才算找到同感者，毛姆说，在美国文学中，狄金森身后享受到的名声超过了她的实际水平。狄金森之后，一位朋友将索德格朗（当时对她完全陌生）的一册薄诗集借给我，我一见钟情！甚至在读完还掉之后，又向这位朋友借了一回。仔细想来，截至目前（套语，新闻职业的流毒），我最喜爱的外国女性诗人，除了萨福，就是她了。凡·高说，“厄运助成功一臂之力”；苏轼说，“诗人例穷苦，天意遣奔逃”。李清照是“载不动，许多愁”；朱淑真是《断肠集》；即使豪侠如斯的秋瑾，也要叹“秋风秋雨愁煞人”。成为诗人的索德格朗，同样逃脱不了凄惨命运。索德格朗，1892—1923，短命。芬兰人。讲瑞典语。生于彼得堡。16 岁就染上家族病——肺结核（其父、祖母均因此去世），最后死于此症和“营养不良”。一生默默，感情生活也相当“枯萎”，只与一个已婚男人有过一段短暂的罗曼史。25 岁第一本诗集《诗》问世时，一个评论家十分恶毒，问出版者：出版该诗集是不是有意嘲笑讲瑞典语的芬兰人。她一生写了四本薄薄的诗集：《诗》《九月的竖琴》《玫瑰祭坛》《未来的阴影》。名字都带有女性的美，但阴郁气浓，尤其是后两册，像谶语。就具体的诗篇而言，我喜欢她的《孤独》《小老头》《还乡》《殉难者》。有些句子真的写得好。“赤裸地树立在我的房子周围 / 让无边的天空和大气进来”（《秋天》），“被全世界判刑的人 / 是无罪的 / 最纯净的太阳 / 是漆黑的杯子”（《殉难者》）。索德格朗写作，也有自觉时刻：“来吧，火花飞迸的锤子，敲击这石像 / 敲击我的灵魂 / 为了能找到人类之舌从未说出的话”（《痛苦之杯》），但更多为的是自我放逐和沉醉。诗是她的烧酒，她要醉。

附记：开头两首诗是北岛的译笔，选自《索德格朗诗选》，（外国文学出版社 1987 年 10 月第 1 版）。《小老头》在她整个的诗歌风格中，属“异数”，但我爱读，尤其觉得在当今时代，很有意思，所以录下。

陆游

一部中国文学史，若要推举一位具有典型意义的东方男人，我提陆游备选。“亘古男儿一放翁”（梁启超语），确实，出生绍兴的陆游，是一位剑胆琴心式的真英雄、真男人。“英雄心怀”和“人性本色”在其一生中浑然相渗，组成了有血有肉、可感可触的南方前辈诗人形象。因为前辈陆游存在，南方从来就不缺真男儿！——对此我愈加自信。

文武之概集在一身。陆游是著名诗人，这点尽人皆知。但与此同时，他还是一位侠肝义胆的豪健英雄。江南杏花春雨的“娘娘腔”与诗人无干。陆游身处民族危难之际，他是坚决的抗金复国主战派。诗人身体力行，曾一度在川陕从军，真刀真枪地在前线戎马倥偬过。陆游的英雄“概念”，首先表现在气识上。“黄金错刀白玉装，夜穿窗扉出光芒。丈夫五十功未立，提刀独立顾八荒。……千年史册耻无名，一片丹心报天子。尔来从军天汉滨，南山晓雪玉嶙峋。呜呼！楚虽三户能亡秦，岂有堂堂中国空无人！”（《金错刀行》）“提刀独立”四字，在此虽有惆怅，但也直逼李贺“男儿何不带吴钩，收取关山五十州”的意境。其次，也是最重要的，是陆游的英雄还表现在行动上。最有典型性的是他的“刺虎”经历。陆游在《怀昔》诗中说：“挺剑刺乳虎，血溅貂裘殷。至今传军中，尚愧壮士颜。”刺虎诗人在军中的威望，于此可见一斑。

家国之念系于一心。陆游亲切平易的“人性”，表现最为充分的地方，是他的爱情态度。20岁时，陆游与表妹唐婉结婚。

婚后夫妻十分相爱，但是陆母很不喜欢这个儿媳，最终两人被迫离婚。后来唐婉改嫁他人，陆游也另娶妻子。陆游31岁时，一次到沈园游玩，偶然遇见了唐婉，其人犹在，其境已非，悲悔的陆游写下了这样的词句："东风恶，欢情薄。一怀愁绪，几年离索。错，错，错！"（《钗头凤》）唐婉受不了这种刺激，回去后不久便抑郁而死。漫漫岁月并没有冲淡这种刻骨之痛，75岁的暮年陆游再次来到沈园，抚物思人，依然怅痛不已，写下了《沈园二首》这样的千古绝唱："城上斜阳画角哀，沈园非复旧池台。伤心桥下春波绿，曾是惊鸿照影来。""梦断香消四十年，沈园柳老不吹绵。此身行作稽山土，犹吊遗踪一泫然。"较之"人面不知何处去，桃花依旧笑春风"，一个沉暮老人的"沈园"之痛，何止以倍计！如果陆游仅仅是这样抱住爱情而伤痛、而终老，那他充其量不过是个可爱可赞的小男人、世俗男人。在陆游的感情世界中，更浓更强更广的底色，是他对于国家和民族难以割舍的一腔情意。一个人在位时倾心国事，是属自然；陆游的可贵在于，他因一腔报国炽情而遭罢官，退居故乡山阴（绍兴）一隅，成为普通百姓后，并没有牢骚满腹，就此独善其身，他原先那种炽热的报国信念较之罢官前丝毫没有降低温度，并一直伴随他走完整个生命历程——一种大写的"人"的品质已然凸现。68岁，在故乡，"秋夜将晓"，陆游一人"出篱门迎凉"时发出的感想是这样的："三万里河东入海，五千仞岳上摩天。遗民泪尽胡尘里，南望王师又一年！”苍凉、悲壮之中，已含沉沉暮气。读了，既为“遗民”悲伤，更为壮志未酬的诗人眼湿。还是68岁，“十一月四日风雨大作”，年老的诗人“僵卧孤村不自哀，尚思为国戍轮台。夜阑卧听风吹雨，铁马冰河入梦来”。这种执着而痛苦的国家和民族之念，一直延续到1210年春天。那年，陆游86岁了。伟大诗人冥冥中已知在世不久，于是，挥管写下了绝笔《示儿》：

死去原知万事空，
但悲不见九州同。
王师北定中原日，
家祭无忘告乃翁。

“家”“国”之念，“文”“武”之概，如此近乎完美地集中在一个人身上，这种人，在中国文学史乃至中国历史上，是少见的。

作为后辈写作者，陆游创作上的勤奋精神，也应永远成为我们的榜样。陆游的创作量大得惊人。他的诗，现存9300多首，而实际数量，肯定在万首以上。《宋史·陆游传》说他“年十二，能诗文”；陆游自述“予自年十七八学作诗”（《小饮梅花下作》自注）。就从12岁始诗算起，那陆游的创作实绩是：从12岁到逝世，平均每两三天就写一首诗，从无间断。这样的精神和事实，使我汗颜，并得到无穷的激励。

李煜

对于李煜式的文人，男人必须警惕。在唐宋两条大河夹挤而成的水泡“南唐”里，李煜以这样的身份定格于历史：散发脂粉女人气的没落小皇帝，“以泪洗面”的囚徒，诗人，物质生活基础上的可怜感伤者。他 42 年（虚岁）的生涯空间无外乎两个：一处为长江下游最为繁盛香艳的“金粉”秦淮；一处为黄河之畔的“汴京”开封。再具体一点的生存环境则是：“雕栏玉砌”的深苑宫廷和露重霜浓的囚园狱室。15 年的帝王岁月，于亚热带边缘江南温润轻柔的气候里，李煜不仅沿袭了其父“红锦地衣随步皱”“佳人舞点金钗溜”的生活方式，在诗歌传统上，也继承了“中主”“多少泪珠无限情，倚阑干”的声色神韵和病态作风。为一般人所承认、流行选本也都选入的几首亡国后的李词（朱东润主编的《中国历代文学作品选》选其 4 首），如《浪淘沙》：“帘外雨潺潺，春意阑珊。罗衾不耐五更寒。梦里不知身是客，一晌贪欢。　独自莫凭阑，无限江山，别时容易见时难。流水落花春去也，天上人间。”再如《虞美人》：“春花秋月何时了，往事知多少。小楼昨夜又东风，故国不堪回首月明中。　雕栏玉砌应犹在，只是朱颜改。问君能有几多愁，恰似一江春水向东流。”让我感到，亡国之痛浴仍然没有洗新李煜，文字中仍然透逸出他那一贯的、拂之不去袅娜缠绵的酒味与粉味。王国维赞道：“后主之词，真所谓以血书者也。”（《人间词话》）我不能同意。作为诗人的李煜，其一生最大的悲哀，正在于最终没有获得一副须眉的硬骨和一腔男儿的热血。在锁着清秋的寂寞深院，失血的“违命侯”李煜，白皙、干净（个人想象中他似乎从来不长胡须）、“幽忧”（陈廷焯语），眷顾着塞满声色内涵的“江山”和“故国”。直到被那一种有着奇怪名字的“牵机”药毒死时，李煜，仍没有从一个小男人的香艳梦中幡然醒来。

穆旦

对于穆旦，我想谈两个问题：个性与普遍性；个人化与私人化。穆旦内蕴强烈悲剧感受的诗歌作品，个人化特征异常鲜明。与此同时，这种鲜明的个人化悲剧感受，还与人类的某些本质感受相通，在这点上，他的个性与普遍性得到统一。穆旦由此成就为大师级人物。

艾略特在论述诗人的“非个性化”时说：“有两种非个性化：其中一种只要是熟练的匠人就会具有，另一种则只有不断成熟的艺术家才能逐步取得。”“后者是这样一些诗人的非个性化：

他们能用强烈的个人经验，表达一种普遍真理；并保持其经验的独特性，目的是使之成为一个普遍的象征。”穆旦“强烈的个人经验”恰好表达了“一种普遍真理”。必须说明，“强烈的个人经验”和“一种普遍真理”之间的关系较为复杂。有时候，“强烈的个人经验”并不是“一种普遍真理”，像法国的“诗坛怪杰”米修，诗的“个人经验”可谓非常“强烈”，但往往让读者如坠云雾，就是进入不了他那个世界；有时候，“强烈的个人经验”则表达了“一种普遍真理”。表达了，文化历史就会诞生又一大师；没有表达，那么，这种“强烈的个人经验”只是“纯粹的私人化经验”。在此说法的基础上，艾略特要求诗人的“非个性化”，与传统要求诗人具备独特的个性并不矛盾。艾略特进而举例，叶芝就是这类有着“强烈的个人经验”的“非个性化”诗人，“他们为数不多，但他们的历史就是他们所处时代的历史，他们是时代意识的一部分，没有他们就无从理解那个时代”。

穆旦同样如此。

张炜

我被气息困住。被强烈新鲜的，来自收获时泥土的气息困住。秋夜的中国月光，照射在挺拔的蔓叶上。黑暗9月的乡村地底下，是一望无际、块块燃烧的艳红炭火，是养人性命、灼人肠胃的泥土地瓜。文字竟聚成如此热切的气息。张炜的气息。

不仅仅限于文学，诗，是一切领域的最高境界。一个人，一方地域，甚至是一样行当，当你对她爱到极处时，诗，就诞生了。大海与山丘之间那片孕育地瓜的中国东部土地，在张炜笔下闪耀了诗。这是热爱所致。

文字潜伏有深沉的迷醉与柔情。一种深沉男人的迷醉与柔情。落后农业化环境中的艰难人生，张炜顽强呈现了其中的美：自然之美，苦难之美，原始却健康的人性之美。汩汩流淌、真挚动人的美，依然源于热爱，源于一颗献身其间、本质认同的心灵。

我还注意到叙述的民谣风格。那富于音乐性、像河流般绵绵不息的语言，不断提醒着你：作家不是在写一部小说，而是一个游子在民间大地的母亲怀抱中，在自语，在倾诉，在梦想……

托尔斯泰伟大仁慈的俄罗斯气息，海明威简洁有力的美国男人气息，川端康成精致细腻、富有东方情调的日本气息……张炜轻轻走近他们，凭借庄重美丽的汉语，他同样正在拥有着一种气息，独特的中国的气息。

海子

诗歌在海子的生命世界里，是一场无法扑救的“烈火”。在黎明尚未到达的漫漫黑夜里，海子用自己有限的、近乎膏体的血，加剧了这场灼痛人类的诗歌“烈火”。

海子的诗歌属于“野生”而非“家养”，这让我尊敬并羡慕。在古今中外的文化传统中浸润经年之后，依然能够使手中诞生的作品保持“野生”状态，这让我十分羡慕。我想，这里面大概就包含有常人所说的天才因素吧。见得多的，是作品制造得漂亮美观，所谓学术味文化味艺术味浓厚，而实际，仅是一只卖相不错的“肉鸡”，味同嚼蜡。海子的伟大表现就在于，当他扔掉书本之后，仍能独自走进黑暗里广大的中国乡村，在收割后荒凉的原野上，坐着或行走，应和天籁，一个人尽情倾诉。

艺术里的海子野蛮、偏激甚至残酷。“黎明手捧亲生儿子的鲜血的杯子”“处死父亲”“斧子劈在头盖骨 / 破碎头盖骨”“其他诗歌的杯子纷纷在我的头颅里啜饮鲜血”……正是这种野蛮、偏激和残酷，使海子血画般的浓诗到达了一个少有人至的艺术峰台。他坐在那里，一个中国贫穷乡村的天才少年坐在了他所向往的诗国峰台。他有了光。

海子是痛苦的。虽然他拼命对自己说：“从明天起，做一个幸福的人 /……从明天起，和每一个亲人通信 / 告诉他们我的幸福。”海子最终还是痛苦的。从痛苦和死亡中，海子为人类索要了他的珍贵诗篇。

诗歌，痛苦、美丽、残酷、死亡的事业——海子这样告诉我。

惠特曼

出身农民。当过木工、排字工、教师、报纸编辑。粗野的、散发着热气、旺盛地向上生长的诗人。强烈的底层感和平民意识，让我震撼、亲切！农民惠特曼，我远在19世纪的异国兄长。

“底层”和“平民”，对一个诗人是如此重要！有否这种意识，我总是偏激地将它作为取舍诗人的最高标准之一。“底层”和“平民”意识，是一个真正诗人的真实大地，是为他的生长能够无限提供能量的强劲血库。惠特曼就这样生长着，汩汩不断的新鲜血汁使他枝叶伸展；深处的土地，则牢牢拥住他发达的根系。一棵诗歌大树，茂盛又如此豪迈！

“人”的主题，在惠特曼笔下始终光芒灼灼、鲜明凸现。清新、旷健、独立、平等——惠特曼是炽热的“人”的崇拜者。“这是你应该做的：爱大地、太阳和动物，藐视财富，救济每一个求你的人，替笨人和弱者说话，把你的收入和劳动献给旁人，憎恨暴君……不屈从于已知的或未知的事物，也不要屈从于任何一个人或很多的人……你对在学校里、教堂里或书中所知道的一切，都要重新检查，并摈弃一切侮辱你灵魂的东西。”（《草叶集》序言）“一个男子自立的欢乐”，是“不对任何人卑躬屈节，不服从任何人，任何已知或未知的暴君，昂然行走……”（《欢乐之歌》）妇女和老人，在惠特曼眼里，同样有着掩不住的美:“妇女们坐着或是来回走着，有的年老，有的年轻，/年轻的美丽——但年老的比年轻的更美丽。”(《美丽的妇女们》)“从你，我看到了那在入海处逐渐宏伟地扩大并展开的河口。”(《给老年》)人本主义的惠特曼，在此成了激昂的、人类的发声器官。

歌颂大路、斧头、带电的肉体，惠特曼“男人气息”强盛。在美国文学史中，很多作家具有这种特征。但同是“男人气息”，却有不同种类。和惠特曼同类的，我愿意提比他晚半个世纪出生的杰克·伦敦。这个同样出生于农民家庭，青年时代流浪各地，做过报童、工人、水手和记者的悲剧作家，文字强健，带着有力的蓝色海水味道。杰克·伦敦的“男人气息”，和惠特曼一样，有着坚实的“底层”基础。而海明威的“男人气息”，则属另一类性质。海明威的人和文风，总不自觉地在隐隐散发出一种贵族味，让人不适。尽管他的短篇小说艺术，在迄今为止的同行中已经达到了某种高峰。

惠特曼存有局限。他当时尽情赞美的工厂浓烟、机器轰响和不断崛起的物质城市，实际对于人类迈向幸福安宁的生活有着负面作用。这种局限惠特曼无法突破。这是时代局限在个人身上无法挥去的深刻投影。我由此得到提醒：活着的我们身上的现时代局限，又是什么?

李贺

李贺首先给我的印象，是浓郁。“甲光向日金鳞开”“塞上燕脂凝夜紫”。读李贺文字，烂漫凝重，我总要联想到伦勃朗。耳目观感上的“浓郁”质地，总使我将9世纪的中国诗人和17世纪的荷兰画家连在一起。

理性一点思考，浓郁和清香，据此甚至可以将艺术家族分为两大类群。譬如：诗史上，惠特曼是浓郁型，叶芝是清香型；画史上，凡·高是浓郁型，美国缅因州的乡村画家怀斯是清香型；音乐史上，贝多芬是浓郁型，中国阿炳是清香型……分处东西方的李贺和伦勃朗两人，给我印象最深的，正是他们这种“浓郁”的艺术性格。

“浓郁”李贺诗中所展示的，富有现代意味的画面，也让我满心折服。流沙河先生曾提出过一个关于诗的公式，极具概括力和理性美：诗＝画＋说。阐释一下即是：任何一首诗的组成元素，不外乎具象的画和抽象的说（特例是有的诗只有“画”或只有“说”）。对先生的公式稍稍引申一下，公式中的“画”，又可分为自然界存在的“客观之画”和心造的“主观之画”。诗歌作为形象艺术，“画”是重要的，而最能体现一个诗人的天才和创造实力的东西，我以为，正是“主观之画”。“主观之画”再分具体些，就是表现在作品中的诗人的“幻听”和“幻视”。

李贺的艺术天赋在此发挥得淋漓尽致。请看他的“幻听”：其一，“羲和敲日玻璃声”，敲击太阳，发出玻璃一样清脆的声音；其二，“向前敲瘦骨，犹自带铜声”，骏马之骨，带有铜声；其三，“银浦流云学水声”，天河云朵流动，而有潺潺水音……这些声音，凡人谁能听见？再看李贺的“幻视”：“秋坟鬼唱鲍家诗，恨血千年土中碧”，千年恨血，竟在土中化为了闪闪碧玉；“一泓海水杯中泻”，气魄举重若轻；黑亮如漆的鬼灯更是李贺独创，如“漆炬迎新人”“鬼灯如漆点松花”；等等。类似“幻听”“幻视”在李贺诗中十分普遍，兹不赘举。

“幻听”“幻视”和“琥珀之浓”，形成了“长吉体”诗歌奇谲瑰丽的卓异风貌。究其风貌之来源，除了李贺天性中的艺术趣味使然外，跟他身是“庞眉”“病客”（26 岁就英年早逝），一生因仕途蹭蹬而导致的抑郁心理，恐怕也有极大关系吧。

聂鲁达

印象：在平原和有岩石的山地之上，像风暴般袭来的浓卷白云。

雄浑强健的聂鲁达是人民之子。尽管我个人认为他的“人民性”和惠特曼稍稍不同：惠特曼是置身于人民之间，而聂鲁达则有些超脱于人民之外（这种想法可能是与他长期从政的身份有关），但聂鲁达仍然是真诚的，他的诗篇，仍然带着美洲热带雨林那充沛逼人的力度与心跳。

按捺着激动，我一遍遍阅读着他的这一句话："诗人的第一阶段应当以狂热的激情搜集祖国的精华，然后再物归原主。应当归还给祖国，奉献给祖国。他的歌唱和作为应当有利于人民的成熟和发展。"从中，我汲取着我所需要的珍贵启示。

我不在乎武断：一个写作者，他心中所怀的如果不是对于祖国和底层人民的诚实之爱，那么，他要么是一个有着世俗小欢乐的伪作者，要么是一个琐碎、庸俗的文字搬运工。聂鲁达是世界性诗人，但他始终坚持的却是："诗人应该具有自觉自愿的民族性，深思熟虑的民族性和成熟的乡土性。"

聂鲁达"搜集祖国的精华"。应该承认，实际上他钻研过书籍，但是，聂鲁达反复强调的是大自然对他的重要性和影响力，他倾心热爱和尊崇的，是有着伟大安第斯山脉和漫长海岸线的智利国土。他说："从幼年到成年，我在河流与花鸟之间的行走比在图书馆与作家们中间的逗留多得多。"有的时候，他甚至忍不住对"学问"要讥嘲一番。在《智利的诗歌总集》中他这样说道：

别的人躺在书页中间沉睡，

……他们相互

曾经讨论过某些新出版的书籍，

好似在踢足球，射着学问的球门。
那时候，我们却在春天里唱歌，
在夹裹着安第斯山石砾的河流旁边，
我们和我们的女人在一起，
吮吸了不止一个蜂房，甚至吞下了世界的硫黄。

与同是南美诗坛巨擘的博尔赫斯不一样，博是“图书馆诗人”，而聂鲁达则是一个“大自然诗人”。虽然彼此“道不相同”，但聂鲁达对博尔赫斯，有着一种同行式的尊敬和承认，在答《巴黎评论》记者问时，聂鲁达直接谈论过博尔赫斯：“他是一位伟大的作家，说西班牙语的人为有他这么一位作家感到自豪——拉美人民尤其这样认为。在博尔赫斯之前，我们几乎没有哪个作家可与欧洲作家相提并论。”接下来的话是巧妙且含蓄的，“人人都希望我与博尔赫斯相争，我是绝不会那样干的。如果他像一只恐龙那样思维，嗯，这与我的思想方法毫不相干。他对当今的世界正在发生的事一无所闻，他认为我也一点不懂。因此，我们是意见相契的。”作为诗国另一座山峰的聂鲁达，在此显示了智慧、气度与一种独立性。

对于一切诗歌写作者来说，聂鲁达的“两死”“两可悲”论，已经近乎是一个创作原则：

一个诗人若不是一个现实主义者，就是一个死的诗人；一个诗人若仅仅是一个现实主义者，也是一个死的诗人。一个诗人仅仅不合情理，就只有他自己和他所爱的人看懂，那十分可悲；一个诗人完全合情合理，甚至笨如牡蛎也看得懂，那也非常可悲。

凡·高

“世上最孤独的人之一。”欧文·斯通这样说他。

这颗旋转着的奇异蓝星，生前寂寞，在世界艺术史这面无垠的天幕上，却随时间流逝，正闪射着愈来愈炫人眼目的光辉。

对于后代做着艺术梦的莘莘学子而言，伟大荷兰画家凡·高可以告诉我们的，实在是太多太多。我所理解的，是以下几点。

首先，艺术需要准备，需要有扎实的功底，需要有一颗对生活、对人类、对大自然的炽爱之心。很多人看了凡·高的画，认为只是带着激情随心所欲地用浓重的油画颜料涂涂抹抹，往往便产生这样的错觉，觉得凡·高能成为世界绘画大师，很轻松，只是偶然所致。事实不然。凡·高的艺术修养和技术功底是非常深厚的。凡·高自小便对艺术倾注热情，20 岁在他叔叔经营的画廊工作期间，就已经开始“大量阅读”文字作品，并在生意中逐步锻炼出鉴别优秀画作的眼力。画廊期间，凡·高确定了自己“知足”的内涵：“我内心有大自然，有艺术，有诗情。倘若据此而不知足，怎样才能知足呢？”在写给弟弟提奥的信中，我们可以了解到凡·高的知识面——被他提到的艺术家的名字是大量的，信中对于艺术的诸多见解，十分专业且具深度。他甚至对弟弟说过，如果画画最后不行，他将改攻文学，走文学创作之路。读了他的充满感染力量的信后，我相信任何人都会承认：凡·高有这个实力。再讲绘画技术。他的后期画作，似乎重笔拧扭，不拘形式，其实，这种貌似随便的“涂抹”是建筑在凡·高深湛的写实功底之上的。前些年曾在上海美术馆参观过凡·高作品展，看到他年轻时期的一些人像素描和米勒作品的临摹画，写实技术绝对“过关”。凡·高还有一颗爱心，他同情弱者，热爱活着的这个艰难世界。爱，是他辉煌艺术大厦缺之不可的一根宏大支柱。所以说，凡·高的最终成功，跟他的“内在充实”是无法分开的。

其次，艺术还需要真正的献身精神。假设不能执握画笔倾泻内心汹涌情感，这对凡·高来说，是绝对无法忍受的。凡·高对于绘画艺术，做到了真正的“献身”——他舍弃了世俗的名誉、家庭、爱情、金钱，包括最后的生命。他的画，实际就是割开了血管，将血喷溅上画布而完成的。在法国南方小镇阿尔强烈的阳光和月光下，贫病饥渴的凡·高光着头疯狂作画，每天长达 14 至 16 小时。朦胧的星月，挣扎的丝柏，郁厚的土地，呐喊的向日葵，每一幅画，都溶进了凡·高的一部分生命。难怪吴冠中要由衷地赞道："凡·高的风景是人化了的，仿佛是他的自画像。"凡·高点燃了自己，用自己的身子作为火把，照亮了艺术殿堂的黑暗空间。

最后，要成就艺术，还必须忍受世俗意义上的孤独生活。高处不胜寒，真正的个性之途荒凉寂寞。凡·高的精神世界被绘画占领，是充实的、斑斓的。然而从世俗生活角度观察，他的一生，大部分日子物质匮乏，孑然独处，除了弟弟是唯一可以倾吐心曲的对象之外，凡·高周围基本既无朋友也无伙伴。正基于此，替他作传的欧文·斯通说了开头的那句话。今天，一幅凡·高的《鸢尾花》，售价可以高达 5400 万美元，然而可悲可叹的是，在他生前，仅仅只售出过一幅画，而且还是照顾性质。孤独与失败，笼罩了悲剧凡·高在世的短暂 37 年。

叶赛宁

1925 年 12 月，晦暗岁末，在列宁格勒的一家旅馆内，年仅 30 岁的叶赛宁（1895—1925）自杀身亡。他的死触目惊心："他自杀了，但他不是意志软弱的人，他十分清楚和坚定地意识到必须结束自己的生命。他不是上吊死的，而是用绳子把自己勒死的；他把绳子拴在暖气管上，绳圈套在脖子上，然后站着拉

紧了绳子。”（1926年3月24日高尔基致罗曼·罗兰信）

农民家庭出生的叶赛宁，是俄罗斯民族贡献给世界的一位抒情歌手。短暂的生涯，他为世人留下了近400首抒情诗，十几部叙事诗和两部诗剧。生命晚期创作的组诗《波斯抒情》（1924—1925）、长诗《安娜·斯涅金娜》（1925），分别代表了诗人抒情诗歌和叙事诗歌的最高成就。

叶赛宁18岁从乡村进入莫斯科，一面学习，一面工作。21岁来到彼得堡，结识俄罗斯诗坛巨匠勃洛克，开始进入上流社会沙龙。在此后的10年里，叶赛宁的形象，是城市美屋华堂社交场合上风度翩翩的俊美小生，是打扮入时、令女人倾倒的青年诗人，是受听众欢呼的朗诵好手，他和朋友酗酒、寻欢、彻夜畅谈艺术。诗歌，是他的生命，似乎又成了他的装饰。他远离了故乡，只有在深夜酒醒之后的诗篇中，才重新让他哭泣着回忆起田野的气息。1921年，叶赛宁27岁时，与美国著名舞蹈家阿赛朵拉·邓肯结婚。1921—1923年间与邓肯赴欧美各国旅行。1924年两人分手。1925年与列夫·托尔斯泰的孙女索菲亚·安德烈耶夫娜结婚。同年底自杀。

叶赛宁死后，诗人的很多同时代人对他全盘否定，斥之为“流氓”“酒鬼”“颓废诗人”。在这场剧烈的声讨中，高尔基表现了他的卓识。他的声音避开了众人：“他（指叶赛宁——笔者注）的生与死是一部大型艺术作品，是生活本身所创造的一部长篇小说，它最好不过地代表了城乡关系的悲剧。”（高尔基致诗人吉洪诺夫信）高尔基还高度评价了叶赛宁：“谢尔盖·叶赛宁与其说是人，倒不如说是造化专为诗歌创造的一种器官，它用来表达无穷无尽的‘田野的悲哀’，表达对世间一切生命的爱以及恻隐之心。”（高尔基随笔《谢尔盖·叶赛宁》）

就叶赛宁及其自杀事件，1926 年 3 月 24 日那封高尔基给友人罗曼·罗兰的信中，高向罗曼做了较为详细的介绍。由于这封信的留存，使得今天的我们对这起当时震动一时的自杀事件，有了大致而直接的了解。高尔基是这样说的：

> 谢尔盖·叶赛宁的悲剧在很大程度上是有代表性的。这是一个热爱田野和森林，热爱自己乡村的天空、动物和鲜花的农村青年、浪漫主义者和抒情诗人的悲剧。他之来到城市，是为了向人们倾诉他对原始生活热情洋溢的爱，把这种生活朴素的美告诉人们。我是在叶赛宁初到城市的时候见到他的：他个子不高，体态优美，浅色的头发卷曲着，衣着像《为沙皇而生》[①]中的万尼亚，天蓝色的眼睛，整洁利落，则像龙格林[②]——那时候的他，就是这样的。城市兴高采烈地迎接他，犹如嘴馋的人见到一月的草莓。人

① 《为沙皇而生》——格林卡的歌剧。
② 龙格林——德国作曲家瓦格纳同名歌剧中的主人公。

们开始像伪君子和心怀嫉妒的人那样过分地、虚假地赞扬他的诗。他当时只有18岁，而到了20岁的时候，他便在自己的鬈发上戴上了一顶时髦的小礼帽，举止活像点心铺的伙计。朋友们用酒灌他，女人们则吸他的血。他很早就感觉到城市会毁灭他，并且用优美的诗句描写了这一点。他虽然仍是一位非常独创的抒情诗人，却已经变成了十足的无赖……是出于绝望，出于对毁灭的预感，同时也是出于对城市的报复。我想，他同阿赛朵拉·邓肯这个老女人的恋爱，对他是致命的。他在一些悲惨而又不成体统的诗句里，是这样写她的：

我在这个女人身上找过幸福，
得到的却是可怕的毁灭。
我没料到爱情是传染病，
我没料到爱情是黑死症，
她眯着一只眼睛走近我，
使我这个无赖终于发了疯。

他自杀了……在此之前，他割破了手，用鲜血写了八行诗，其中两行是：

在我们的生活中死不算新鲜，

可活着当然也并不算太有趣。

…………

俄国文学家的生活中有许多悲剧，叶赛宁的悲剧是其中最令人痛心的悲剧之一。

应该说，高尔基对叶赛宁及其自杀事件的述评文字，是实在、公允的，尤其是上面提到的这是一种“城乡关系的悲剧”，我觉得特别深刻。

城市（精神和物质意义上的）毁掉了叶赛宁。城市，城市是什么？城市是无垠乡土上生成的块块甜蜜伤疤。伤疤之上，人越聚越多，建筑物越长越挤，公开或隐蔽的空间越来越窄，城市就变成了一只庞大的酱缸。名誉、地位、金钱、风度、原欲、爱情、忧伤、惊喜、颓丧……所有这些，在一只庞大的缸里膨胀、发酵，最后酿成黑乎乎、具有强烈销蚀能力的可怕液体。“热爱自己乡村的天空、动物和鲜花的”叶赛宁走进城市，他还没有一副可以抵御这种液体的铠甲，城市最终蚀毁了他。

死去诗人的时光距今并不遥远，叶赛宁的自杀事件，不仅仅限于文学界，对任何一个由乡村进入城市奋斗的年轻人来说，都是一本深刻的借鉴之书。

苏东坡

苏轼 63 岁被贬蛮荒遥远之地海南。以暮年之身，来到“环视天水无际”的海中孤岛，苏轼禁不住“凄然伤之”，感觉“垂老投荒，无复生还之望”。然而，苏轼毕竟是苏轼，“凄然伤之”之态没有维持太久，他又想通：海南孤岛并不可怕，“天地在积水中，九州在大瀛海中，中国在少海中，有生孰不在岛者？”于是释然，于是“念此可以一笑”，于是，他又欣欣然地去享受他的诗酒之乐、海天之乐、苏轼之乐了。

苏轼是中国文人中最能“想得开”的一位，他是真正的潇洒者，有时甚至潇洒得近乎“玩世不恭”。“不执”和“通达”是他生活和人生的原则。通过两个故事，能够很好地看出他的这两个原则。其一，他寓居惠州时，有一次“纵步松风亭下，足力疲乏，思欲就床止息”，然而，“望亭宇，尚在木末，意谓如何得至？良久，忽曰：‘此间有什么歇不得处？’由是心若挂钩之鱼，忽得解脱”。“此间有什么歇不得处”，这就是典型的东坡性格。其二，苏轼讲过一个南朝隐士刘凝之和沈麟士被人认鞋的故事。有人对刘凝之说，你脚上穿的鞋子是我的，刘“即与之”。后来，那人“得所失履”，便把先前的鞋还给刘凝之，刘“不肯复取”；沈麟士“亦为邻人认所着履，麟士笑曰：‘是卿履耶？’即与之。邻人得所失履，送还，麟士曰：‘非卿履耶？’

笑而受之”。苏轼对此这样评价：“此虽小事，然处世当如麟士，不当如凝之也。”

苏轼既有佛道思想，又是世俗生活的热爱者和享受者。官员。诗人。文章家。画家。书法家。美食家。气功的信仰者。酿酒饮酒者。民间医生。山水间的放浪形骸者。如此繁复的身份集于一己，我们不得不惊叹他为旷古奇人。

“亲朋无一字，老病有孤舟”，类似杜甫这种具体的沉郁之痛，苏轼几乎不曾有过。例如他被贬黄州，按常人理解，仕途蹭蹬，肯定是消沉失意，但是苏东坡在此种境遇下，是这样过他的生活的：“东坡居士酒醉饱饭，倚于几上。白云左绕，清江右洄；重门洞开，林峦坌入。当是时，若有所思，而无所思，以受万物之备。惭愧惭愧。”逸狂之态，溢于言行。

当然，苏轼也有他的“哀”与“怆恨”，但他的这类痛苦更多带有的是形而上的哲学色彩，跟时间沧桑有着深刻关系。中国古代诗人对时间的感受特别深，这甚至可说是整个东方文化的一个强烈特色。翻开一部中国诗史，对时间的感叹不绝如缕。“人生寄一世，奄忽若飙尘”“四时更变化，岁暮一何速”“生存华屋处，零落归山丘”……如电时间同样击痛苏轼，“哀吾生之须臾，羡长江之无穷”。苏轼有一则小品《杭州题名》，字轻意重，“时间之伤”的感受给人印象至深：“余十五年前，杖藜芒履，往来南北山。此间鱼鸟皆相识，况诸道人乎？再至惘然，皆晚生相对，但有怆恨。子瞻书。”

不过，不管是具体的生存之痛，还是抽象的精神之伤，苏轼都不会让它们来折磨自己，都能随时将其消解。对待生存之痛，他用“不执”“通达”化之；对待精神之伤，则取“酒”“梦”和富于仙道风格的一声浩叹了之。

四川人。本质的乐观主义者。这，就是900多年前，活了65岁的苏东坡形象。

爱因斯坦

我觉得，作为20世纪人类的一位杰出代表，爱因斯坦给后人树立了一种接近本质意义的典范人生。他获得内心自由和安宁的独特宗教观念，他的道德力量和道德追求，他朴素的生活方式，都给予我异常深刻的印象和启发。

爱因斯坦认为：“在我们之外有一个巨大的世界，它离开我们人类而独立存在，它在我们面前就像一个伟大而永恒的谜，然而至少部分地是我们的观察和思维所能及的。对这个世界的凝视深思，就像得到解放一样吸引着我们，而且我不久就注意到，许多我所尊敬和钦佩的人，在专心从事这项事业中，找到了内心的自由和安宁。”年轻的爱因斯坦很早就踏上了这条可以找到内心自由和安宁的路途。他的“主要兴趣逐渐远远地摆脱了短暂的和仅仅作为个人的方面，而转向力求从思想上去掌握事物”，由此形成了他自己独特的宗教观念：“我信仰斯宾诺莎的那个在存在事物的有秩序的和谐中显示出来的上帝，而不信仰那个同人类的命运和行为有牵累的上帝。”爱因斯坦把这种信仰称作“宇宙宗教感情”。从中，他确实找到了他所认为的人生幸福。借这种信仰和永无止境的科学探索，爱因斯坦“逃避了日常生活中令人厌恶的粗俗和使人绝望的沉闷”，摆脱了“人们自己反复无常的欲望的桎梏”。他在《自述》中说，他的一生，“从来也没有为选择了这条道路而后悔过”。

爱因斯坦具有强烈的社会正义和社会责任感，发展到后来，他已从一个纯粹的科学家升华为一个人类命运的关怀者和悲悯者。个人道德修养在他的词典中更被摆在重要的位置。他说：“照亮我的道路，并且不断地给我新的勇气去愉快地正视生活的理想，是善、美和真。”在悼念居里夫人的演讲中，他把几乎所有的篇幅都花在讨论她的品德力量上，而不去多说这位伟大夫人的科学功绩，他用如此肯定的口吻下着结论：“第一流人物对于时代和历史进程的意义，在其道德品质方面，也许比单纯的才智成就方面还要大。即使是后者，它们取决于品格的程度，也远超过通常所认为的那样。”

爱因斯坦的生活，朴素得令人惊讶。他的友人向我们描述了他的房间：“可是在这里却只有最必要的东西，而且也是极其简朴的：床、床头柜、桌子、一把躺椅、一个书架。没有桌布，没有画，没有地毯。”爱因斯坦本人则是这样坦陈他的生活理想：“我强烈向往着俭朴的生活”“每一件财产都是一块绊脚石”“我也相信，简单淳朴的生活，无论在身体上还是在精神上，对每个人都是有益的”。也许正是这个原因，或者至少是其中之一，1952年，爱因斯坦拒绝了以色列政府要他担任第二任总统的请求。

爱因斯坦的科学研究方法，是美学的、直觉的，研究动力则像他评说普朗克的那样，“直接来自激情”。通过他，科学、哲学和艺术得到复归；我们又一次得以清醒：科学、哲学和艺术，原来是源于一处的三条河流。

“他长长的头发已经斑白。脸上发黄，留下了疲惫的痕迹。只有那双深邃的、炯炯发光的眼睛没有变。他穿着棕色的皮夹克，没有领子的衬衣，棕色的发皱的裤子。他没有穿袜子，一双光脚塞在皮鞋里。”这就是爱因斯坦。

第一流的人物最终都将超越个人，超越他所从事的狭隘领域，而呈现真正“人”的意义。爱因斯坦证明了这点。他作为一种永恒的光，日复一日地提醒着我们内心和生活中存在的阴影。

罗曼·罗兰

读的是《贝多芬传》，时时强烈感受到的，却是作者罗曼·罗兰的影子。这位立志“为那些前进的人写作”的正义的法国文学大师，经常会忍不住跳到他的传主前面，淋漓地倾泻他的一腔真情！纸上激动的神态，可爱又非常感染人心。

罗曼·罗兰自己也承认:《贝多芬传》不是一本学术著作。一个个文字，宛如一颗颗音符，汇合组成的，同样是一部不弱于《命运》的雄大交响。在此磅礴的文字旋律汪洋中，我看到了那个身材矮小、额角隆起、头发浓黑逆立、眼中燃烧着一股奇异威力的乐圣形象。在疾病、困苦、焦灼的深渊里，“贝多芬从事于讴歌欢乐”。

罗曼·罗兰避开了那种正襟危坐、条分缕析的经院式传记写法，他选择了喷血的诗化方式。确实，传记中的贝多芬和生活中的贝多芬已有距离。因为传主的激情、经历和思想，在写作的某些时刻激起了作者强烈的共鸣，并受作者澎湃情绪的影响，最终被推向了完美的极致——传记中的贝多芬，已是融合了作者的个人倾向和个人追求的理想化形象了。

我们无须责怪罗曼·罗兰没有为读者画出一个真实的贝多芬，因为，给那些生活中的颓唐者和屈服者一帖激烈的兴奋剂，正是他写这一本《贝多芬传》的最大理由。

1996 年—1998 年

书简身影

A 被遮蔽的日常生活的况味

> 太阳下发生的事，风或可以吹散。
>
> ——沈从文

我心中的沈从文（1902—1988），至少可以有以下这么几种定义：（1）典型的内倾型的中国汉族知识分子；（2）“流着鼻血”，农民般日夜劳作的文学秘密的成功挖掘者；（3）倔强又……痛苦的一种生涯的自觉中止者；（4）对书简文字——实际是对那位苏州女性张兆和——一生的热爱者（“我行过许多地方的桥，看过许多次数的云，喝过许多种类的酒，却只爱过一个正当最好年龄的人。”多么感人的真挚语言！）。在公开出版的近23万字的《从文家书》中，我着力注意的，是由文字所透露的，这位湘西籍中国作家曾经感受过的日常生活的种种况味——困挫、喜悦、悲哀、谵妄、不被理解的难言之隐等等——这种日常生活的况味，对我而言是隐秘通道，是我能够接近并努力理解沈从文完整心灵的隐秘通道。它们使已经逝去的沈从文和那个时代，在我的阅读时刻得以“复活”，最大限度逼近真实的“复活”。

> 你不要向我抱歉，也不必有所负疚……我爱你而你不爱我……我现在是打算到你将来也不会要我爱的，不过这并不动摇我对你的倾心，所以我还是因这点点片面的倾心，去活着下来，且为着记到世界上有我永远倾心的人在，我一定要努力切实做个人的。

沈致张，1930年7月12日左右。对所爱者如此动人的坦白，已经可以称之为“彻底”。经过沈从文艰苦卓绝的努力追求，并由胡适等朋友从中沟通撮合，他和张兆和终于缔结姻缘，于1933年9月9日结婚。

> 长沙的风是不是也会这么不怜悯地吼，把我二哥的身子吹成一块冰？

张致沈，1934 年 1 月 9 日。动人的女性的温柔流露。时沈从文远别新婚妻子，在返湘途中。

> 正不同你高踞山中，单只运用脑子，以为这样好，那样不好，翻来覆去，覆去又翻来，别人把事情办好了，你无话可说，一遇蹩扭，就有你责难的了。我是同你在一起受你责难最多的一个人，我希望你凡看一件事情，也应替人想想，用一张口，开阖之间多容易啊……近一二年你写小文章简直不叫我看了，你觉得我是“不可与谈”的人，我还有什么可说！

张致沈，1937 年 12 月 17 日。“日常生活”。遭遇日常生活之一。

> 我现在焦灼的是我们以后的生活问题，我们已经负下了债……你说译书，现在还说译书，完全是梦话……文学也者，尤其是经过一道翻译的别人家的东西，这时候还是收敛了吧。

张致沈，1937 年 12 月 29 日。遭遇日常生活之二。

来信说，不管我们离得多远，你将为我好好地做人，将为孩子做个好父亲……我心里熨帖极了，我希望你真能做到，我希望这不是一句空话，不是一时拿来安慰我的空话……小龙常常想念你……那种对吃饭无兴味漫不在乎的神气，活像小从文。

张致沈，1938 年 1 月 20 日。日常生活中的温馨闪显。

你向来是大来大去惯了的，你常常怪我太省，白费精神，平日不知节俭，这时候却老写信要我俭省，你不是把恶人同难题都给我做吗？

张致沈，1938 年 3 月 22 日。遭遇日常生活之三。

我倒什么都不怕，遇什么都受得了，只是想念及你和孩子，好像胆量也小了，心也弱了。

沈致张，1938 年 4 月 12 日。家庭——物理和精神重量的显现。家庭的含义是什么？

我想写雷雨后的边城，接着写翠翠如何离开她的家，到——我让她到沅陵还是洪江？桃源还是芷江？等你来决定她的去处吧。

沈致张，1938年7月30日。沈从文和张兆和可以共同感受的一种甜蜜。

给我来信时说老实话，不要用什么不必要的理由，表示你“预备来，只是得等等”，如此等下去。这么等下去是毫无意义的……凡是我对你们应尽的责任，永远不会推辞……我依然爱你和孩子，虽然你们对于我即或可有可无，我也不在意……我想想，我这个人在生活上恐怕得永远失败了，弄不出什么好成绩了，对家人，朋友，都不容易令人如何满意（即或我对此十分努力也是徒然）……在任何情绪下我将学习“不责人”的生活观。不轻于责人，却严以律己……我自己原来处处还是一个“乡下人”，所有意见与计算，说来都充满呆气，行不通的。家庭生活不能令你发生兴趣……

沈致张，1938年8月19日。时沈从文在昆明，张兆和与孩子在北平。一个典型的沈从文形象，尽在此段话中。遭遇日常生活之四。

我和你有些天生相同弱点，性格无用，脾气最怕使人不快……小妈妈，生命本身就是一种奇迹，而你却是奇迹中的奇迹。我满意生命中拥有那么多温柔动人的画像。

沈致张，1948 年 7 月 29 日。沉醉的倾诉。沈从文生命的支撑点。

衣洗不洗有什么关系？再清洁一点，对我就相宜了？……我十分累，十分累。闻狗吠声不已。你还叫什么？吃了我会沉默吧。

沈致张，1949 年 1 月 30 日。1949 年，正准备“好好地来写”一二十本文学作品的沈从文，由于内外原因的交互作用，自 1 月起突陷精神失常。靠着亲人和挚友的真诚关护，靠着自己生命的韧性，沈从文终于挺过了一生中这段异常危险的时期。

这次之行，是我一生重要一回转变，希望能好好地在领导下完成任务。并希望从这个历史大变中学习靠拢人民，从工作上，得到一种新的勇气，来谨谨慎慎老老实实为国家做几年事情，再学习，再用笔，写一两本新的时代新的人民作品，补一补二十年来关在书房中胡写之失。

沈致张，1951 年 10 月 25 日。岁月、社会、时代、旁人，个体生命之外的强大综合力量到底谁人能挡？“这次之行”系指作者赴四川参加土改。

当初为寻求个人出路，你大量流着鼻血还日夜写作，如今党那样关心创作，给作家各方面的帮助鼓励，安排创作条件，你能写而不写，老是为王瑶这样的所谓批评家而嘀咕不完，我觉得你是对自己没有正确的估计。

张致沈，1961 年 7 月 23 日。这是沈从文一生中最为深刻、最难以与外人道的痛苦，我以为。张兆和，沈从文一生唯一热爱的亲人，唯一在纸上愿意倾诉心曲的对象。

从文同我相处，这一生，究竟是幸福还是不幸？得不到回答。我不理解他，不完全理解他。后来逐渐有了些理解，但是，真正懂得他的为人，懂得他一生承受的重压，是在整理编选他遗稿的现在……越是从烂纸堆里翻到他越多的遗作……就越觉斯人可贵。太晚了！为什么在他有生之年，不能发掘他，理解他，从各方面去帮助他，反而有那么多的矛盾得不到解决！悔之晚矣。

《从文家书》张兆和所撰后记，1995年8月23日。这仍是一封信，尽管，是沈从文再也不可能读到的一封信。“悔之晚矣”——汇聚了千言万语的四个汉字。宿命。

B 焦灼中的写作

【紧迫尖锐的阴影】在极度的焦虑和世俗火焰几乎没有停顿的灼烤之中，这个人伏案狂写（写作的“案”，也是摇摆、倾斜和破陋的）。他似乎一生处于紧迫尖锐的阴影之内。

【死亡】29岁的他就真实经历一回死亡（因为参加所谓反对政府的彼得拉舍夫斯基小组）。“我们被押解到谢苗诺夫校场。当场向我们全体宣读了死刑的判决，让我们与十字架吻别，在我们头上折断了佩刀并给我们穿上了死囚服（白衬衫）。以后三人一组被绑到柱子上准备行刑。……须臾之间我将离开人世。我想起了你，你们全家；在最后的一刻只有你留在我的心里。……最后响起了中止行刑的信号，把绑在柱子上的人解了下来，并向我们宣布：皇上赦免了我们的死刑。然后宣读了真正的判决。”“我今天已有三刻钟与死神在一起……现在我再一次活着！”他说。

【鄂木斯克和塞米巴拉金斯克：苦役和军营生涯】西伯利亚的风像刀子般又冷又硬。那种环境下他的强烈渴望我们似乎不会理解：“我总是和大家在一起……没有一小时可以一人独处。一人独处这是一种正常的要求，就如吃喝一样……人们在一起是一剂毒药和传染病……我正是由于这种难以忍受的折磨而经受了最大的痛苦。”他的理想已是如此简单：“对尘世的幸福不抱奢望，我只要有书，能够写作，每天再能有几个小时的独处就可以了。”

【利爪般的债务。文学理想与现实境遇的剧烈冲突。为还债疯狂写作】热爱的胞兄死后，他承担了遗留的大量债务。这些债务，在长期的写作生涯里，像无法挥去的凶恶利爪，拼命抓噬着他的肉体和心灵。即使是避居国外，他的睡梦里，也挤满讨债人和债务拘留所苛刻狰狞的嘴脸。这是他通常的生存：“假如您认为可以在今年刊登我的长篇小说，那么您能否现在立即预付我手头短缺而又迫切需要的五百银卢布？”“旅馆的人说，已经通知不再给我开饭、送茶和咖啡。”“因此到新年的时候我欠《俄国导报》的借款累计起来已有五千零六十卢布了。这是惊人的数字。”“现在一文不名，却必须维持到秋天，那时候才会有钱。再向《俄国导报》预支的可能性几乎没有了……”为了钱，为了债，他必须疯狂地写，“我每天平均要构思五六份

（至少）提纲。我的脑袋像风车一样转动着”。因为写作是他获取金钱的唯一途径。而这种现实境遇与他的文学理想不可避免地产生剧烈冲突。他信奉的是“决不奉命写作”“为金钱而写作和为艺术而写作，对我来说水火不相容”。然而现实的境遇血淋淋地撕扯着他的理想，他痛：“现在我在棍棒的威胁下……即因为贫困、金钱而去写作，这摧残了我并把我毁了。”痛，是自觉和清醒的，极端困苦中的他正因为这种“自觉和清醒”，才始终没有放弃坚守最后的“底线”：“我从来也没有为了金钱而虚构情节……我只是在我头脑中有了确实想写，而且我认为是需要写的主题之后才承担义务和出卖作品。”“如果您打算刊载我的长篇小说，那么恳请《俄国导报》编辑部不要对它做任何修改，我无论如何都不会同意有任何改动……”——这种近迂的执着与坚守，使他拒绝沦为赚钱的文字制作机器，而成为从艰难中诞生的艺术家。

【病与赌】肉体的折磨也没有放过这个疯狂的写作者。“而现在痔疮已经折磨了我一个月……它已经连续三年每年都要折磨我两个月，在二月和三月。”癫痫病——医学解释为“由脑部疾患或脑外伤等引起。发作时突然昏倒，全身痉挛，意识丧失，有的口吐泡沫”——这种可怕的病症更是几乎“陪伴”了他的一生。由于生活阴暗，在1863—1871年这8年间，他还像吸毒般迷上了轮盘赌。1865年8月15日致屠格涅夫信：“但为了维持这 3 个月的生活，真想赢千把法郎。我来威斯巴登已有 5 天了，全都输光了，甚至连表都抵押给了旅馆老板。”1867 年 5 月 22 日致新婚妻子斯尼特金娜（为加快小说写作速度，他于 1866 年聘请的私人速记员，翌年结婚）：“我在赌台上已积累了近二十次的经验：如果赌得沉着、冷静并会预测，那就绝不可能输！我向你起誓，连可能性都没有！……我用十个盾去冒险。我运用了几乎是超自然的努力使自己有整整一小时保持冷静和清醒的头脑，结果我赢得了三十个腓特烈金币……我是如此高兴……几乎到了发狂的程度……于是也不休息，使自己清醒一下，就投入了轮盘赌……结果全部、全部都输光了……我需要赢钱。这是必需的！”

【写作生涯的典型片刻】“眼下有各种烦恼，痛苦极了……妻子（指伊萨耶娃，1826—1864，古怪、多疑和好幻想到病态程度）真的快要死了。……但我每天上午还是不停地在写。”“神经因为熬夜和白天所经受的一切而受到刺激。”“但是癫痫症把我折腾到了如此地步，只要我连续工作一周，便会发病，下一周就不能提笔写作了，换言之，发病二三次，就可能中风。不过小说必须完成。”“我打算做一件前所未闻的怪事：在四个月内写出三十印张，同时写两部小说，一部在上午写，另一部在晚上写，并如期交稿……屠格涅夫一想到这种情况恐怕会吓死的。”他自己甚至感到惊奇：“我真不懂，我怎么会没有发疯。”

他是如此渴望这样的写作（多么简单的要求！）：“哪怕我有一部作品不是限时限刻，而是从容地完成也好。”

【他是谁】“天才是无可争辩的，就艺术的表现力来讲，他的才华只有莎士比亚可以与之并列。”（高尔基语）一生挺住并终于成就伟大文学的困顿前辈——陀思妥耶夫斯基（1821—1881）。

1999年10月

代跋 检测散文的最大潜力

张杰

读懂黑陶，我用了将近一年时间，以至于在去南方的旅程里，不得不将《夜晚灼烫》背上行囊。它们让我在异乡的旅程中不再孤单。那些盛满南方绿藻气息和雨季黛色房瓦下诗意的句子漫溯而来，让我日趋单一的北方贫瘠在享受它们的同时，强烈地感到了一种不适应，如同从那座被污染严重的小城回到家乡或田野时，忽然面对富含氧离子的清新空气和明亮星空，因充分品尝贮满田野气息的鲜嫩玉米或青色大豆而使肠胃不舒服一样，我瓦解不掉它们的诗意和思想。它们让我想到屈原、李白、杜甫、苏轼、博尔赫斯、海子、梭罗、苇岸等一批大地之子。后来才明白，如同其后黑陶的“江南三书”——《泥与焰：南方笔记》《漆蓝书简：被遮蔽的江南》《二泉映月：十六位亲见者忆阿炳》，我遇到的黑陶《夜晚灼烫》，是一个诗意的“复合”读本——难怪我的精神肠胃会有如此强烈地抵抗。

那些诗意和思想密集型的句子，带着传统汉语的固有品德扑面而来，让人有一种应接不暇的感觉，我仿佛一个缺氧病人遇到的不是污浊空气而是纯正的氧，那种快乐几乎无法用语言形容，或者说无论如何形容其快乐都不过分。它们从根部带来中国诗歌传统的最美好部分，而最致命的是掺入了汉语未被“现代”污染的现代意识基因。在汉语语境里，我一直把这种现实视为一种不可能存在的稀有现象。其实一点都不难想象，思想和灵魂赖以依存的母性空间——汉语，是怎样一再被污染、戕害和强暴的，以致精神世界贫乏得只剩一汪肮脏的语言污水，无法掩盖和支撑我们的贫乏和无力。在这样语境思维习惯下，读到清澈如斯的语言之流，灵魂被突然意外的惊喜抚慰了，除一下怔住之外，我想象不出更合适的词语，之后才能是对它的精神享受和愉悦——对，只能是“然后”。

……石井栏——井口一圈石头上，三两条深深的、被绳子磨出的印痕令我心惊（哦，一个家族的历史和秘密，原来顽

强地隐匿于此，月夜或清晨，春夏或秋冬，这个家族中无数次拉绳提水的手，全被灵性的石头默默地刻写了下来)。(《绿袖子》)

彼时，我恰正经历一场语言灵魂贫乏焦虑综合征。大脑里对语言的美好向往和所拥有的几个少得可怜的词语形成巨大反差，使我一度几乎发疯和失语。它让我10年几乎没有写出一个能够对应自己灵魂的文字，想起来真是一场灾难。一定仍有一些语言挣扎者，盼望并感激那些创造现代汉语清新之流的人。黑陶应该是值得人们敬重的现代汉语及其语境的创造者和开拓者之一——有多少灵魂可以在这样的语言之流中得以荡涤和清洁啊。这个群体创造了一个民族的诗意和想象力，他们是真正的语言猛士和精神贵族，我感到语言的花朵在贫乏黑夜里突然有力地盛开，美好如一则童话或哲学。

阅读时强烈的感受之一，是那种强有力的语言催眠术、驱赶术，和使语言诗意密集呈现的本领。也许在别处很难驯服的语言，到这里倒成了一只只温顺的羔羊；也许诗意在别人那里如久旱的甘霖一样稀有，在这里却没有一点枯竭的迹象，充沛——充沛得令人难以想象。大把大把诗意奢侈渗透并充斥到文字和生活的每一个细节，即使最物质性的日常生活细节，在这里也充满了诗意，这是最让人感到不解之处——这种能力唯有那些有着旺盛生命力和创造力的诗人才有。这或许可以从被黑陶认为亲切和纯粹的先辈诗人中——屈原、苏轼、杜拉斯、克洛代尔、罗伯-格里耶等身上，找到一些其诗意思想的蛛丝马迹，但他们只是提供一种借鉴和参照。这个从先秦、唐诗、宋词和西方现代意识理念中频频汲取营养的灵魂自有自己的章法，像一条深潜的鱼，随着时间推移，渐渐具有了某种深水和时间的黑色影子和基本属性，他仿佛具备了一种语言本身的素质和习性。它们成了他的一种本能——我习惯上把具备这种品质的人称为本质上的诗人或语言精灵。这类人的确是这个世界上少之又少的“珍稀动物”。不过，这也许更符合事物的本质特征及其规律——诗人不可能在世界上大规模普遍存在。能够创造如此丰富意象和诗意的灵魂，本身的丰富程度会是怎样？又是何种原因或质地使他们具备了这种素养、品质和能量？这个问题让我暗自感到自己的无知和可笑，其实道理像土地为什么会生长万物、鸟儿为什么会在蓝天上自由飞翔一样简单明了。他们作为一种生物本身即具备这种生长和飞翔的能力，这是一种诗人天生不可或缺的能力和本质，借此我明白了一些更多的诗人属性：

……更多时候，钉有“浙桐乡挂”“苏吴县挂”的铁船，满载或空驶，鸣着笛犁开运河暗绿的肌肤。河水随之剧烈荡漾起来，咬湿原先处于河面之上的斑驳岸石。潮湿了的石头，只得又一次耐心地等待着，在暖融融的春阳照射下重新回到它的干燥之乡。南下塘和大窑路，绵延数里的河街和民居，散发陈年气味的、昼与夜的现实雕塑。(《西园八章》)

黑陶具有一种站在语言焦黑的灾后废墟上，恢复其往日辉煌宫殿的能力，像一个语言巫师，驱赶着文字在诗意和思想的人类崎岖小道上搬运修建精神大厦的建筑材料。日夜兼程中的月亮、星星、黑夜、砂粒、尘土、小草、露珠和白昼以及弥漫其间的气息竟被变成了材料的一部分。他很轻易地使语言变成了石头或雕塑。这是一种语言的点石成金术——它们竟然非常情愿地变成石头的一部分，而且像在做一件非常开心的事，如在魔术师的手中一般愉快变幻着各自的角色。魔力，语言瞬间恢复了魔力，让哭泣的词语们回家。在黑陶笔下，大地万物莫不入诗，容易让人想起那两个或许使人感到不舒服的词语——化腐朽为精彩与神奇。

打开黑陶的书，总感觉一个人与大片大片的语言白云，行走在大地或草原的辽阔里——绿色是其语言的背景或屏障。他像一个语言的淘金者或发现者，让人感到像森林一样神秘莫测——平时握有秘密而不言不语的谦卑和朴素，容易让人感到他可能是一个更大秘密的持有者。黑陶的叙述与诗意，像一种古老的结绳记事法或沙漏计时法，文字于此暴露出其耐人寻味的经久魅力，而这对一个写作者来说多少显得有些不可思议。

语言建筑的时空感是其又一特色。读他的文字仿佛有一种穿越灵魂与时空隧道的感觉，历史时光仿佛倏然活了过来，阅读者仿佛站在不知身在何处的多维语言时空内，得以与不可想象的事物亲密对话。这种力量是靠了语言本身释放的某种神秘元素而致，它透露出某种生命的隐秘本质，也只有为数不多的诗人能够驾驭。

> 成万上亿的酱釉碎陶片，堆积在街后蜀山的南坡。这是往昔龙窑废弃后的遗迹。火渍。泥土的追忆。时间。死去陶工的劳动与手印。釉滴。随处可见眼泪一样粗圆的釉滴。南坡的蜀山成了陶山……无数的陶片杂乱垒叠，漫长的岁月历程中，哪一块稍微动了一下，至少，局部的山体便滑动起来，迅捷，如金属的瀑，山下窄街的每一所幽暗木楼里，都会充满清脆似泻的闪亮声响。这是本地居民听惯了的古老音乐。(《南街与时间》)

尽管这样，我还是不能忘记黑陶在写早逝诗人海子时的深刻用力，这是一位诗人对一位诗人真正的理解、景仰和疼痛，是对同类不由自主的怀念、悲哀、歌泣和惺惺相惜。这时，有着语言奢华能力的黑陶用笔却极为简朴："在墓碑前，我们还看到一束枯干的野菊，海子父亲说，这是一个多月前，几个外地来的女孩送的。郑重地点燃一支香烟，祭上，代表我们自己，也代表未能来到墓前的热爱海子诗歌的朋友，深深鞠躬：长眠于故乡的海子，现在你可以安息。"（《海子家乡：黄昏和夜晚》）读到这里，我的眼前已一片模糊。我知道，悲伤已渗浸到他骨子里，以致在写这篇文字时，浓重的伤痛和绝望依然无法化开，一如海子墓前的时光和返回路上没有星星的黑夜。伤痛烙疼怀念，追忆呈现出作家作为诗人的特有高贵，他这样写道——"千古黑夜。痛苦死亡连接着艰难生育的底层南方，又一次沉入大海般浓重但是寂寞的黑夜之中。'百姓一万倍痛感黑夜来临'——是如此锥入骨髓的中国乡村感受！"（《海子家乡：黄昏和夜晚》）这让我感到悲壮如诗的力量，冲击着全身每一个穴位，让我无论如何都不能忘却这乡村一般炽烈如火如血的诗质文字。

我知道，这样谈论一位散文作家无疑是危险的，但这的确是我真正要说的话。在中国文学传统意识形态里，诗歌与散文的概念是永远不容混淆、戒律分明的。人们习惯按既定的方式写作，像某种简单机械的教学法或填方格游戏，吊诡和阴冷里不容真正的血肉和灵魂存在，如语言暴力一样让人不寒而栗，多少有生命的文字因不符合其操作规则被"血腥屠杀"掉了。这是一种文学的反动——最终使以自由为天性的文学基因像稀有珍贵物种一样灭绝。散文，这个日益被倾倒污物的存在，尤其缺少人性的温暖。但人们似乎已经麻木了，司空见惯的语言机械与虐杀已让人感觉不到灵魂的寒冷和孤单，人们已经习惯了被如此粗暴对待。在日复一日的可怕精神贫乏、枯燥和苍白里做着文字的填鸭游戏，本该热血奔涌的血管，变成自来水管甚至专供排污物的管道，精神之胃也渐渐形同一个个现代垃圾场了。看似包罗万物的权威样子其实一片空洞和苍白——什么都有就是没有生命感的语言逞强术和话语霸权术。文学——诗歌、散文、小说等已变成了一具具没有灵魂、腐朽的语言僵尸。刘烨园先生曾说：散文这个概念在当下已经被污染、扭曲、压制成文学的重灾区。散文（文学）创作亟待自由，一切艺术创造都应该这样，但都不及散文受灾之深重。

我借此读懂了黑陶——文学就是文学，他没有在意别人所说的“文学”的组织形式和约定俗成，他按照自己的文字组合方式和操作规则写作，不受任何一种文学意识的规定性所约束。他甚至想都没想便写下来，这是对那种使灵魂窒息的简单分类法和写作方式的藐视，是一个写作者所独有的一种生命能量和可贵品质。读懂黑陶《夜晚灼烫》这部叫作散文的书，我用了很长时间，它提供了一种极其自由的写作方式、姿态和理念——一切艺术创造唯以其自身的规律——自由为其生命的必须准则。

我不禁揣测，黑陶在这部书里，其实是在散文形制里做一种诗意的探索和拓展——不以诗的形式写诗。他似乎要考验一下散文这种文体的限度及其最大承载力和诗意的延展力，使文字形式与灵魂最终得以和解和自由。从本质上，这部书绝大部分文字都应该叫作诗。在这点上，我怀疑黑陶是在以另一种方式写诗。在这里诗意像流动的水和透明的黑夜一样，具有一种与生俱来的流动性和随意性，似乎让人的灵魂可以在此得到充分的休憩和流连，文字是以诗的高度和温暖慰藉眷顾着这个世界。这时——也唯有这时，时光才真正属于时光，所有的人和事物也才真正属于自己，诗才真正属于诗。自由的意识与诗占据了语言的纯粹空间，这使他的书写和诗意演化为大地上最美好的事情之一。这样，诗人可以在他的文字中放心地度过自己的语言岁月。

> 民谚曰："吃了端午粽，再把寒衣送。"食物与民俗的时间之感。粽子吃过了，经冬的寒衣便可正式进箱纳柜，粽子的余香里，你和我，便又老了一岁。(《西园八章》)

明白这之后，我甚至露出诡黠而惊心的一笑：差点上了诗人一个大当！看来黑陶是一个把诗歌当成宗教和法则的人，在写下这些文字时，或许他并不在意自己是在以另一种形式写诗——形式对他来说已经成为一种多余。这种不自觉行为，证明诗意成了他的一种本能或条件反射。诗让他几乎感觉不到除诗之外的世界——写作可以使人忘却一切——他被诗控制了或他捕获了诗意，诗意表达成了他写作的哲学。他借此使语言复活和永生，在这个让人感到危险或恐惧的世界，多少给人们一些心理安慰或安全感的美好感觉——如果大地上多一些这类写作者该是一件多么美好和幸运的事情。它起码可以维护当下精神的基本治安秩序，至少可以使那些“文学”“艺术”行骗行动在阳光下暴露无遗。

不过，这种写作容易让人产生误解，认为是一种危险的行为——有意无意对文学既定秩序和边界的破坏，甚至会让一些人产生不安全感。诗人的“语言阴谋”一旦得逞，像一颗具有颠覆意义上的重磅炸弹，会让那些热衷于谈论诗歌、散文形式的无聊的形式主义者惊恐万分甚至失业，也让那些经常故作高深的人士一片茫然。

后来才知道，黑陶作为诗人角色是更早的事情，后来转入散文写作的秘密通道。在一些人看来他取得了一些世俗意义上的成功，而且被认为别具才华。但可以推测黑陶对此是不屑的，甚至无须言说。他更像个语言的“野心家”，在不停地向语言最高深隐秘部分掘进，在散文这种被规定的形式和领域内，进行着诗与思的肆意试验，以自己的生命能量检测散文的最大潜力。这让散文业已变得僵硬和僵化的土壤结构和意识松动了，有时甚至不以散文固有的概念和意志所左右地撕开或爆破，然后种上诗歌的秧苗，直至它变成一片不再干瘦贫瘠的风景，或者干脆让它变成诗歌本身——是否分行的形式已不重要。这是散文文体的幸运，是诗本质的力量使然，也是诗和时代的相遇。文学正是在这种幸运中被丰富和发展的。好像土壤和植物的一场同谋，在一种不易觉察的过程中，诗以缓慢氧化的速度和方式进行裂变，最后成为一种必然，只不过升华的效果令没有看到它缓慢生长过程的人有些无法适应，像黑夜里的眼睛无法适应阳光一样，诗人此时的微笑是最不易觉察的。生命和文学生长的加速度，是一种不可回避的现实，事情的确发生了——散文虽然看上去形式上还是散文，但它的确变成了没有分行的不折不扣的诗。像给一个极度失血的人迅速输血一样，散文这个奄奄一息的灵魂终于因一种诗的本质行为而获得呼吸和拯救，最终使一个苍白的概念，成为一种文学理念或丰满的生命，我觉得这是黑陶在文字中的最大胜利——突破某种限制或许是写作者们梦寐以求的愿望——尽管或许他在写作时并没有这样想，而真正的写作也往往如此不容多想和不分青红皂白。

读这些篇章的时光，让人感到如此愉快，灵魂被自由诗意的泉水洗涤、沐浴，露出本质的微笑。我想象着《夜晚灼烫》在写作过程中如暗夜中的花朵一样倏然盛开，有着一种诗意和思想无声爆破的响亮。而走得更远的它们的写作者——黑陶，这个以诗歌为宗教的神秘写作者、诗歌的秘密持有者和“暴力主义者”，此刻正在做什么呢？是在进行又一轮的语言爆破，还是在诗与思的遽然开放中，露出其信徒般的惬意微笑？——而这或许是一个写作者的宿命。